後宮の偽物

～冷遇妃は皇宮の秘密を暴く～

山咲 黒 Kuro Yamasaki

アルファポリス文庫

序、世界の終わり

陶磁器のように冷えた手が、十七になったばかりの少女の手を握りしめた。

「お願いよ」

喉の奥から引き絞られた今にも消え入りそうな声とは裏腹に、その手の力は爪が食い込むほどに強い。しかし少女は逃げようとはしなかった。それどころかわずかな喜びさえ感じたのは、目の前の尊い人の命の灯火が、まだ消えていない証のようであったからだ。

「どうかお願い」

その冷たい手を温めるように手を重ね、息遣いさえも聞き漏らさぬよう息を止める。

部屋の隅で焚（た）かれた炭が時折立てる、ぱちぱちという音さえ邪魔に思えた。

「……あの子を守って」

もったりとした薬香（やっこう）の煙が少女の肩を撫でる。

看病のためにろくな睡眠も取っていなかったが、彼女の頭は冴えていた。

「はい、娘娘（でんか）」

自分の口から発する一言一句がしっかりと届くように、少女は言った。

「お約束します、娘娘」

涙はもう枯れている。

やるべきことはやりつくした。今はただ、この人が安らかに逝けるようにと願うだけだ。

最期くらい安らかであるべきではないか。

ずっと、何かを憂えて生きてきた人だった。

「啓轅（けいえん）様は、私がお守りします」

だからどうか、安堵に顔を緩めてほしい。

笑顔を浮かべてほしい。

「何に換えても、私がお守りいたしますから」

最期はどうか、憂いを置いて、幸福な記憶だけ持っていてほしい。

ただただ、彼女が願うのはそれだけであった。

すると次の瞬間、ふっ、と少女の手を握りしめていた手の力が抜けた。

「……ありがとう」

青白い顔のまま、牀榻（しんだい）に横たわる女性がふわりと笑う。

「あなたがいるなら、安心ね」

その言葉が引き金となったように、枯れたと思った涙が、再び少女の視界を滲ませ、ぼろぼろとこぼれ落ちた。

「珠蘭姐姐」

この高い壁の中に足を踏み入れた時から、呼ぶことのなくなった名が堪えきれずに転がり出る。

「珠蘭姐姐。珠蘭姐姐」

彼女のかろうじて動く親指だけが、少女の手の甲を弱々しく撫でてくれた。きっともう、反対側の腕を伸ばす力もないのだ。

「ごめんなさいね、灯灯……」

泣き声を上げることはできなかった。

今もこの景承宮の外には誰かが控えている。誰も信用はできない。聞かれてはいけない。見られてはいけないのだ、この状況を。

灯灯と呼ばれた少女は涙を拭って言った。

「大丈夫よ、姐姐。後は私に任せて。何も心配しなくていいの。啓轅様は私が守る。誰にも傷つけさせないわ。絶対に」

そうだ。絶対に、誰にも傷つけさせない。

もう失ってなるものか。

少女は泣きながら笑った。

「だから安心して。何も心配しないで。ゆっくりと眠っていいのよ。いいえ、眠らないで。お願い、珠蘭姐姐。私を見て。珠蘭姐姐……」

とうに力の抜けていた手が、少女の両手からするりと落ちた。

痩せた細い腕が、牀榻（しんだい）の上にぱたりと音を立てて投げ出される。

珠蘭は目を瞑（つむ）っていた。顔には涙の跡があって、泣き疲れて眠ったようにも見えた。

「――――！」

彼女は、喉から迸（ほとばし）りそうになった悲鳴を抑え込むために自らの腕を噛んだ。ぷつり、と皮膚が裂け、口内に鉄の味が広がってもやめない。歯の隙間から嗚咽（おえつ）が漏れる。噛んでいる腕の先にある自らの手の甲に、血が滲（にじ）んでいるのが見えた。先ほど珠蘭の爪が食い込んだせいだろう。

その手はかつて、行き場を失った少女の手を引いてくれた。

守ってくれた。ご飯を食べさせてくれた。

少女にとっては、世界そのものだった。

……世界そのものだったのだ。

一、苑祺宮の高貴妃

藍灰色(らんかいしょく)の靴に、ぽつんと小さな染みができていた。

ほんの小さな、赤ん坊の黒子(ほくろ)のような染みである。昼間はなかったから、先ほど薬湯を少しこぼした時のものだろう。

(寝る前に、染みとりをしないと)

範児(はんじ)は頭の中でやるべきことを一つ加えた。

俯いて足元を見つめる時間が長いせいで、目を瞑(つむ)っていても自分が履いている靴の皺(しわ)の形まで思い浮かべられるようになってしまったことを、少しおかしく感じる。

「娘娘(でんか)！　娘娘！　どうかお許しください！　娘娘！」

夜のしじまに、女の悲鳴が響いた。

バン！　と目の前の扉が開いたかと思ったら、宦官(かんがん)が二人がかりで、泣き叫ぶ女官を引きずりながら出てくる。

「娘娘！　どうかお許しください！」

「静かにしろ！」

宦官の一人が、布きれを女官の口に突っ込んで塞いだ。女官はなおも何かを訴えようとしていたが、問答無用で引きずられていってしまう。両開きの扉は開け放たれたままで、正面には誰も座っていない宝座が見えた。金糸で刺繍の施された緞子生地の宝座は、主人がいないにもかかわらず無言の存在感を放っている。

「入りなさい」

凛とした声が寒々とした空気を震わせて外に届いた。

その言葉を受けてやっと、範児は両手に盆を持ったまま『苑祺宮』という扁額のかけられた正殿に入る。

「貴妃娘娘。湯をお持ちいたしました」

「……」

返事はない。しかし、無言こそ正殿の主人の返答だ。

苑祺宮の床は、光沢のある金磚に覆われている。正殿の臥室は東側にあって、宝座のある正面の部屋との境目には竹林が描かれた衝立が設えられていた。

範児が衝立の横までやってくると、この宮の主人であるその人は牀榻の前に立ち、艶やかな黒髪を一度持ち上げて睡衣に落としたところであった。

高良嫣。この後宮においては、皇后に次ぐ貴妃の地位を賜っている、範児の主人だ。

一瞬見えた貴妃の首筋は、まるで一度も日の光を浴びたことがないように白く細い。

範児がそれに目を奪われていると、こちらに背を向けていた貴妃が身じろぎをしたのがわかった。次の瞬間、貴妃の顔半分を隠す面紗の上の、氷のような双眸に射抜かれて、どきりと心臓が飛び上がる。

慌てて下を向いたが、脳裏にまざまざと残る貴妃の眼差しにまだ睨まれているかのような心地になった。

――範児は以前、高貴妃とまともに目を合わせてしまって、一晩中中院で跪かされた女官を見たことがあった。恐ろしいのは受けた罰ではなく、その後その女官を二度と見ることがなかったということだ。

打ち殺されたのでは、と宦官が噂しているのを聞いた。そして死体は城の外に放り捨てられたのだと。

先ほど連れ出された女官の様子を思い出して身を震わせた範児であるが、貴妃は罰を下す代わりに短く言った。

「湯を」

「……は、はい」

命じられた言葉の意味を理解して、慌てて足を進める。もちろん、もう顔を上げたりなんかしない。

刺繍の入った丁香紫色の靴が視界に入ったところで足を止め、手に持っていた盆を差し出す。そうすると、白い手がすっと伸びて盆の中の湯に両手を浸した。

苑祺宮では、万事がこのようであった。

主人の前で無駄なお喋りをしてはいけない。

笑ってはいけない。

顔を上げてはいけない。

これが、高貴妃を主人とした、苑祺宮で働く女官と宦官の暗黙の了解である。

……思い起こしてみれば、以前の高貴妃はこうではなかった。

五年前に入宮した高良嫣は、女官らにも優しく気立てがいいと評判の貴妃であったのだ。謙虚で進んで誰かと対立することもなく、ただ皇帝の寵愛を一身に受けていた。

けれど、二年前に起きた景承宮の火事で顔に火傷を負ってから、人が変わってしまったようだ。

当時景承宮にいた女官や宦官らを全員後宮から追い出し、新しく与えられた苑祺宮に引きこもるようになった。笑顔を見せなくなり、少しの粗相で女官らを厳しく罰するようになった。

その結果自然と夫である元徽帝の寵愛も薄れ、今や苑祺宮は、後宮の中ですっかり孤立してしまっている。毎朝妃嬪に課せられている皇后への挨拶も免除され、他の妃嬪が開く宴に呼ばれる機会もない。

苑祺宮は、後宮の腫れ物なのだ。

皆が高良嫣を恐れている。

（火事のせいで正気を失ったのでは、なんていう噂があるくらいだもの）

去年の夏、苑祺宮の氷を他の宮に横流しした宦官が、貴妃の独断で杖刑五十回に処された時などは、多くの奴婢が震え上がったものだ。もっともそのおかげで、その次の冬に炭や綿入れなどの支給品が不足することはなかったのだけれど。

苑祺宮で高良嫣に仕えるようになって二年。その間、範児は主人の笑い声を聞いたことなど一度もなかった。建物は主人の色に染まるというが、この宮は、主人そのものであるかのように寒々として冷たい。

――ただ、唯一の例外と言えるのは、奥殿である涵景軒に住んでいる、第二皇子だった。

四歳の啓轅殿下は、明るく利発で、常時冬のような苑祺宮の中に咲く蝋梅のような存在である。人嫌いで神経質な高貴妃の息子とは思えない可愛らしさで、範児ら女官にも明るい笑顔を見せてくれる。

せっかくなら涵景軒で啓轅殿下に仕えたいと願う苑祺宮の女官は多いが、啓轅殿下の世話は乳母である葉夫人が一手に引き受けていて、範児のような女官は許可なく涵景軒に足を踏み入れることさえ許されていなかった。

貴妃の白い手が湯から離れたのを見て、範児は盆を卓の上に置くと用意していた手拭いを差し出した。

「お前」

冷たい氷のような、感情の籠もらない声が範児を呼ぶ。今まで、『範児』と名を呼ばれたことなど一度もない。この人が、一介の女官の名を覚えているかどうかも怪しいところであった。

「もういいわ。下がりなさい」

そう言って、貴妃が使い終わった手拭いを盆の中に投げ入れる。

「失礼いたします」

再度盆を両手に持った範児は、後ろ向きにすすと貴妃から離れた。開け放したままの出入り口までやってきてから、くるりと踵（きびす）を返して宮を出ると、盆を床に置いて両手で門扉を閉める。

そこでようやく、範児はふうと大きな息をついたのだった。

この苑祺宮で働く女官と宦官（かんがん）の数は、他の宮の半分以下だ。だから自然と一人が負担する仕事も増える。特に貴妃の身の回りの世話は、範児が一手に引き受けていた。

いや、範児しか残らなかったというべきか。

当初は些細なことで手を打たれることもままあったが、最近は身体的な罰を受けずに仕事をこなすことができている。近くに人の気配があったら眠れない貴妃が出した命令で、夜の番がなくなったのが救いであった。

おかげで、貴妃が寝支度を終えて人払いをした後の苑祺宮は、いつも静かだ。

「範児」

盆を取るためにしゃがんだところで声をかけられて、顔をめぐらせる。正殿から中院（なかにわ）に降りるには数段の階段を降りる必要があるのだが、その階段の陰から、ふっくらとした体型の目尻が垂れた女が、ひょこりと顔を出しているのが見えた。

「お勤めご苦労様」

笑顔を浮かべ、手燭（てしょく）を手に立ち上がったのは、範児と同じ苑祺宮の女官の春児（しゅんじ）だ。

二年前の高貴妃の移宮に伴って新しく貴妃付きとなった女官は、年配の奴婢（ぬひ）が多かった。範児と同じくらいの年の女官は春児くらいで、以来何かというと助け合う仲である。若い女官が少ないので、体力や腕力が必要な仕事は二人で分け合ってこなしてきたものだ。

「春児。そんなところで何をしているの？」

「黒貂（くろてん）を探しているのよ」

「黒貂（くろてん）？」

範児は目を丸くした。

「毛皮を取るために宮中に持ち込まれた黒貂が、逃げ出してしまったんですって。万が一貴妃娘娘のご就寝中に正殿に入り込んでしまっては困るでしょう？　だから念のため、正殿の周りを確かめていたの」

苑祺宮の女官は、貴妃が快適に過ごすための努力を惜しまない。一度貴妃の怒りに触れたら、どんな罰を受けるかわからないからだ。

「でもとりあえず苑祺宮の中にはいないみたい」

「涵景軒の方は？」

「葉夫人が見てくださったわ」

「そう。私も一応、緩修殿の周りを見ておくわね」

正殿から苑祺門に向かって西側にある緩修殿は、女官の仕事場だ。小さな竈や刺繍道具が置かれている。

「ありがとう。じゃあ私は偏殿に戻るわ。範児も早く寝なさいよ」

「ええ。この盆を片付けたら寝るわ」

そう言って肩をすくめた範児に、春児は小さなあくびで応えて偏殿の方へ戻って行った。

「そうね、早く寝ないと。明日はまた忙しいわ」

自分もまた緩修殿の方へ向かいながら、範児は独りごちた。

先ほど宦官に連れて行かれた女官の名は小藍といったか。ほんの数月前に入ってきた子だったのに、悲しいかな、あれではもう二度と会うことはないだろう。

また人手が一人減ってしまったから、明日は仕事を差配し直さなければならない。

(今夜は少し肌寒いわ)

夏の神である朱王の残り香が消えて間もないというのに、秋の白山君は宸国に長く滞在するつもりはないらしい。

冬になる前に炭を確認しておかなくてはと思いながら、範児は月明かりに照らされた中院を横切り、足早に緩修殿に戻ったのだった。

＊＊＊

その人影が現れたのは、女官らも寝静まった夜のことであった。

苑祺宮の東側の渡り走廊を早足で駆け抜けると、走廊の突き当たりにある東耳房の鍵を開け、するりと中に忍び込む。その姿は怪しいことこの上ないが、そもそも人の少ない苑祺宮では見咎められることもなかったようだ。

しばらくすると、東耳房の屋根瓦が一箇所だけぽこりと外れた。そこからよいしょと身体を持ち上げた人物はなんと——苑祺宮の主人、高良嫣である。

先ほど泣き叫ぶ小藍を容赦なく苑祺宮から追い出し、範児を震え上がらせた高貴妃は、傾斜のきつい東耳房の屋根から、比較的傾斜の緩い緩修殿の屋根に移ろうとして足を滑らせ、「ぎゃっ！」と面紗の下で声を上げた。

「……」

たらりと、額を脂汗が伝う。危なかった。間一髪だ。手が届くところに屋根の隅棟があったのが幸いだった。

こんなところから転がり落ちたら、骨の一本や二本は覚悟しなければならない。それだけならまだしも、範児らにはどうして高貴妃が屋根に上っていたのか、不審に思われただろう。

高良嫣は今度は注意深く、足元を確認しながら上体を起こした。

「ああ、ドキドキしたわ」

良嫣は、緩修殿の、歇山式の屋根の北側に腰掛けて空を見上げた。

腰の帯に挟んでいた竹筒を取り出して口に運ぼうとするが、口元を覆っているものがあるのを思い出して後頭部に手を伸ばす。紐の結び目を解くと、絹の面紗がひらりと彼女の膝の上に落ちた。

現れたのは、黒子一つない白い肌をした女の顔であった。きりりとした双眸は面紗をしている時と変わらないが、今はもっと柔らかい印象を含んでいる。紅さえ引いていないその顔は、どう見ても二十に満たない小娘だ。

範児が見たら首を傾(かし)げていただろう。高貴妃は、二十五、六になるはずなのに。

良嫣は今度こそ竹筒を口に運ぶと、こくりと喉を上下させた。

中に入っていた菊花酒(きっかしゅ)の華やかな香りが鼻腔をくすぐる。少し冷たい風が頬を撫でて、空に浮かぶ丸い月に吸い込まれていった。

次いでいそいそと懐から取り出したのは、油を染み込ませた紙包だ。竹筒を置いて丁寧に紙を広げると、中から潰れた月餅(げっぺい)が現れる。

「さっき転んだせいね」

せっかく、夜食にと範児に用意させたものなのに。少し残念に思って口を尖らせたが、「どうせ口に入れば同じよね」と思い直して一つを手に取った。

ほろほろとした生地の中には、胡桃(くるみ)や松の実などの木の実を混ぜた餡(あん)が入っている。

舌先に広がった甘さを、菊の花の香りがする酒で喉の奥に流し込んだ。

彼女がこうして屋根の上で酒宴を催すのは、これが初めてのことではなかった。

数ヶ月に一度は今夜のように、誰にも見られぬ場所で面紗を外して、酒を飲んでいる。

気持ちがいいのだ。

いつもは、高い壁の中に閉じ込められているから。

屋根の上で空を仰ぐと、あの、こちらに関心ない顔で冷たく浮かぶ月にさえ手が届くように感じる。それが好きだった。

「あんなに小さいのに、どうしてあんなに明るいのかしら」

手を伸ばすと、月が手の中に隠れた。

しかしそれでも変わらず夜は明るく照らされている。

「……見えなくても、そこにいるのがわかるわ」

良嫣は柔らかく笑った。

「珠蘭姐姐（しゅらんねえさん）」

もう、彼女の他には誰も呼ばないその名を口にしたその時、視界の端でぴゅっと動いたものがあった。

――苑祺宮のような妃嬪（ひひん）が住まう宮は、ぐるりと厚い壁で囲まれている。その厚い壁には雪が積もらないように、屋根が葺（ふ）かれていた。動いたものを視線で追ってみると、その壁の屋根の上から、一対のきらりと光るものがこちらを見据えているのが見えた。あれは……。

「……黒貂（くろてん）？」

しなやかで長い胴体、丸く弧を描いた小さな耳に、夜の中に溶けてしまいそうな黒い毛並みは、間違いなく黒貂（くろてん）である。良嫣は黒貂（くろてん）という生き物を以前、皇宮の外で見たことがあった。

　本来なら森の中で生息する小動物だが、その毛並みの良さから貴人たちが愛玩動物として飼うこともあるらしい。

　もしここに範児か春児がいたのなら例の逃げ出した黒貂だとすぐにわかっただろうが、そんな女官らの噂話など聞いたことのない良嫣は首を傾げた。

（どこからか逃げ出したのかしら）

　下手な人間に捕まったら、毛皮を剥がれるかもしれない。

「こっちへおいで」

　面紗と竹筒を帯のところに押し込んだ良嫣は、腰を落としながら立ち上がると、黒貂に手を伸ばした。

「怖いことはしないわ。だからこっちへおいで」

　小さな声で話しかけて、じりじりと足を進める。黒貂はまるで値踏みするようにこちらを見据えて、ぴくりとも動かなかった。

「いい子ね。おいで」

　黒貂が爪を立てている苑祺宮の東側の壁の屋根は、緩修殿の屋根とぴったりと寄り添っている。だから良嫣は、なんなく壁の方によじ登ることができた。落ちないように四つん這いになり、黒貂を警戒させまいと身を低くして手を伸ばす。

「おいで」

それまでじっと良嫣を見つめていた黒貂であるが、その時何を思ったのか、唐突に動いた。前動作なしでさっと屋根を蹴ると、こちらに向かって飛びかかってくる。

（あっ！）

思わぬ黒貂の動きに驚いた良嫣は、自らの体がぐらりと苑祺宮とは反対方向へ傾いだのを感じた。空中に放り投げられる前にと、藁をも掴む気持ちで手を伸ばす。

「……！」

一度は確かに屋根瓦の端に指をかけたが、一呼吸の間も持たず、伸ばした手は空を掴んだ。ここ二年は優雅な「貴妃生活」を送っている彼女が、とっかかりもない屋根瓦を掴んで自分の身体を支えることなど到底無理であったのだ。

良嫣は目を瞑った。

どさり！

という鈍い音がして全身に衝撃が走る。

「い……」

（いたー!!）

声に出すのはまずいと理性が働いたので、心の中で悲鳴を上げた。しかし幸いなことに、どうやらまだ生きているようだ。目の前には、剥き出しの土と夜露に濡れた草がある。

「うう……びっくりした……」

良嫣はおそるおそる身体を起こした。

腰や腕に痛みがあったが、ゆっくりとでも立ち上がることができたので、骨に異常はないようだ。

目の前の朱色の壁を見上げると、自分の背の三倍はあるように見える。あの高さから落ちてこの程度なのだから、ほぼ無傷だと言えるだろう。

周囲を見回してみても、先ほどの黒貂(くろてん)は見つからなかった。

「薄情者め」

そう毒づいて、褙子(うわがけ)についた泥を払う。

さて、どうしよう。このままここで夜を明かしたら苑祺宮は大騒ぎになる。もっとも望ましいのは、この壁をなんとかよじ登って、隣の苑祺宮に戻ることだが……。

（どこかに、梯子(はしご)があるかしら……）

良嫣は壁に背を向けて、自分がいる場所を確認した。

苑祺宮の中院(なかにわ)よりも数倍の広さの庭院(にわ)が、目の前に広がっている。左側を見ると、そちらの奥に楼房(たてもの)があるのがわかった。

良嫣は、頭の中で皇宮の地図を広げた。

（緩修殿があるのは苑祺宮の東だから、苑祺宮の東側に、隣り合っている大きな宮っていったら……）

はっとする。

「ここは、仁華宮だわ」

すぐに思いつかなかったのも無理はなかった。

仁華宮は、今はもう使われていない宮なのだ。

三代前の永淩帝の時に、皇太后の正宮として建設された。贅を凝らした造りをしていたが、先代の嘉世帝が倹約を好んだことから使われなくなったはず。

（苑祺宮も、もとは仁華宮の一部だったと聞いたことがある）

他の宮とは路を一本隔てているのが普通だが……もとは同じ敷地であったから、隔てるのが壁一枚しかないのかもしれない。

使われていない宮だと思えば、庭院がこうも荒れているのも頷けた。

足元の花壇も小さな石が敷き詰められた石畳も雑草に覆い隠されているし、奇岩の根元には苔が生えている。木の枝は伸び放題で、あちらこちらに我が物顔で作られた蜘蛛の巣は、玉のような夜露できらきらと光っていた。

（苑祺宮の二倍は広いわね）

仁華宮は、その敷地の半分が花園となっているようだった。

荒れ果ててはいても、松や木蓮、柏、銀杏、丁子などの木々が計算し尽くして配置されているのがわかる。花壇には牡丹や芍薬の葉が身を寄せていた。池の中央には庵が設けられており、その向こうに正殿が佇んでいる。

百年前の皇帝が愛する母のために作った宮は静かで、不思議と後宮全体から感じるような冷たさもなかった。

（……梯子か踏み台を探さないと）

良嫣は、落ちた時に打ちつけた身体をさすってから、正殿の方へ歩いた。

正殿の左右には緑色の瑠璃瓦を被った楼閣が従っており、透かし彫りの四枚扉には封がされている。

正殿の横幅は五丈はあるだろう。かつては朱色であったと思われるくすんだ色の柱が、四方に張り出した屋根を支えている。扁額は外されてしまったのか何もかかっておらず、両開きの扉の左右には、屋根と同じ緑色に塗られた格子窓が嵌っていた。

扉に続く五段ほどの石の階段の端には、枯れた蔦がぴっしりと張り付いている。屋根の下や格子窓にも、大きな蜘蛛の巣があった。

（……中に、使えるものがあるかもしれないわ）

正殿の扉にも封がされているが、経年劣化のためか半分剥がれていた。難なく中には入れそうだ。

良嫣は意を決して階段を上ると、両開きの扉に手をかけた。随分と長いこと誰も訪れていないはずの扉は、きいという軋んだ音さえ立てずに開く。

真っ暗な室内に、今開けた扉の隙間を縫って月明かりが差し込んだ。

窓や建物の壊れている箇所からも月明かりがこぼれ落ちて、室内を照らしている。

正面には宝座が置かれ、その後ろにあったはずの衝立は倒れていた。

左右の房間の間には内側を大きく切り抜いた透かし彫りの壁が設えられていて、右手にはかつてこの宮の主人が客人と談笑を楽しんだであろう床榻が見える。

左手には、花梨の木でできた丸い卓子が設えられていた。床には翡翠の花瓶や鏡が転がっている。落ちていた茶杯を拾って卓子の上に置いた彼女は、西側にもう一つ部屋があったのでそちらを覗き込んだ。それは部屋というよりは走廊に近い空間で、どうやら北側が、外走廊に繋がっているようだ。

梯子があるとすれば、倉庫のような部屋の中だろう。構造的には、外走廊から後院に出られそうだから、そちらに倉庫があるかもしれない。

そう当たりをつけて、外走廊に出た。

「わぁ」

良嫣は思わず声を漏らした。そこに、月が落ちているのを見つけたからだ。

いや違う、後院の中央にある池に、空の月が映っているのだとすぐに気づいた。波紋さえ立たない水面に映った月は、まるで本当はここが自分の家なのだとでも言いたげな顔をしている。

池の横に悠然と枝を伸ばす木蓮の葉は黄色く色づき、白い月の浮かぶ池に柔らかな彩りを添えていた。

渡り走廊は、正殿の左右の楼閣と、奥殿に繋がっているようだ。黄色い木蓮の葉が、ところどころ敷石がめくれている渡り走廊にも吹き込んでいた。

良嫣はめくれた床石につまずかないように注意深く歩いていたが、西側の楼閣の前を通り過ぎたところで足を止めた。

くるりと振り向いて、今通り過ぎた、楼閣への入り口を改めて見つめる。

西側の楼閣への入り口は、朱色の壁を五角形に切り抜いた形をしていた。

そしてそこには布が垂れ下がり、目隠しの役割を果たしている。

「……」

良嫣は眉をひそめてその帘幕に顔を寄せると、手に取ってまじまじと観察した。

（……おかしいわ）

周囲に溶け込むようにほつれ、切り裂かれたような穴も空いているが、明らかにこれは、雍州絹だ。

独特の折り方をした絹で、藍色系のものしか流通していない。藍は藍でもさまざまな風合いの藍色の生地が作られているが、こんなふうに日ざらしにして時間が経てば、退色して赤に近い色になるのは雍州絹に共通した特徴だった。

(でもこの帘幕は、まだ藍色が残っている)

つまり、この帘幕が設えられたのは、少なくともここ十年の間だということだ。仁華宮を使わなくなったのは、百年も前の話だというのに。

良嫣は、背筋を冷たいものが走った感覚を覚えて、口元を引き結ぶと帘幕から手を離した。

まずい。

百年近く放置されていたにしては、正殿の扉は歪んでもいなかったし、石段に絡み付いた蔦は、人が歩く中央の部分には及んでいなかった。

つまりこの宮は、今も誰かが出入りしているということだ。

しかし誰が？　まるで人目を忍ぶようにこんな無人の宮を使うなんて……。

頭の中で警鐘が鳴る。

自分は、踏み入れてはならない場所に足を踏み入れてしまったのではないか。

そう思い至ると、良嫣は素早く動いた。踵を返して、足早にその場を逃れようと床を蹴ったが、背後からぐいと腕を引かれる。

悲鳴を上げる間もなかった。帟幕の内側に引き摺り込まれたかと思ったら、顎の下に何かが押し付けられ、後頭部が壁にぶつかる。気道が狭まり、四肢が強張った。

顎の下に押し付けられているのは、何者かの腕だった。男のものとわかる硬い腕が、冷たい生地を通して良嫣の喉を圧迫している。

「何者だ」

低く、感情の感じられない声が問うた。相手の顔は見えない。西の楼閣には足元にしか月明かりが入り込まないようだ。

声の主が、答えを求めているとは思えなかった。でなければ、呼吸さえままならなくなるほど喉を潰してくるはずがない。

血流さえ遮られ、顔に血が上るのがわかった。頭の裏で光が明滅している。

（私はここで死ぬの？）

まさか。そんなことあってはならない。

「うう……」

口から漏れた唸り声には、恐怖と戦慄が混じっていた。それに怒りも。

だって、あの方と約束したではないか。

『啓轅様は、私がお守りします』

そう誓った。

珠蘭姐姐の……高良嫣貴妃の遺児は、私が守ると。

ほとんど本能的に手が動いた。がり、と剥き出しになっていた相手の手首を引っ掻く。しかしそれでも力は緩まなかった。足で蹴ってやろうとしたが、それに気づいた相手に身体を押し付けられて阻まれる。

その上、さらにぎりぎりと腕が首に食い込んできた。

彼女は、最後の力を振り絞って手を伸ばした。指先に触れたものを思い切って掴み、強く引く。

すると帘幕が落ちて、月明かりが差し込んだ。

首を絞めていた相手の顔が露わになって、その腕の力がさらに強くなる。

鬼、と彼女は思った。

というのも、相手は睡衣のような白い直裾をだらしなく着崩し、その長い髪を結い上げてもいなかったからだ。上品な弧を描く眉に、魅力的な線の鼻筋。鬼にしても、恐ろしいほど整った顔立ちをした男である。

誤解を恐れずに言うならば、それは、彼女の好みの顔立ちであった。

以前、あの人によくからかわれたものだ。

『馬鹿ねぇ、お前は。男性は顔だけじゃないのよ』

『でも珠蘭姐姐。せっかく毎日見るなら、美形の方がいいに決まってるわ』

『お前はそういうところがまだ子供なのね、灯灯』

――灯灯。

久しく呼ばれていない名前を思い出して胸が締め付けられた。いや違う。心臓が止まろうとしているのか。もうわからない。

「兄上！」

彼女が死を覚悟したその瞬間、聞き覚えのある声がして視界が傾いだ。そうしてどさり、と床に転がったことも理解できないまま、孫灯灯は、意識を失ったのだった。

二、狩猟の儀

孫灯灯が珠蘭と出会ったのは、灯灯がまだ十歳の時のことだった。

『あら、不思議。目元が、私に似ているわ』

それが、酔蓮楼の芸妓であったあの人の、第一声であった。

膝を曲げて目線を合わせ、物珍しげにじろじろと灯灯を見た後、扇で口元を隠して笑った美しい人は、灯灯の手を引いていた女将に言ったのだ。

『この子の面倒は私が見るわ』と。

あの時女将から引き渡されて握った珠蘭の手の温かさを、灯灯は今でも覚えている。こんなに美しい人でも、手は温かいのかと不思議に思ったからだ。

すべてを失った灯灯に、珠蘭はすべてを与えてくれた。

綺麗な直裾、破れのない靴、腐っていない食事。上級役人にも常連客を持つ珠蘭が後ろ盾であると知れると、妓楼では誰も灯灯をいじめなくなった。

珠蘭が、お忍びで通っていた元徽帝の子を孕み後宮に入ることになったのだと知った時は、さもありなんと思ったものだ。

あの人には、それだけの価値があったから。

美しく才能豊かで、優しい人であったから。

灯灯を本当の妹のように慈しみ、後宮へも共に連れて行ってくれた。あれはきっと、十四歳になり遅い初潮を迎えたところだった灯灯が、客を取るようになる前にと考えてくれたのだろう。

――そうして珠蘭は、高良嫣となった。

元徽帝は良嫣を寵愛した。

男児を産んだ彼女を、周囲の反対を押し切り貴妃に封じたほどだ。元芸妓の貴妃に対して、ある妃嬪は汚らしいものを見るかのような目を向けて、ある妃嬪はあからさまに媚を売った。

灯灯はそのすべてを、その目で見てきたのだった。

だからこそあの時……、死を目前にした良嫣の憂いを、すぐに理解した。

第二皇子啓轅。

良嫣の大切な息子。

誰がどんな思惑を持つかわからない後宮の中で無事に生まれてきてくれた啓轅は、無垢でありながら力強く、しかし残酷なほどに脆かったから。

だから、灯灯は景承宮に火をつけた。そしてその混乱に乗じて、心臓を止めた良嫣の遺体を外へ運ばせたのだ。ある協力者の手を借りて、誰にも見られぬように。

その後は火傷を負ったと偽り面紗をつけ、景承宮に仕えていた女官も宦官も全員遠ざけ、新しく与えられた苑祺宮に籠った。

それはすべて、良嫣に代わって『高良嫣』を演じるためであった。

啓轅の母を。

啓轅を守る、唯一の盾を。

「母上！」

ばちん、と纏っていた水泡が破られたような感覚と共に、灯灯は目を覚ました。

「母上、おきてください。見ていただきたいものがあるのです」

「……啓轅」

まだ覚醒していない体をゆさゆさと揺さぶるのは、幼いながらにしっかりと髪を結い上げ冠をつけた、あどけない顔をした四歳の少年だ。

高良嫣の遺児。宸国の第二皇子、秦啓轅である。

揺さぶられるたびになぜか鈍い痛みが全身を走ったが、灯灯は啓轅を心配させまいと顔を歪めさえしなかった。

「第二皇子、いけません。まだ娘娘はお休みで……」

衝立の向こうから慌てた様子で駆け込んできた範児は、牀榻で身体を起こした灯灯と、その脇に座る啓轅を見て青ざめながら跪く。灯灯はほとんど無意識に口元に手をやって、そこにきちんと面紗がついていることを確かめた。

「申し訳ございません、娘娘。第二皇子を止められず……」

「下がってちょうだい」

灯灯は、冷淡に手を振って範児を下がらせた。ぱたりと扉が閉まったのを聞いてから息を吐く。

いつもの朝なら、範児が来る前に起きてある程度身だしなみを整えてしまう灯灯である。もともと支度を手伝ってもらうことには慣れていなかったし、その方が顔を見られることも少ないと思ったからだ。

苑祺宮の中で、冷血な高貴妃の意図にあえて逆らおうとする人間などいないのだが、この小さな闖入者だけは例外であった。

「啓轅」

「はい、母上」

牀榻の縁にちょこんと座る第二皇子を、灯灯はわざと険しい顔を作って窘めた。

「葉夫人や範児を困らせては駄目よ」

「はい。でもあの、早くお見せしたいものがあって」

そう言うと、啓轅は牀榻から飛び降り、卓子の上に置いていた鉢をよいしょと両手で抱えた。その鉢には見覚えがある。啓轅がずっと、番の金魚を飼っていた鉢だ。一匹が死んでしまうと、もう一匹も後を追うように数日前に死んでしまって、悲しむ啓轅を慰めるのにずいぶん苦労したものだ。

「見てください。あの水草の後ろあたりです」

そう小さな手から手渡された鉢を覗き込んでみると、水の波紋の向こうに、ちょろちょろと泳いでいる稚魚が見えた。

「あら」

「実は小紅が、赤ちゃんを産んでいたみたいなんです。それに僕、今朝気づいて……、早くお母様にお見せしたくって」

小紅とは、死んだ雌の金魚の名前だ。小紅を土に埋めた後も、啓轅は鉢を片付けるのを嫌がりそのままにしているのだと葉夫人から報告を受けていたが、まさか卵を産んでいたとは。

灯灯は、牀榻から降りて鉢を卓子の上に置いた。そして自分も椅子に座ると、睡衣のままの膝をぽんぽんと叩いて啓轅に微笑みかける。

すると啓轅がぱっと顔を輝かせてこちらに駆け寄ってきたので、灯灯はひょいと抱き上げて膝に乗せてやった。そして包み込むように抱きしめる。

こんなことをするのは、啓轅と二人きりの時だけだった。

　この可愛い子の前では、冷血で恐ろしい高貴妃の仮面を被り続けているのが難しくなってしまう。

「啓轅が、小紅の赤ちゃんを助けたのね。水を捨てていたら、この子もきっと死んでしまっていたわ」

「僕が、この子を育ててもいいですよね……？」

「もちろんよ。名前もつけてあげなくてはね」

「実はもう決めてあるんです。とても小さいから、小小にしようかと思って」

　灯灯は笑った。

「素敵な名前ね」

「あの母上、明日は『しゅりょうの儀』があるのでしょう？」

　子供がこんなふうにすぐに話題を変えるのはよくあることだった。『しゅりょうの儀』とはつまり、狩猟の儀のことだろう。年に一回行われる、皇室の祭祀である。

「ええそうよ」

「兄上にも会えるでしょうか？」

「もちろんお会いできるわ。太子殿下には、失礼のないようにね」

「はい！」

　嬉しそうに答える啓轅が可愛くて灯灯は思わず相好を崩したが、そこまで晴れやかな気持ちになれないのが正直なところであった。

太子である秦啓熾(けいし)は、啓轅よりも二つ年上の、皇后が産んだ第一皇子だ。たった一人の兄に会えるのを啓轅がいつも楽しみにしているのは知っていたが、灯灯はあまり太子と接触させたくはなかった。

利害関係からいえば、啓轅を害する可能性が一番高いのは太子周辺の人間だからだ。何度か会ったことのある太子は気の優しそうな少年であったが、後宮の思惑など本人とは関係ないところで動くものである。

啓轅を無事に育て上げるためには、どんな時だって警戒を緩められるはずがない。

そう思いながら灯灯が啓轅を抱く手に力を込めた、その時である。

「ずいぶん賑やかだね」

第三者の声が、苑祺宮の空気を打った。

灯灯は目尻を強ばらせて顔を上げ、啓轅は満面の笑顔で灯灯の膝から飛び降りる。

「父上！」

前触れもなく苑祺宮の扉を開けて入ってきた元徽帝――秦将桓(しょうかん)は、足元に飛びついてきた第二皇子をひょいと抱き上げると、

「啓轅、ここにいたのか」

と笑った。

そのくしゃりとした笑顔は啓轅と似ていて、父子なのだと一眼でわかるほどだ。国を統べる宝座に座りながら顔にあどけなさが残るのは、将桓がまだ二十六という若さだからだろう。

「陛下、ようこそおいでくださいました」

灯灯は、その場で膝をつくと、額のところで両手を重ねて顔を下げた。

しかしそうしながらも、頭の中では思考をやめない。

（どうして突然？）

皇帝である将桓が苑祺宮を訪れることなど、久しくなかったのに。

「父上、どうして突然いらしたのです？　もしかして、母上と一緒に早餐をお召しあがりに？」

啓轅が灯灯の疑問を読み取ったかのように聞いた。

「そんなところかな。啓轅はもう食べたのかい？」

「はい。あの、父上。小紅が赤ちゃんを産んだんですよ」

そのうわずった声音からも、久しぶりに会う父に啓轅が興奮しているのがわかる。

「母上が僕にくださった小紅が、赤ちゃんを産んでいたんです。ほら、ここです。見えますか？」

「……ああ、本当だ。とても小さいね」

息子のその言葉に、皇帝がどういう表情をしたかは灯灯にはわからない。まだ顔を上げていなかったからだ。

「……啓轅、父は母上と話があるから、涵景軒で待っていてくれるか？」

「はい、もちろんです」

啓轅は聞き分けよく言った。

「貴妃は、顔を上げてくれ」

「ありがとうございます」

ようやく許しを得て顔を上げると、啓轅が今にも飛び上がりそうに明るい表情で苑祺宮を出て、涵景軒へ戻るのが見えた。普段なかなか両親が一緒にいるところを見られないから嬉しいのかもしれない。

灯灯は膝を立てて立ち上がったが、将桓は手を貸そうともしなかったし、灯灯が皇帝に目を向けることもなかった。

まさに、冷え切った夫婦そのものである。

二人のそんな様子を見て、その場にいた女官らも、元徽帝の高貴妃への寵愛はもう完全に失われたのだと理解しただろう。

「皆下がれ」

将桓が短く命じて、女官や護衛の兵士らを下がらせる。そうしてようやく二人きりになると、将桓はまっすぐにこちらを見て言った。

「変わりはないか？」

灯灯を気遣うような声音に嘘は混じっていない。だから灯灯も笑って答えた。

「はい、陛下」

「その、先に、上に何か羽織った方がよさそうだよ」

「え？　あ、はい」

そう言われてやっと、自分がまだ睡衣姿であったことを思い出した灯灯は、慌てて近くの衣装掛けから褙子を取った。

「もう大丈夫です、陛下」

「ああ、わかった」

気を遣ってこちらに背を向けていた将桓は、振り向くと一度上から下まで灯灯を見てから笑う。

「不思議だな。年々、君たちは似てくる気がする」

「……」

灯灯は、なんと答えたらいいかわからなかった。

死んだ貴妃に成り代わる。

そんな大胆なことをやってのけ、この二年間誰にも看破されなかったのは、ひとえに協力者の力が大きかったからだ。

協力者——つまり、この国の皇帝である。

「啓轅も、君のおかげでまっすぐ育っているようだ」

「いえ……生来のご気性だと思います」

「はは。確かに私も、幼い頃は落ち着きがなかったとよく言われたな」

こうして普通に会話を交わしていても、将桓は、灯灯に一定の距離以上近づこうとはしない。

その死を隠し身代わりを立てた寵妃への、この人なりの誠実さなのか後ろめたさなのか、灯灯には推し量れない。妹のように思っていた灯灯が自らの妃という立場になってしまった居心地の悪さかもしれなかった。

「……ここは静かだね」

将桓は、改めて苑祺宮の中を見回した。

「ここが苑鬼宮だと、鬼(ぼうれい)の苑(その)の宮だと言われているのは知っているかい？」

苑祺宮には、豪奢(ごうしゃ)な調度品などほとんどない。高貴妃が持っていた調度品は景承宮が燃えた時に失われたし、他の妃嬪(ひひん)からの贈り物も今はほとんどないからだ。けれどなんとか、みすぼらしくはない生活を送ることはできている。

灯灯にはそれで十分だった。

「きっと誰も鬼に悪事を働こうとは思わないでしょう」

そう答えると、皇帝が灯灯を振り向く。そして痛々しく笑った。

「君たちの思惑通りだ。おかげで、誰も苑祺宮には手を出さない」

（そうよ）

自分たちの、思惑通りだ。灯灯と、良嫣の。

皇帝の寵愛を失い、後宮の禁忌となった高貴妃。

それが、二人で決めた新たな高良嫣の姿であったから。

「……」

その時灯灯は、将桓が何か言いたげにこちらを見ていることに気づいた。あいにく灯灯には形ばかりの夫である彼の心を読み取ることなどできない。少しの間将桓が口を開くのを待ったが、気まずい空気だけが無為に流れていくのを感じて、口火を切る。

「あの……」

「では私は、そろそろ啓轅のところへ行くことにするよ」

しかし灯灯の言葉は、唐突に向けられた将桓の背中に当たって床に転がった。

「あ、では、お見送りを」

「いや、いい。ここで大丈夫だよ。ああ、そうだ」

その時だけ、彼は足を止めてこちらを振り向いた。

「明日の狩猟の儀は、大丈夫かい？」

ずいぶんざっくりとした気遣いだ。灯灯は笑った。

「端で大人しくしています」

「わかった。本当に、外まで送らなくてよいから。何かあったら……葉夫人に言付けておいてくれ」

「……はい」

固辞されたのを無視するわけにも行かず、灯灯はこの国の皇帝が宮を出ていくのを、その場で黙って見送ったのだった。

そうして房間(へや)に一人きりになると、椅子に座って頬杖をつく。

「……いったいなんの用だったのかしら」

まさかただのご機嫌伺いなわけはあるまい。そもそも、こんなふうに突然苑祺宮を訪れること自体が珍しいのに。

寵愛(ちょうあい)が薄れたことを周囲に信じさせるために、灯灯が扮(ふん)する高貴妃との接触は極力控えるというのが、死んだ良嫣と将桓の間でされた約束の一つであったはずだ。それを押して現れたのだから、何か大切な用件があったのではないのか。

(何も言わなかった。言えなかったのかしら？　それとも何かを確認しに来たの？)

将桓の考えていることがわからなかった。

当たり前のことではあるが、良嫣がいなくなってからは、日に日に皇帝との距離が空くのを感じるばかりである。

こうして二人きりになる機会があると、なおのことぎこちなさを感じた。

良嫣が生きていた頃、将桓は灯灯に対して妹のように接してくれたのに、今は灯灯をどう扱っていいかわからない様子だ。

（当たり前よね。そもそも珠蘭姐姐がいなければ、私がこうしてここにいることもなかったのだもの）

灯灯は、卓子の上に置かれた鉢を見た。

啓轅が忘れていったようだ。覗き込んでみると、筆の毛先をちょんと払っただけのような稚魚が、ちょろちょろと泳いでいた。

この稚魚の母親である金魚に、小紅という名前をつけたのは良嫣だった。良嫣が可愛がっていた金魚だったから、灯灯はそれを啓轅にあげたのだ。一匹では寂しいからと啓轅が求めた番が死んでしまって、間もなく小紅も死んでしまった。

「……もう二年なのね」

良嫣が亡くなってから、後宮には妃嬪が一人増え、赤ん坊も一人生まれた。

きっと、将桓の中で良嫣の面影は薄れていく一方に違いない。けれどそれも仕方のないことに思えた。

男女の愛情なんていうものは、失ってなお永遠に続くものではないのだろう。

こうして、良嫣の身代わりをしている娘を黙って後宮に置いておいてくれるだけでも、感謝しなくてはならなかった。

「貴妃娘娘」

声をかけられて、灯灯は顔を上げた。

たった今皇帝が出て行った扉の前に、長身の女が立っている。白髪交じりの髪を丁寧に結ったその女性は、啓轅の面倒を見ている葉夫人であった。将桓が、信頼できる女性だからと二年前に苑祺宮によこしてくれた女性だ。

「葉夫人」

無口で、しかし丁寧で細やかな気配りをする彼女を、啓轅も『葉媽媽（ようまま）』と呼んで慕っている。

「お渡しするものが」

何のことかわからなかったが、灯灯はとりあえず、「入って」と入室を許した。

臥室（しんしつ）に入ってきた葉夫人は、袖の中に入れていたものを取り出して、両手で灯灯に差し出す。それは薬壺のようだった。

「腰や腕の傷につけてくださいさい。治りが早くなりますから」

灯灯は目を丸くしてそれを見つめた。そういえば、起きた時から腰や腕に痛みがあったのだった。袖をまくって見てみると、右腕に痣ができている。どこかに強く打ちつけたようだ。

そこまで思って、はっとした。

（そうだ。昨晩！）

昨日の記憶が瞬時に蘇った。

むしろ、どうして忘れていられたのだと自分を罵倒したくなる。黒貂を捕まえようとして落ちた仁華宮。そこで何者かに殺されかけたのに。

（あのまま気を失ったんだわ。でもどうして殺されなかったの？　しかも苑祺宮で目覚めたのはなぜ？　面紗だって……）

昨晩は外していたのに、目覚めた時はしっかりとつけていた。

いったい誰が？

灯灯が混乱していると、それを見かねたのか、あるいは薬壺を受け取らない灯灯に業を煮やしたのか、葉夫人が足を進めて灯灯の前に膝をついた。そして卓子の上に薬壺を置くと、痣の残る灯灯の腕を支えて薬壺の蓋を取る。

「……」

痛みがでないように注意深く痣に薬を塗り込むその手が、いつも優しく啓賴を助けてくれていることを、灯灯は知っていた。

「ありがとう」

灯灯は、冷血な高貴妃の演技を忘れて礼を言った。すると葉夫人は、他の女官らのように恐縮することなく答えた。

「昨晩は、陛下が娘娘を連れてお戻りになりました。範児らも休んでいたので、涵景軒の方へお越しになり、何も聞かずに着替えさせるようにとお命じになったのです」

灯灯は目を丸くした。

（この人は、こちらの頭の中が読めるのかしら）

そう思うと同時に、自分を苑祺宮に運んできた人物を意外に思って瞬きをする。

「陛下が？」

「はい」

（どうして、陛下が？）

不意に苑祺宮を訪れたのは、そのことと関係があるのだろうか。

（私を運んでくださったということは、陛下も昨晩、仁華宮にいらしたということ？）

しかし灯灯を殺しかけたのは間違いなく将桓ではなかった。

ただ、気を失う前に聞いた『兄上！』という声……あれは、将桓ではなかったか？

（でも陛下の兄上っていったい……）

将桓に男の兄弟はいないはずだ。先の皇后は将桓を産んで亡くなったし、皇帝と他の妃嬪との間には皇女しか生まれなかった。年上の従兄弟はいるだろうが、『兄上』と呼ぶほど親しいとは聞いたことがない。

「葉夫人。……昨晩、陛下はお一人だった？」

「はい。貴妃娘娘以外には、他言無用だと仰せでした」

灯灯は思考を巡らせた。

「ありがとう、下がっていいわ。範児らにも、呼ぶまで入ってこないように言ってちょうだい」

「かしこまりました」

「ああ、待って」

その時灯灯は、一つのありえない仮説にたどりついていた。まさか、と思いながらも問いを口にする。

「……陛下には、以前兄上がいらっしゃったわよね？　確か、八年前に……」

「白禎殿下ですね。はい。八年前に、病でお亡くなりになりました」

そうだ。将桓には過去に兄がいた。

四つ年上の皇兄が。

果断な切れ者であったと聞く。間もなく太子に封じられるはずであったその方が亡くなったから、元徽帝が即位した。

「……そう。ありがとう」

ほとんど上の空でそう答えて、葉夫人を下がらせる。

（そうだ。秦白禎）

そんな名前であった。

『何者だ』

息苦しさの中で聞いたあの低い声を思い出して、灯灯は身震いする。

人気のない宮で隠れていた男。

死んだはずの皇帝の兄。

まさかそんな。ありえないではないか。

背筋を冷たいものが走る。

（やめやめ。考えない考えない）

こんなことを考えてもよい方向に転がるとは思えない。とにかく、面倒ごとは避けるのが肝要だ。そう思って、灯灯は思考を振り払った。

彼女にとって大切なのは、いつもたった一つだ。

あの約束だけ。

（啓翰様が、自分の身を守れるくらいに成長するその時まで）

守り抜く。

そのために、見えるものには目を瞑り、聞こえるものには耳を塞いで、どんな小さな危険にも決して近づかないと、孫灯灯は決めていたのだった。

＊＊＊

狩猟の儀は、これからの季節の豊猟を願って行われる儀式である。

以前は皇宮の外で野営し皇族が狩りを行うものだったらしいが、先帝の時代に倹約のため簡略化されたのだ、と灯灯は聞いていた。

今では毎年、皇宮の南東にある馬弓場が儀式の場となっていて、放たれた鷹を皇帝が射抜き、その鷹を神に捧げて豊猟を祈るというのが通例となっている。

こういった国のための祭祀は、都に居を構える皇族や妃嬪は全員出席するのが基本であった。

人前に出ないように努めているところであるが、数回に一度は出席するようにしている灯灯である。こういった儀式への参列まですべて放棄していると、官吏らが廃妃を訴えてくる可能性があるからだ。

(つまらないわね。あとどれくらいで終わるのかしら)

そんなことを考えながら、灯灯は面紗の下で菓子を喰んだ。

馬弓場に足場を作って設えられた妃嬪らの席には屋根がついていて、卓子には梨、葡萄といった季節の果物の他に、紅豆糕、桂花糕、如意酥などの菓子が並んでいる。

灯灯の周囲にだけ衝立が置かれているのは、『火傷痕を気にして人目を避ける高貴妃』のためのありがたい配慮だ。

その時、馬弓場内がわっと沸いた。

眼下では、太子が二間ほど距離を空けた先の的を射たところであった。おべっか使いの良家の子息らが、大仰に手を叩いて太子を褒め称えている。灯灯のいる位置から広場にいるはずの啓轅は見えなかったが、きっとどこかで兄の勇姿に興奮して頬を赤くしているだろう。

灯灯は視線を動かして、妃嬪らとは別に作られた足場の上見た。

そこには官吏らが並び、一番上に皇帝と皇后が座している。この国で最も尊い二人のすぐ下段には、薄い紫の官服を身につけ、好々爺然とした男が座っていた。

あれは、この国の丞相にして元徽帝の叔父、馬膺である。

数十年前の戦で先代の嘉世帝を救った功績から異例の昇進を果たし、実の姉を皇后に据えることで外戚となった権力者だ。元徽帝の皇后の朱斉微もまた馬膺の娘なので、国舅でもあることになる。

（みな、あからさまね）

官吏たちが上座に座る皇帝よりも馬膺の方に媚を売っているのが、遠くから見ていてもわかった。

先帝の崩御から七年。官吏らが皇帝ではなく馬丞相の顔色をいつも窺っているのは、少し皇宮に関わっていれば見て取れる事実だ。

元徽帝の即位は早すぎたのだ。父皇の病死で十九にして玉座につく必要に迫られた皇帝は頼りなく、彼を支える皇叔父はあまりに有能だった。

賄賂を断る清廉潔白さと必要と決めたことを推し進める果断さを併せ持つ丞相は、民からの信頼も厚い。しかし彼に汚職を告発され朝廷を追われた官吏が少なくないことから、馬丞相を恐れている人間も多くいるらしかった。

「啓笙も、太子殿下のように育ってくれたらよいのだけれど」

衝立の向こうから、李淑妃の声が聞こえた。啓笙とは、数月前に淑妃が産んだ第三皇子のことだ。そしてそれに追従するように蘇昭儀が答える。

「啓笙殿下は陛下にそっくりですもの。きっとご立派におなりですよ。ねぇ、英玉」

「え、ええ。そうですね」

この空気に溶けて消えそうな小さな声は、蘇昭儀と同じ永安宮に住む梅才人だ。その名を梅英玉という。

元徽帝の後宮には現在六人の妃嬪がいた。

もっとも身分が高いのは、当然ながら興龍宮に住まう皇后である。

苑祺宮の高『貴妃』、長陽宮の李『淑妃』、賛徳宮の何『徳妃』の三妃は、品階としては皇后に次ぎ、同列となる。蘇『昭儀』はその下で、梅『才人』は妃嬪の中ではもっとも品階が低かった。

例えるなら、李淑妃は高慢な蛇、蘇昭儀はきゃんきゃんとうるさい小型犬で、梅才人は大人しい兎といったところだろうか。

もう一人、食欲旺盛な猫を思わせる何徳妃がいるはずだが、声が聞こえないのはいつものことだった。彼女はその口を、喋るよりも食べることによく使うから。

「先日陛下が、太子殿下と長陽宮にお越しになって、啓筌を抱いてくださったのよ。兄弟で仲良く遊ぶ様子が本当に微笑ましくってね」

ただでさえ骨張ってつんと上をむいた鼻を、淑妃がさらに高くしているさまが目に浮かぶ。

「太子殿下も、生まれたばかりの弟君がとても可愛いのでしょうね。そうでなくとも啓筌殿下は人々に愛されるような顔立ちをしていらっしゃるもの。ねぇ、英玉」

「は、はい……」

「そうかもしれないわね。乳母たちも口々に言うもの。啓筌はとても利発な顔立ちだって。最近の……」

煽てられるままどんどん大きくなる淑妃の声が耳障りで、灯灯は背後に控えていた範児に「気分が悪いから宮へ戻るわ。お前は啓轅の様子を見ておいて、何かあったらすぐに報告なさい」と命じて立ち上がった。

そうすると妃嬪らがしん……と静かになる。

腰の高さの衝立の向こうから立ち上がった高貴妃に、後宮の女性たちがそれぞれの眼差しを向けていた。

高慢な蛇のような李淑妃は、射るような眼差しを。権力を持つ者におもねることに長けた蘇昭儀は、軽蔑するような眼差しを。強者に逆らうことのできない梅才人は、怯えるような眼差しを。……ただ一人、何徳妃だけが、一度灯灯を見ただけでまたすぐ手に持っていた紅豆糕を口に運んでいた。

そんな彼らを、灯灯は冷たく見下ろす。

それだけでいいのだ。

冷血で恐ろしい高貴妃。

その思い込みが必要だった。

侮られないように。畏れられるように。

この方には、手を出してはならないと。

果たして、妃嬪らが灯灯の眼差しに圧倒されているのが伝わってきた。

（これなら、今日の狩猟の儀に出た甲斐もあるというものだわ）

灯灯は心の中でほくそ笑んだ。

高貴妃の身代わりとなることに決まってから、何度も練習してきた氷の眼差しなので、今ではもうすっかり板についている。

重要なのは、相手が何かを言いたげに口を開くその直前に、ふいっと興味なさげに視線を逸らすことであった。

お前など取るに足らないとそれで伝えるのだ。

そうすると、相手は機会を逸して何も言えなくなる。

この時も絶妙な間で目を逸らした灯灯は、まっすぐに前を見て足場にかけられた木の階段を降りようとしたのだが、甲高い李淑妃の声がざらりと灯灯の耳朶を撫でてきてその足を止めた。

「あら、見てちょうだい。啓轅殿下だわ。久しぶりにお姿を見たわね。太子殿下に犬のように纏わりついて、殿下も困惑していらっしゃるようよ」

『啓轅』という名は聞き逃せない。

（犬、ですって？）

ちらりと背後を振り向く。すると淑妃は、得意げな顔でこちらを見ていた。

「あら、高貴妃。いらしたのね。どうぞ気分を害さないで。悪い意味で言ったのではないのよ」

追従してくすくすと笑いを漏らすのは蘇昭儀だけだ。梅才人は青ざめた顔で視線を落として、何徳妃は如意酥にさくりとかぶりついている。

灯灯が高貴妃に成り代わったこの二年間、あえて彼女に関わろうとする人間などそういなかったが、第三皇子が生まれてからの李淑妃と蘇昭儀の態度は、日増しに目にあまるものになっている。

（皇子を産んだから気が大きくなっているんだわ）

分不相応な野望が生まれたのかもしれない。

――正直なところ、太子の才覚には疑問点が多くあった。

端的に言えば、鋭敏さに欠けるのだ。動きも会話も緩慢で、学びも遅いといわれている。気が優しいのは確かだが、太子に求められるのは鈍重な優しさではなく鋭いまでの賢明さであった。

一方で第二皇子の啓較はというと、母親が貴妃とはいえ、芸妓の出であることは周知の事実である。しかも今や苑祺宮が皇帝から冷遇されているとなれば、生まれたばかりの第三皇子に期待が寄せられるのは当然のこととも言えた。

このような背景を知っていれば、李淑妃がどのような意図でもって灯灯に突っかかってくるかなど明らかだ。

牽制である。

太子に何かあった時、よりその地位に近づけるのは、自分の子供であるのだと。

（くだらない）

だが残念ながら、今現在の灯灯の目標は、そういった権力争いから可能な限り啓轅を遠ざけることであった。良嫣だって、啓轅を太子にしたいだなんて欠片も思っていなかったのだ。

あの人が願っていたのはただ、息子が健康で、できるかぎり自分の望む人生を送ることだった。

「……」

だから灯灯はこの時、かわいい啓轅を『犬』呼ばわりされた怒りをなんとか抑えて、ふいと淑妃から視線を外した。

お前など見る価値もないと、無言のままそう告げられた淑妃が顔色を変えているところを見たかったが、振り返らずに階段を降りる。

（関わらない。それが最善よ）

自分たちが積極的に権力争いに関わろうとしなければ、淑妃だっていずれわかるはず。わざわざ苑祺宮を敵に回す必要はないのだと。

妃嬪（ひひん）らにそれだけの聡明さがあることを祈るばかりである。

馬弓場の広場の方が、また騒がしくなってきた。

すでに皇帝による祭祀は終了している。太子の弓術のお披露目の後でこんな歓声が上がるのは、腕に覚えのある者たちによる騎射対決だ。人々の視線はそちらに釘付けになっているはずだから、貴妃が一人で歩いていても見咎められることはないだろう。

そう思って馬弓場の出口へ歩き出した灯灯であったが、おもむろに方向転換をすると、官吏らの席が設けられた足場の方へ向かった。きょろきょろと周囲に見られていないことを確認してから、さっと布の被せられた足場の中に入り込む。

「見つけたわよ」

灯灯は、にやりと笑った。

そこにいたのは、昨晩の黒貂である。灯灯を仁華宮に落とした張本人だ。

先ほど黒貂がさっと目の前を横切り、足場の下に入り込んだのを見つけて、追いかけてきた灯灯である。

「一昨日はよくも、私を落としてくれたわね。おかげでひどい目にあったんだから」

怪我をしたし、殺されかけた。だが幸いなことに、腕や腰の痛みはもうほとんどない。葉夫人がくれた薬がよく効いたようだ。

灯灯は一度黒貂を睨みつけてから、懐から紅豆糕を取り出した。後で食べようと隠しておいたものだ。

「心配していたのよ。もう誰かに捕まって毛皮を剥がれたんじゃないかと思ったわ」

そう言いながら膝を曲げてしゃがみ込み、手に紅豆糕を載せて差し出す。

黒貂は雑食性だ。人の多いこの場に出てきたのも、皇宮内を逃げ回っていてろくなものを食べていないからかもしれない。

「皇宮の中は危ないのよ。そうやって逃げ回っていたら、誰かに捕まって酷い目に遭うんだから」

灯灯の忠告が理解できたのかどうか知らないが、ふんふんと鼻を鳴らした黒貂は、少しずつこちらへ近づいてきた。そしてかぷりと紅豆糕にかぷりつく。

「美味しいでしょう?」

灯灯はほっとして笑った。

黒貂は、もそもそと紅豆糕をたいらげると、もうないのかと言わんばかりに灯灯の手に鼻を寄せる。

「もっと食べたいの?」

怖がらせないように注意しながら撫でてやると、滑らかな毛並みが手に吸い付くようであった。野生の貂なら、多少ごわつきがあるはずだがそれがない。

「誰かが宮中に連れてきたのかしら」

灯灯が胸に抱き上げても、黒貂は抵抗すらしない。どうやらずいぶんと人に慣れているらしい。

　とりあえず苑祺宮に連れて帰って、どこかの宮から黒貂が逃げたりしていないか範児に確認してもらえばよいだろう。毛皮用に連れてこられた子なのであれば、灯灯が引き取ればいい。

（啓轅が喜ぶなら、飼ってもいいわ）

　ほとんどの時間を苑祺宮の中で過ごさせているので、啓轅には寂しい思いをさせている。遊び相手がいると気分が違うかもしれない。

　それはとてもよい考えに思えて、灯灯は黒貂を大事に抱え直した。

（とりあえず、誰かにこの子を入れる籠を持ってこさせよう）

　そう思って足場の下から出ようとした灯灯は、すぐ外に人の気配を感じて足場を覆う布をめくる手を止めた。

「……あなたのしていることは、謀反と同じだ」

　その言葉に、さっと顔をこわばらせる。

　謀反？　それは、口にするのも憚られる重罪だ。捕えられれば、九族が殺され、首は市中に晒されるという。

（いったい誰が、こんなところでそんな不穏な話をしているのよ）

　巻き込まれることを恐れて息を殺した灯灯だが、次に聞こえてきた声には本当に息が止まるかと思った。

「謀反だと？　まさか貴殿に、そのようなことを口にする度胸があったとは」

その、特徴的なかすれ声。知っている声だ。

「これ以上、国が腐っていくのを見過ごせぬからです」

「馮侍郎、少し落ち着いた方がいい。糾弾すべきは私ではないのでは？」

「いいや、あなただ。皇宮の誰もが自由に身動きできずにいる。それは、あなたが張り巡らした糸のせいでしょう」

ははっという乾いた笑い声が小さく弾けた。

「……せいぜい、その糸に絡め取られぬよう祈っていることだ」

そんな捨て台詞を残して、ざりざりと一人分の足音が遠ざかっていく。

心臓がばくばくと早鐘を打っていた。

（……どういうことなの？）

馮侍郎と呼ばれていた男の声には聞き覚えがなかったが、もう一人が誰かはすぐにわかった。

不正を嫌うこの国の丞相――馬膺だ。

間違いない。孫灯灯として良嫣の側にいた時に、何度か聞いたことのある声だった。

しかも糾弾されていたのは、その丞相の方ではなかったか。

（謀反ですって？）

九族にも累が及ぶ重罪。

――『信じてはだめよ』

その時灯灯は、脳裏に響いた声に目を瞑った。急に、気道が狭くなったような息苦しさを覚える。こめかみには脂汗が滲んだ。

（珠蘭姐姐）

噛み痕の残る左腕がうずく。激しさを増す動悸の音に全身が飲み込まれそうになった。その時視界が歪みさえした灯灯を現実に引き戻したのは、「キキッ」という小さな鳴き声であった。

黒貂を抱きしめる腕が力んでいたことに気づいて慌てて腕を緩める。しかし直後に、「誰だ！」という外からの誰何の声に打たれて身をすくませた。馮侍郎がまだ外にいたのだ。

（まずい！）

逃げ場を探して周囲を見回そうとすると、横からぐいと腕を引かれて冷たい手に面紗ごと口を塞がれた。

「誰かいるのか？」

布をめくって足場の下を覗き込んだ馮侍郎は、きょろきょろと中を見回した後、

「気のせいか……？」と首を傾げて布を下ろす。遠ざかっていく足音から、難を一つ乗り越えたことはわかったが、まだ彼女は警戒を緩められる状況にはなかった。

足場に使われている太い支柱に正面から肩を押し付けられ、さらには口を覆われて身動きが封じられている。相手の喉元が目の前にあって、ごつごつとした喉仏が見えた。

灯灯は、ぱちぱちと瞬きをした。

その人物は、馮侍郎の足音が十分遠ざかったのを確認してから灯灯の口を塞いでいた手を離す。

浅藍の袍を身につけた、すらりと背の高い郎君であった。しかもかなりの美形である。すっきりと通った鼻筋に少し冷たさの残る眼差しが、真冬に降る雪の静かさと美しさを思わせる。まるで絵姿から抜け出たような、というと陳腐な言い回しになってしまうが、まさにそう表現したくなる美男子だった。

（騎射対決に来た良家の子息かしら）

官服を着ていないのだから、その可能性が高いだろう。灯灯は、冷血な貴妃らしく一瞥してその場から立ち去るべきか、自分を助けてくれた初対面の相手に対してとりあえず礼を言うべきか、すぐ判断できずに黙った。

「……」

男は、何かを見定めるように眉をひそめて灯灯を見ている。やがて静かな声で問うてきた。

「ここで何を？」

甘いと感じるほど低いその声に既視感を覚える前に、灯灯は男の右手にある引っ掻き傷に気づいた。つい最近、誰かの爪でつけられたような赤い傷だ。

『何者だ』

一昨晩の声が脳内で再生されると同時に、どっと汗が噴き出す。月明かりに晒されたのは、恐ろしいほど整った顔立ちをした鬼だった。

「‼」

灯灯は、とっさに抱いていた黒貂を男に向かって放ると、その隙をついて逃げ出そうとした。しかしぐいと後ろ襟が引かれ、喉が締まって「ぐえ」と蛙が潰れたような声が出る。

「ああ。その目、思い出した」

灯灯の後ろ襟を掴んだ男の声が頭上から降ってきた。

「一昨日の女だな」

「離しなさい……！」

小声で命じる。

すると男はすぐに手を離したが、同時に後頭部でしゅるりと音がした。

はっとして振り向いた時にはすでに遅く、男の手の下で絹の面紗が揺れている。灯灯は唇を噛んだ。手で口元を隠すが、意味がないことはわかっている。

「返してちょうだい」

「先ほどは、何を聞いた？」

「何も聞いていないわ」

「なぜここに隠れていた」

「隠れていたわけじゃない。ここに逃げ込んだ黒貂を捕まえようとしたのよ」

「残念ながらその黒貂は、また逃げてしまったようだ」

男はそう言うと、口の端を上げて笑った。指先で面紗をもてあそぶその仕草一つでさえ流麗で、気品が漂っている。この男をひと目見て良家の子息だと思ったのは、その服装のせいではなく滲むような優艶さのせいだった。

（最悪だわ）

灯灯は、自分がまさか、と思っていたことが真実味を帯びてきたことに愕然として、同時にこの状況に絶望した。

「……面紗を返してください」

「あの夜、殺しておいた方がよかったかな」

　ぽつりとこぼれた独り言のような言葉に、灯灯は青ざめる。

「私は何も見ていないし、何も言いませんから」

「……何も見ていないし、何も言わない？」

　男はたった一歩で灯灯との間に空いていた距離をなくすと、持っていた面紗で灯灯の口を覆った。

　口を塞いでまた首を絞められるのかと思ったが、男は面紗の紐を灯灯の耳にかけ、後頭部に両手を伸ばして紐の端を結んだ。その指先の動き一つとってもにおい立つような艶やかさがある。

　目を引くのだ。男のすべてが。

　抗いきれない存在感がある。

　そう、まるで――この男こそが、国の宝座に座るべき人物であるかのように。

「将桓が、お前は賢い娘だと言っていたが、その通りのようだ」

　将桓とは、元徽帝の名前だ。灯灯が青ざめる。しかしその反応さえ、男に確信を与える材料にしかなりえなかった。息がかかるほど近くに好みの美しい顔があるというのに、灯灯の胸を高ならせるのはときめきではなくどうしようもない危機感だ。

「賢いが、正直だ。知らぬふりをするのなら、お前は青ざめるのではなく怪訝そうに眉を寄せるべきだった。――俺が誰か、わからないのなら」

元徽帝が『兄上』と呼び、元徽帝の名を呼び捨てられる人間。そんな人間は、過去にも未来にも一人しかいないはず。

「こうしよう。俺が誰か当てれば、お前を生かす。当てられなければ、死んでもらう」

「……めちゃくちゃですね」

緊張で張り付いた喉を絞るようにして答える。すると男が灯灯の首に、甲に傷のついた手を這わせた。その傷は、一昨晩灯灯がつけた傷だ。生きるためにつけた傷。

「細い首だ」

「離してください」

恐怖で泣き叫ばないでいられたのは、高貴妃としての気概が残っていたからだった。自分の後ろには啓轅がいるのだと思ったから。

何があっても、あの子を守るために、自分は生き残らなければいけない。

どんな陰謀や秘密に触れたのだとしても……生きなければ。

男の指先にわずかに力がこもり、薄い皮膚の下の血の流れに男が触れたのを感じる。

「離してください……白禎殿下」

引き絞るように出した言葉は、外から聞こえてきたわっという歓声にかき消されたように思えた。しかし首から手が離れ、その指先が顎(あご)を撫でていく。

男はにこりと笑った。

「いい子だ」

凍りついた足を引き摺るように、灯灯は後ずさった。大きく息を吸って吐くと、残った氷を振り払うつもりで踵(きびす)を返す。

「……今夜、仁華宮で待っている」

背中に投げかけられた男の声から逃れて足場の下から出ると、早足にそこから遠ざかった。

どうやら騎射対決はかなり盛り上がっているらしい。馬弓場の隅にある厩舎には、幸いなことに誰もいなかった。獣のにおいに不思議と安堵さえ覚えて、厩舎を支える柱に寄り掛かり、灯灯は息を整えた。

（嘘でしょう）

秦白禎。

（……八年前に死んだはずの皇兄）

その人が、生きていた。

それはいったいどういうことなのか。

この時灯灯は、まだ何もわかっていなかったのだった。

三、仁華宮の男

「絶対に行かないわ。行くものですか」

日没後の静かな苑祺宮の正殿を、灯灯は冬眠前の熊のように歩き回っていた。

範児は早々に下がらせたので、人目を気にする必要はない。

『今夜、仁華宮で待っている』

「殺されるかもしれないのに、行くわけないじゃない！」

そう自らに言い聞かせ睡衣にも着替えたというのに、落ち着いて横になれないのは、この宮が仁華宮と壁一枚しか隔てられていないからかもしれなかった。

（陛下に相談すべき？……いいえ）

将桓は、七年前に即位した。当時、もっとも次の皇帝に近いと言われていた兄がその前の年に亡くなったから、彼が帝位を継いだのだ。

ならば秦白禎が死んだとされて一番利益を得たのは、将桓のはず。

（陛下が、皇兄を幽閉していた？）

そんな馬鹿な。灯灯は自分の考えを笑った。幽閉されていた人間があんなふうに出歩いているはずがない。逃げ出したのか？　いや、違う。仁華宮から逃げ出したのなら、仁華宮で待っているなんて言うはずがないではないか。

（……あらゆる可能性を考えなくちゃ）

啓轅を守るために信頼できるのは自分だけだ、と灯灯は理解していた。

将桓が良嫣を愛していたのは確かだが、息子である啓轅を同じくらい愛しているかどうかはわからない。

だからこそ良嫣は、啓轅を夫である将桓ではなく灯灯に託したのだ。

もし本当に、あの男が――死んだはずの皇帝の兄であるのなら。

なぜ、隠れて生きている。

（可能性として考えられるのは）

正気を失って閉じ込められているか、あるいは、なんらかの理由で自らの死を偽装した上で、隠れていたか――。

（正気を失った人間の目じゃなかったわ）

では、自分の死を偽装したのか。そして八年という歳月を、隠れながら生きてきた。

その理由は？

（誰かを守るためか、誰かを害するため……）

そう思ったのは、良嫣の生を偽装して成り代わっている自分の境遇と重ね合わせたからかもしれなかった。

「娘娘、範児です」

その時、正殿の扉が控えめに叩かれた。

「その……今しがた、陛下より文が」

灯灯は眉根を寄せた。大股で扉まで行くと、両開きのそれを片側だけ開いて手を伸ばす。

「渡しなさい」

「はい……」

範児の困惑顔も無理はなかった。これまで、元徽帝から文を受け取るなんてことは一度もなかったのに。

灯灯は、数回折り畳まれたそれを、慎重に開いて読んだ。そして顔を上げると、不安そうな顔で待っていた範児に言った。

「今夜はもう、下がってちょうだい。考え事があるから、夜が明けるまで正殿には来ないように」

＊＊＊

一昨晩のように緩修殿(かんしゅうでん)の屋根から壁の方へよじ登った灯灯は、壁の向こうに梯子(はしご)がかかっているのを見つけて瞬きをした。

念のため、片足だけ下ろして強度を確認してから慎重に一段一段踏みしめて降りていく。灯灯が足をかけるたびに梯子(はしご)はギシギシと音を立てたが、なんとか無事に地面に足をつけることができたので、彼女はほっと息をついたのだった。

仁華宮は、今日もひっそりと佇んでいた。一昨晩と違うのは、月が雲に隠れていることだ。

薄暗がりの庭院(にわ)の中、柔らかな灯りが池の方から漏れていた。灯灯は一度自らの身だしなみを確認してから、ぴんと背筋を伸ばしてそちらへ向かって歩き出す。

一度は化粧を落として睡衣(ねまき)姿になっていたというのに、しっかりと化粧をやりなおして外着に着替えたのは、自分を守る鎧(よろい)を身に纏うためだった。もちろん面紗だって忘れていない。髪だけは自分で結いあげることができなかったが、簡単にまとめているだけでも見栄えはするだろう。

袖の中に隠した小瓶がぽろりと落ちてしまわないように、鳩尾(みぞおち)の上で重ねた手を少し胸の方に持ち上げる。

池にかかる漢白石の欄干までくると、庵(いおり)の中に男が一人座っているのが見えた。庵(いおり)の屋根から下がった紙灯籠が、柔らかな灯りで周囲を照らしている。

彼は、一昨晩見た鬼（ぼうれい）のような白い直裾（ふく）ではなく、夜の深いところの色を抽出したような、黒とも深藍ともつかない色の直裾（ふく）を身に纏っていた。ただ髪は昼間のように冠でまとめられてはおらず、無造作に背中に流されている。

灯灯は、欄干の手前で一度足を止め、深呼吸をしてから前に進んだ。

庵（いおり）の屋根を支える五本の柱には蔦がからみ、その下からくすんだ朱色がわずかに顔をのぞかせている。

灯灯が来ていることに気づいているだろうに、男はちらりともこちらを見ずに、すっと背筋を伸ばしたまま、卓子（たく）の上に置かれた三つの杯を満たした。

庵（いおり）の屋根の下に入り足を止めた灯灯が、膝をつかない空首の礼をして「良嫣がご挨拶を」と言った時、背後から声が聞こえた。

「兄上」

振り向けば、たった今灯灯が歩いてきた橋の上を、別の男が歩いてきている。袍（ほう）を身につけたその郎君（せいねん）が誰か、一拍を置いて気づいた灯灯は、慌ててその場に膝をついて頭を下げた。

「陛下」

「わわ、灯灯」

すると、慌てて駆け寄ってきた皇帝——秦将桓が、灯灯の前で膝を折った。

「いいんだ、灯灯。立ってくれ」

「へ、陛下」

灯灯は困惑して青ざめた。どうしてこの人が今、自分のことを『灯灯』と呼ぶのかが理解できなかったからだ。灯灯の表情を見て、将桓はどこか困ったように笑う。

「安心して。兄上はすべてご存知だ。君が、良嫣の身代わりになったことも」

「……」

灯灯は絶句した。

「……どういうことですか？」

頭の中が混乱する。

先ほど範児に手渡された将桓からの文には、『来』『華』の二文字だけがあった。華とは「仁華宮」のことだとすぐにわかったし、筆跡は間違いなく将桓のものだった。灯灯はてっきり、なんらかの理由で生き延びている皇兄について口止めをされるのだとばかり思ってやってきたのだが……。

「座ったらどうだ」

この国の皇帝が現れたというのに、椅子から立つ様子も見せないで男が言った。状況が整理できずにいる灯灯を、将桓が促して椅子に座らせる。

残った椅子に腰掛けた将桓は、杯を手にとり口元に寄せようとして顔をしかめた。

「兄上。これは酒じゃないか」

「誰が酒じゃないと言った？」

そう言いながら、男は一口で杯を煽った。

自分の目の前に座る二人の男を、灯灯は呆然と見る。

「灯灯、改めて紹介するよ。この方は、私の実の兄上だ。秦白禎という。とりあえず、白禎殿下と呼んでくれたらよいよ。兄上、こちらは灯灯。以前にも話したことのある、良嫣の侍女だ」

「将桓、酒の肴の一つも持ってこなかったのか？」

「持ってくるわけないだろう？　この状況で酒宴をするなんて誰が考えるんだ」

「まったく、気の利かない奴だな」

「あの」

灯灯は思い切って言った。

「今日私が呼ばれたのは、口封じのためなのでしょうか」

すると、二人の兄弟の視線が一気にこちらに向いたので思わず身を引いてしまう。

似ているかと聞かれれば、似ていると言える二人である。

だがおそらくほんの少しの顔の部品の位置の違いで、兄の方には近寄りがたさと華やかさが付随されていた。親しみやすく愛されやすいのは、弟の方だろう。

そんな不敬なことを思いながらも、灯灯は裲子の上から袖の中の小瓶を握りしめて、意を決した。

「私は、誰にも何も言いません」

何があっても、最優先すべきは啓轅だ。もし啓轅に害が及ぶようなことがあるのなら、迷わない。

「私の望みは、苑祺宮で静かに暮らすことです。だからあの壁も、もう二度と越えません。もし言葉だけでは不安だとおっしゃるなら、永遠に口をつぐみます」

そう言って、隠していた小瓶を卓子の上に出す。灯灯は顔を上げて、まっすぐに目の前の美しい男の顔を見た。

「これは、喉を潰す毒です。今ここでこれを飲みます。ですからどうか」

どうか、今後も何事もなく過ごさせてほしい。

何も知らなかったように暮らさせてほしい。

これは灯灯の懇願であった。

「灯灯！」

小瓶を呷ろうとする灯灯に将桓は声を上げたが、動くのはもう一人の男の方が速かった。身を乗り出し灯灯の手首を掴むと容赦無く後ろに捻りあげる。

「あっ！」

灯灯の手からこぼれ落ちた小瓶を男の空いた手が受け取る。そして男は、小瓶に鼻を近づけると静かに言った。

「確かに喉を潰す毒だが……数日で声は戻る。小娘。俺たちを謀ろうと？」

ぎりぎりと灯灯の手首を捻りあげる力に容赦などない。けれど灯灯は痛いと悲鳴を上げなかった。

「でも兄上、灯灯は本当に善良な娘なんだ。二年間もずっと、良嫣との約束を守っている。手を離してあげて。お願いだ」

「善良だって？」

男が笑う。

灯灯はただまっすぐに……目の前の男を睨（にら）んだ。

「善良な娘が、平然と皇族に嘘をつき、躊躇（ためら）いもなく毒を呷（あお）ろうとなどするものか。ましてや、二年間も他人に成り替わるなどと」

純粋で忠実な侍女。

将桓が灯灯のことをそう思っていることは知っていた。

そして灯灯は自分が、彼が期待するような綺麗な存在でないことももちろん、わかっていたのだった。

「小賢しく、胆力もある。目的のためなら躊躇がない。侍女より刺客向きだな」

一昨日初めて会った男にそう評されたことで、灯灯は忘れかけていた幼い頃のことを暴かれたような心地になった。

（これくらいなんでもないわ。珠蘭姐姐（しゅらんねえさん）に会う前は、生きるためになんだってやったもの）

詐欺も盗みも、日常茶飯事であった。そうでないとその日食べるものもなかったからだ。父親はいたが、最悪の父親だった。酒と博打に明け暮れ、気まぐれに灯灯を殴った。灯灯が必死で得た金も、うまく隠さないとすぐに父親の酒代へと消えた。

十歳で妓楼に売られたのだとわかった時だって、驚きはしなかった。いつかはそうなるだろうと思っていたからだ。

自分は捨てられるだろう、と。

「離してください」

その時、男は灯灯の腕を見て眉根を寄せた。手首が捻りあげられているせいで、褂子（うわがけ）の袖が肘まで落ちて腕が露わになっている。

「離してください」

再度言うと、ようやく男は灯灯から手を離してくれた。

（痛いわね！　痕になったらどうしてくれるのよ！）

心の中で罵倒するがもちろん、声に出す度胸などあるはずもない。

手を離した男は再度椅子に腰を下ろすと、正面からじっと灯灯を見てきた。

間近であの迫力に負けなかった自分を絶賛してやりたい。

よくやった灯灯。恐怖で泣かなかっただけで万々歳だわ。

「驚かせてすまないね」

男が身を乗り出したせいで倒れた杯を戻しながら、将桓が言った。

「君をここに呼んだのは、私たちに協力してほしいことがあるからなんだ」

「無理です」

灯灯はすぐに言った。

「灯灯……、お願いだ。一度聞いてくれないか」

「無理ですってば！」

灯灯は抑えた声で拒絶して、立ち上がった。

「陛下。どうして八年も前に亡くなったはずの兄上の存在を私に明かすのです。口封じでないのなら、なぜ私をここに呼んだのですか？　陛下は珠蘭姐姐の願いをご存知のはずでしょう。私が高貴妃として後宮に残った理由を」

それなのにどうして、高良嫣を巻き込もうとするのか。

その時、将桓の傷ついたような表情見て、灯灯は責めるような言葉を口にしてしまったことを少し後悔した。しかし同時にもっと詰ってやりたくなる。どうしてあなたが傷つくのだと。

妓楼に通っていた頃も、将桓は間抜けと思えるほど善良な人物だった。彼が皇帝なのだと知らされた時は、おかしな冗談だと信じられなかったほどだ。

灯灯と二人の時はまだ皇帝らしい雰囲気を残していたが、良嫣がいるとまるで少年のようになった。それを『可愛らしい』と評した良嫣に、灯灯は呆れたものだ。

（この人が、自分の兄を幽閉なんてするはずないわ）

灯灯は、一度は考えた仮説を早々に放棄した。

そんな企みができる人間ではない。

何かを企むとしたら……、この、もう一人の男の方だろう。鋭い眼差しを持つ、死んだはずの皇兄。

（八年前、私はまだ十一だったわ）

第一皇子が亡くなったという話は覚えていたが、その死因までは知らない。知る必要はないのだ。これからも静かに、何にも関わらず生きていくのなら。

「灯灯、すまな」

「黙って隠れていれば守れると思っているのか」

将桓を遮って発せられた男の言葉は、見えない刃となって灯灯の心臓を刺した。

「守れたのか。二年前、お前は。そうやって、大切なものを――馬膺から」

「……どうして」

馬膺。

ああ。ここでも、その名を聞くなんて。

『信じてはだめよ』

頭の中に響くのはあの夜の良嫣の言葉だ。

『灯灯……丞相を、信じないで。信じてはだめ』

死の床についた良嫣は、灯灯の手を強く握って言った。

『決して、油断しないで。お願いよ。……どうかお願い。あの子を守って』

馬丞相。多くの人間の信頼を得る、この国一番の権力者だ。

国舅として夫を支えるその人物を、どうして良嫣が信じるなと言ったのかはわからなかったが、灯灯はただ『はい、娘娘』と答えた。

(安らかに笑ってほしかったからよ)

死が逃れられないものであるのなら、最期はただ安心してほしかったから。

灯灯は、乱れそうになる呼吸を落ち着かせるために胸に手を当てた。

良嫣の病はあまりに突然だった。

ある日血を吐いてからは、坂を転がり落ちるように体調を崩して亡くなった。太医は出産で身体が損ねられたことからくる病だと言っていたが、何らかの毒を盛られたのだ、と灯灯はずっと疑っていた。

けれど犯人を探すことはしなかった。啓轅の安全のためには、そうするしかなかったのだ。

「灯灯。聞いてほしい」

将桓が言った。

「良嫣が亡くなる前の様子は、兄上が死にかけた時の症状と酷似していた」

灯灯は眉を寄せる。

「それはいったい……」

どういう意味なのか。

「兄上は八年前、何者かに毒を盛られて死にかけたんだ。かろうじて一命を取り留めたけれど、それが知られれば再び命を狙われるおそれがあった。だから死を偽装するしかなかった」

それはつまり……。

「珠蘭姐姐と殺した人間と、白禎殿下を殺そうとした人間は同じ可能性があるということですか？」

「可能性ではない。同じだと、俺は考えている」

白禎の言葉に、灯灯は唾を飲み込んだ。

疑問は次から次へと湧いてきた。しかしそれらを口にする代わりに、灯灯は小さく息を吸った。すると、面紗が口を塞ぐ。それが今までになくわずらわしく思えて、彼女は無造作に面紗を外した。この場ではもうこんなものをつけていても無意味だ。

「私を巻き込まないでください」

灯灯は言った。

「どんな陰謀にも復讐にも、私は関わりません」

良嫣の死に丞相が関わっているかもしれないと疑っても将桓に告げなかったのは、犯人探しに巻き込まれたくなかったからだ。

良嫣がそれを望まないとわかっていたから。

灯灯はずっと、良嫣の死の真相を知りたいと願ってきた。

（でもそれは、苑祺宮とは関係ないところで暴かれるべきなのよ）

でなければ、苑祺宮に――啓轅に危険が及ぶ。

「貴妃娘娘が願ってらしたのは仇討ちではなく、啓轅様の幸福でした。だから私は、何をおいても啓轅様をお守り申し上げます」

灯灯はそれだけ言うと、踵を返して橋を渡った。ほとんど駆け足で壁にたてかけられたままの梯子に飛びつき、足をかける。誰も止めなかったし、灯灯は振り返らなかった。

屋根の上にたどり着くと、振り返って乱暴に梯子を蹴る。梯子は花壇の上に倒れたので、そこまで大きな音はしなかった。けれど男たちには梯子が外されたことはわかっただろう。

これは意思表示だ。けっしてあなたたちの陰謀には関わらないと。

そうだ。

関わらない、決して。

（そうでなければどうしてこの二年間、苑祺宮に閉じこもっていた意味がある？）

高良嫣は、景承宮の火事のせいで、火事前後の数ヶ月の記憶が曖昧になったことになっている。だから今日まで生きてこられたのだ。

脅威ではないから、灯灯も啓轅も無事でいられた。

すべてのことに目を瞑り、耳を塞ぎ、口を閉じて、ただ大切な宝物を抱きしめて扉の内側に閉じこもる。

それが、啓轅を守る唯一の方法だ。

そう信じてきた。今までずっと。

……それなのに。

（どうして胸がこんなにざわついているの？）

灯灯は自問したが、答えなどどこからも返ってこないのだった。

＊＊＊

翌日、涵景軒で啓轅の勉学を見てやっていた灯灯は、詩を一つ覚えたご褒美に啓轅が「母上と御花苑へ行きたいです」と言ったので少し目を丸くした。

「またどうして、御花苑なの？」

てっきり、菓子や玩具をねだられると思っていたので首を傾げる。

「昨日、兄上がおっしゃっていたんです。今、御花苑の桂花がとても綺麗に咲いているんだとか」

啓轅が目をキラキラと輝かせながら言った。

「母上、いっしょに見に行きましょうよ」

御花苑は後宮に設えられた巨大な庭院で、妃嬪は自由に出入りが可能だ。もちろん灯灯が高貴妃となってからは、人目が気になることもあって訪れたことは数えるほどしかないのだが。

「御花苑へ？」

「そうね……」

他の妃嬪と鉢合わせすることを考えると、二つ返事ができなかった灯灯である。けれど側に控えていた葉夫人が助け舟を出してくれた。

「今日は長陽宮で啓笙殿下の百日宴をされるとかで、みな様そちらに呼ばれているようですよ」

「そうなの」

（啓笙殿下が生まれてからもう百日が経つのね）

なるほど……それなら御花苑で他の妃嬪と鉢合わせする心配もなさそうである。

「母上、いいでしょう？」

啓轅がつんつんと控えめに灯灯の袖を引く。

その可愛らしさに、彼女が敵うはずもないのであった。


ぐるりと赤い壁に囲まれた御花苑の中央には、さらに赤い壁に囲まれた万一殿がある。その他にも四季にちなんで名付けられた綾春亭、香涼亭、延秋亭、澄雪亭という四阿や、四神の祀られた祠などがしかるべき場所に配置されており、御花苑は見る場所によってさまざまな顔を見せた。

「母上、もう桂花の香りがしますね」

「そうね」

葉夫人には涵景軒の衣替えを任せて、範児だけ連れて苑祺宮を出た灯灯は、啓轅と手を繋いで久しぶりに歩く御花苑に、ここ数日起こった出来事などすっかり忘れられるような心地になって面紗の下で顔を綻ばせた。

（やっぱり、外の空気を吸うのって大切ね）

昨晩仁華宮から戻った後は、しばらく寝付けなかった。考えるのをやめようと思ってもぐるぐると頭の中でさまざまな思考が飛び交ってどうしようもなかったのだ。

それでも結論は変わらない。

最優先すべきは復讐ではない。啓轅なのだ。

灯灯は、左手で繋いだ小さな手を、きゅっと強く握り直した。

「あ！　兄上！」

もう少しで延秋亭が見えてくる、というところまでやってくると、突然啓轅が灯灯の手を離して弾けるように駆け出した。

「啓轅！」

慌ててその後を追いかけると、すでに見えていた池の側に、少年がしゃがみこんでいるのがわかった。

太子の秦啓熾（けいし）である。彼は、啓轅に気づくと立ち上がって穏やかに笑った。

「兄上！」

啓轅は啓熾に飛びつきそうになったが、すぐ側に女官がいることに気づいてなんとか足を止めると、両手を重ねて礼をした。そしてどうだとばかりに顔を上げてにこりと笑う。

するとと太子は相好を崩し、そんな弟の頭を撫でてやった。

「啓轅、来たんだね」

太子は啓轅よりも二つ年上の六歳で、背は啓轅よりも頭一つ分高い。少し丸い鼻が可愛らしい穏やかな顔立ちをしていて、見ているとこちらもつい頬を緩めてしまうような、不思議な雰囲気があった。

「太子殿下にご挨拶いたします」

啓轅を追いかけてきた灯灯は、自分の腰の高さほどの太子に礼を取った。

「高貴妃。啓轅を連れ出してくださってありがとうございます」

（もしかして……二人で示し合わせていたのかしら）

昨日の狩猟の儀で久しぶりに会った兄弟が、御花苑で再会の約束をしていたとしても不思議はない。

「太子殿下は、お一人ですか？」

「いいえ、母上とお祖父様があちらにいらっしゃいます」

灯灯はとっさにしまったと思った。

延秋亭の中に男女が座っていて、周囲に数人の女官や宦官が控えているのが見える。

一人は皇后で、もう一人は丞相であった。

（そっか……よく考えてみれば、啓笙殿下の百日宴なんて、皇后が行くはずがなかったわ）

これまでもそうだった。朱皇后が、妃嬪らの招待に応じたところを見たことなどない。人付き合いが苦手というより、人と馴れ合うのが好きではないのだろうと以前良嫣が言っていた。『きっと、静寂を好む方なのよ』と。

知らぬふりをして通り過ぎようかとも思ったが、二人の顔がこちらに向いているのがこの距離でもわかった。さすがに、後宮の女主人と朝廷の権力者をまとめて無視するのはまずかろう。

「二人とも、池に落ちないように気をつけてくださいね。お前はお二人をちゃんと見ていてちょうだい」

「かしこまりました」

範児が答える。

その表情にあからさまにホッとするような色が浮かんだのを見て、灯灯は心の中で笑った。恐ろしい高貴妃に仕えるよりも、子守の方が気楽なのかもしれない。

（……私も気が重いわ）

それでも逃げ出すわけにはいかない。

重い足取りで延秋亭にたどり着くと、灯灯はまず女主人に礼をした。

「皇后にご挨拶を」

「……」

無言のままこくりと頷いた皇后の横で立ち上がった馬丞相が、顎の下で両手を重ねる。

「馬膺が貴妃にご挨拶を申し上げます」

少し掠れたその声に、灯灯は口を引き結ぶ。抑え切れなかった緊張が、面紗で隠れていたのは幸いであった。

「馬丞相にもご挨拶を」

「恐れ入ります」

馬膺は、空いていた椅子を灯灯に勧めた。

「陛下に許可をいただいて、久しぶりに父娘で花を愛でていたところなのです。貴妃もご一緒されませんか？」

丞相は紫の官服を身につけたままなので、どうやら朝議の後そのままこちらへ来たらしい。そこらの官吏は御花苑に足を踏み入れることも許されないのだが、さすが国舅である。

「いえ……私は」

まっぴらごめんだ、と断ろうとしたが、皇后の侍女らが無言のまま茶杯の準備を始めたのを見て、口を噤んだ。

明るい歓声が聞こえてきたのでちらりと見てみると、啓輳と太子は池から少し離れたところで蹴鞠を始めたようだ。これで断るのはあまりに不自然だろう。

「……ありがとうございます。では、失礼いたします」

灯灯は観念して椅子に座ることにした。

(なんとかして早めに切り上げるわよ!)

そう自らに言い聞かせる。

「体調はどう?」

茶杯を手に取って、皇后が問うた。その声には抑揚がなく、およそ感情というものが感じられない。二年前の火事以降ずっと宮に閉じこもっている貴妃を、本当に心配して問うているのかも疑問であった。

「日によって波はありますが、今日は啓輳に桂花を見たいとせがまれまして」

「そう」

皇后の返答は、あくまで短い。

その周囲に流れている時間がゆったりと感じるという点では、皇后と太子はよく似ていたが、皇后の方がずいぶんととっつきにくい感じがあった。言葉少なで、表情もあまり動かない。

良嫣を春の桃花に例えるのなら、皇后はまるで冬の茶花だ。

静かで、孤独で、端麗な茶花。

後宮に入る前、灯灯は将桓の正妃である皇后という人物にひどい偏見を持っていた。こうして実際に接してみてひどく意地悪な印象はなくなったものの、何を考えているかわからないという不気味さは拭えないままだ。

「貴妃とゆっくり会話する機会をいただくのも久方ぶりですな」

にこにこと穏やかな笑顔を浮かべながら、丞相が言った。

灰色の髭を撫でつけて目尻を下げる様子は人の良い老爺のようだ。この人に任せておけば万事大丈夫だという安心感さえある。

「啓轅様も、ずいぶん大きくなられたようだ」

「ありがとうございます」

（本当に、似ていない親子ね）

灯灯は頭の中でそんな感想を抱いたが、それも当然だと思い直した。

皇后は、丞相の養女なのだ。家族をすべて失った皇后を、丞相が引き取ったのだと聞いたことがある。

「啓轅様は、学士堂へは通われないのですか？」

丞相が聞いた。

「そうですね。まだ考えているところです」

「陛下にももっと啓轅様に目を向けていただかないと。啓笙様はまだ幼い。今後太子殿下をお支え申し上げられるのは、啓轅様になりましょう」

「……」

灯灯は、微笑みを浮かべるにとどめた。

こういう場では、あまり発言しない方が無難だ。灯灯の秘密がばれるのも困るが、野心があると勘違いされても心外だからだ。

(何か理由をつけて、この場を離れたいのだけれど)

灯灯が思ったその時である。

バシャン！ という音と共に悲鳴が上がった。

「啓轅様が！」

啓轅。その名を聞いて、血が逆流するような感覚と共に振り向く。次の瞬間には、灯灯はその場から駆け出していた。

「啓轅！」

池の中で、子供がばしゃばしゃと溺れていた。

啓轅だ。池の側で青ざめて立ち尽くす太子を、女官が庇うようにして抱き締めている。その向こうから、持っていた鞠を放り出してこちらに駆けてくる範児が見えた。

　視界に入った状況をすべて確認した上で、灯灯は躊躇わなかった。

「貴妃！」

　池に飛び込もうと地面を蹴る。しかし足が宙を蹴ったところで腕を引かれて、気づけば地面の上に転がっていた。バシャン！　と上がった水飛沫が顔に飛ぶ。

　灯灯の代わりに水に飛び込んだその宦官は、こちらに背を向けたまま啓轅の元へたどり着くと、小さな体を抱えて太子らがいる反対側の岸へ辿り着いた。

　慌てて立ち上がった灯灯も、転びそうになりながらも池を回って駆けつける。

「啓轅！」

　灯灯が辿り着いた時には、ぐったりとする啓轅を女官や宦官らがおろおろと取り囲んでいるところであった。飛びつくように抱き上げて、啓轅の頬を叩く。

「啓轅！　啓轅！」

（意識がない。水を飲んだんだわ）

　灯灯はすぐに啓轅をうつ伏せにすると、自分の膝の上に乗せて背中を叩いた。

「啓轅、水を吐いて。吐くのよ！」

　ばん！　ばん！　と大きな音をさせて容赦無く背を叩く。灯灯にはその時間がひどく長く感じたが、実際はほんの数呼吸のことだったのだろう。ほどなくして、ごぼっという音がしたかと思うと啓轅が水を吐いて咳き込んだ。

「啓轅！」

背を叩くのをやめて、水を吐きやすいように肩を支えてやる。やがて咳き込むのをやめた啓轅は、青ざめた顔で一度灯灯を見てからがくりと再度気を失った。

その顔色が、死んだ良嫣と重なる。

「啓轅、だめよ。啓轅」

灯灯は、冷たくなった体を温めるために抱きしめた。冷血な高貴妃の仮面など被ってはいられない。取り乱してただ子供の名を呼んだ。

「啓轅、お願い」

息が苦しい。

啓轅。良嫣の子。

灯灯にとっては命も同然だ。

絶対に失うわけにはいかない存在なのに。

「早く太医を呼びなさい！」

遅れて駆けつけてきた皇后が命じた。

それから太医がやってくるまで、灯灯は決して啓轅を離そうとはしなかった。そしていつの間にか、第二皇子を助けた宦官(かんがん)はその場から消えていたのであった。

＊＊＊

牀榻に横たわる啓轅の手を握っていた灯灯は、揺れる蝋燭の灯りに照らされた啓轅の頬が、ずいぶんと赤みを取り戻してきたのを見てそっと息を吐いた。

手を伸ばして触れれば、やわらかな温もりが伝わってくる。

灯灯はもう何度もそうやって、思い出したように啓轅に触れてその心臓が動いているのを確かめていた。

びっしょり濡れていた啓轅の髪はすでに乾き、直裾も着替えさせている。太医に処方された薬湯は、目覚めたらすぐ温めて出せるよう側に準備してあった。

看病を代わろうとする葉夫人を下がらせたのは、このまま正殿へ戻ってもどうせ眠れないとわかっていたからだ。

罰を受けるため自ら中院に跪いていた範児に事故の経緯を聞けば、遠くに飛んだ鞠を範児が取りに行っている間に、啓轅が足を滑らせてしまったのだという。

灯灯は、あと少しでこの大切な存在を失うところであった。

「……」

握っていた手を離し、丁寧に被子の中に入れる。すうすうと寝息を立てる柔らかな啓轅の髪を撫でて、風を入れるため格子窓を開けようと立ち上がった灯灯は、入り口の方でカタリと音がしたのでそちらを振り向いた。

秦白禎。

元徽帝の兄は、昨晩と同じ暗い色の直裾を身につけて、涵景軒の扉の前に立っていた。

下がらせたとはいっても、何かあった時のために葉夫人は外に控えていたはずだが……。そうは思ったが、灯灯はあまり深く考えなかった。

格子窓を開けるのをやめて、男の方へ歩み寄ると両膝をつく。次いで床に両手をつくと、叩頭した。

「助けてくださってありがとうございました」

啓轅を助けた宦官が白禎だと気づいたのは、灯灯がその顔を一番近くで見たからだ。他の人間はきっと誰も気づかなかっただろう。宦官に注目する者などいないし、みなが啓轅を見ていたから。

彼によって救われたのは、啓轅だけではなかった。

あのまま灯灯が池に飛び込んでいたら、面紗の下の彼女の秘密は白日の元に晒され、今頃は獄中にいたかもしれない。

元徽帝の庇護があったとしても、死んだ貴妃に成り代わった侍女など極刑に処されて当然だった。

「……俺だと気づいていたのか」

降ってくる声にはどこか驚いたような声音が混じっていたように感じたが、顔を上げても、男は表情を変えずにこちらを見ているだけだった。

「なぜ、助けてくださったのです。あなたの正体が露呈する恐れもあったのに」

宦官らは俯いて顔を見せないのが常とはいえ、危険を冒してあそこまで丞相らに近づいていたのは、なんらかの情報を得ようとしていたからだろう。

「俺が聞きたい。なぜ、そこまでして守る？」

しかし男は質問に質問で返してきた。

「それは、お前の息子ではないのに」

なぜ。

今まで誰にも投げかけられたことのない問いであった。

なぜ、そこまでして啓轅を守るのか。

自分の人生を捨てて高良嫣として生きてまで、なぜ。

「生きているからです」

灯灯は答えた。

「啓轅が、生きているからです。私はただ、この子の心臓が止まらないように守りたいだけ」

啓轅が生まれた日のことは、今もよく覚えている。

良嫣は難産であった。痛みに気を失いかけては鍼を打たれ、ようやく啓轅を産んだのだ。悲鳴をあげる良嫣を見ているのが恐ろしくて、どうしてこんな思いをしてまで子供を産まなくてはならないのかと恨めしくさえ思っていたところに響いた啓轅の泣き声は、灯灯が抱いていた負の感情を吹き飛ばすのに十分な力を孕んでいた。

命なのだ。あの子は。

灯灯が生まれて初めて目にした、命そのものだった。

「死なせたくないのです」

良嫣の願いは、灯灯の願いでもあった。

「……」

秦白禎はしばらく灯灯を黙って見ていたが、やがて自分もまた膝を折ると、灯灯と視線を合わせて聞いた。

「腕の傷はどうした？」

つと左腕を指さされて、灯灯はきょとんとする。

「自分で噛んだのだろう？」

なんのことかすぐにはわからなかったが、ああ、と思い出した。

「貴妃娘娘が亡くなった時に噛んだのです。泣き声を外に漏らすわけにはいきませんでしたから」

灯灯の左腕には、今もあの時の噛み痕が残っている。醜(みにく)いが、きちんとした治療をしなかったせいだから仕方がない。いつもは褙子(うわがけ)で隠れているのにいったいいつ見られたのだろうと考えて、昨晩の仁華宮でのことを思い出した。

灯灯が小瓶を呷(あお)ろうとするのを止めるために、腕を掴まれた時だ。

ああだからあの時、男は眉根を寄せたのか。この傷を見たから。

「馬鹿な娘だ」

男が息を吐いた。腕を掴まれたので何かと思ったら、立つのを助けてくれるようだ。

「自分で誓った言葉を忘れるなよ」

彼は言った。

「この三日間のことはすべて忘れろ。わかったな」

「説得をしにきたのではないのですか」

命を助けたのだから、自分たちに協力しろと言われるのだと思っていたのに。

白禎は怪訝そうな顔をした。

「俺にも将桓にも、今絶対に失えないものなどない。でもお前は違うだろう?」

彼の言う通りだった。

灯灯には、啓轅がいる。絶対に失えない存在が。

(ずっと、だから危険はおかせないと思っていた)

けれど。

「白禎殿下」

灯灯は、八年前に死んだはずの皇子の名を呼んだ。

(今、私が踏み出そうとしている一歩が)

正しい道なのかはわからない。

けれど選ばないと。

それが啓轅にとっての最善なのだと願いながら。

「二年前、貴妃娘娘は、死の床で丞相の名を口にされました」

自分の世界が奪われた日のことを話しながらも、灯灯は頭の中でまったく別のことを考えていた。

無言のまま、まっすぐに灯灯を見つめる男の眼差しには迷いも恐れも見られない。

「丞相を信じるな、油断するなと言い残して、亡くなったんです」

死んだはずの皇子。

本来なら、皇帝になるはずだった男。

「この二年間、私は啓轅様を守る盾でした」

　もし灯灯に、将桓と同じ権力があったなら、決して復讐を諦めなかっただろう。良嫣の遺言を元に、丞相を追及したはず。

（馬丞相には良嫣を殺す動機があるのだもの）

　馬膺は外戚なのだ。自分の影響が及ぶ皇后よりも深く寵愛を受ける貴妃は、目の上の瘤のような存在であったはず。

　この後宮という場所で権力者に不要とされれば、生き残ることは難しくなる。ここは、人の命が驚くほどあっけなく奪われてしまう世界だから。

　だから灯灯は二年間、口をつぐみ続けた。

　ただ守らなければならないものを抱きしめて、盾となってうずくまり続けた。

（でも今日……痛いほど痛感したわ）

　この盾の脆さを。危うさを。

　死んだ貴妃のふりをするなど、ただでさえ薄氷の上を歩いているようなものだ。何か起きてこの秘密が露見すれば、盾はなくなる。

　それに、啓轅は成長するのだ。いずれ、宮の中に閉じこもっているわけにはいかなくなる。そうなった時、灯灯の今の守り方では限界があった。

　だから。

「でも今日からは、剣となります」

立ち上がり、戦わなければならない。

「白禎殿下……」

灯灯は言った。

「どうか、私を使ってください」

すると男は、顔に表情を浮かべないまま口を開いた。

「お前の名は？」

意外であった。まさか、まず名を問われるなんて。

「……孫灯灯です」

しかし次の瞬間、灯灯は自分が踏み出したこの一歩が果たして正しかったのか、ひどく不安になった。

「灯灯。喜んでいい」

白禎が、にこりと爽やかな笑みを見せてこう言ったからだ。

「お前という剣を、俺が、折れて砕けて鉄屑になるまで使い倒してやろう」

四、元徽帝の寵妃

苑祺宮の朝はいつも静寂に包まれている。

他の宮のように主人が皇后への挨拶に出かけることもないし、よそから来客や贈り物がやってくることだって滅多にないからだ。

苑祺門は、御茶膳房から食事が運ばれてくる時か女官や宦官らが出入りする時しか使われることはなく、それが苑祺宮の静かな日常であった。

だからこそ正殿の前に立った灯灯は、呆れるあまり、演技を忘れてこう言ったのだった。

「これはいったい、どういうこと？」

中院には、大小さまざまな箱が積み上げられている。昨日池で溺れた啓轅のための薬材の類はまだわかるにしても、白絹や扇、香木や耳飾りなどもあった。

「陛下からの下賜品でございます」

元徽帝付きの宦官である劉太監が、にこにこと笑いながら礼をした。

「さらに本日より、高貴妃におかれましては皇后娘娘へのご挨拶を再開されるように、とのことでございます」

きゃあ、という小さな歓声が背後から聞こえる。この声はおそらく春児であろう。

「……」

（贈り物に、皇后への挨拶？）

灯灯が困惑を隠せないでいると、「貴妃」と劉太監に目配せをされる。はっとして膝をついた灯灯は、「陛下に感謝申し上げます」と謝辞を述べた。

劉太監が満足げにうなずく。

「陛下は、昨日の啓轅殿下の事故で貴妃娘娘が心を痛めておいでなのではと大変心配していらっしゃいました。後で様子を見に来られるとおっしゃっていたので、そのつもりで準備なさった方がよろしいでしょう」

（そのつもりで、準備？）

頭の中が疑問符でいっぱいになる。

灯灯が状況を理解できないうちに劉太監は苑祺門を出ていってしまったので、疑問は疑問のまま放置されることとなってしまった。

興奮した様子の春児がたかたかと中院に降りて箱の中身を確認する。

「娘娘、見てください。七白膏や柘榴石の髪飾りもありますよ」

（これが、『折れて砕けて鉄屑になるまで使い倒す』ってこと？）

昨晩白禎に言われた言葉を思い出す。

物陰にずっと隠れていたものを、突然日の光の下に引き摺り出されたような気分だ。

「……春児、範児を呼びなさい」

とにかく、状況には対応せねばなるまい。

「はい！」

嬉々として中院から駆けて行った春児とともに緩修殿から出てきた範児は、すっかり憔悴した様子で灯灯の前に跪いた。襦裙の裾には泥がついたままだし、髪にも櫛を通していないようだ。汚れた顔には涙の跡がついている。灯灯はその様子を哀れに思ったが、顔には出さなかった。

「貴妃娘娘にご挨拶申し上げます」

範児は、灯灯が高良嫣に成り代わった当初からいる古参女官の一人だ。よく気がつくし、口数は少なく根性もある。かつて苑祺宮の高貴妃の周りには数人の女官が侍っていたのだが、段々と貴妃付きの者が減り、今では範児一人になってしまった。

それで不便を感じていないのだから、やはり範児が有能なのだろう。

苑祺宮の女官は、事情のある者ばかりだ。

頼る相手も行く場所もない者が、苑祺宮にやってくる。

だから彼女たちはいつも怯えているのだ。行くあてもないのに、ここから追い出されるのではないのかと。

「啓轅は無事だったから、お前を許すわ。支度をなさい。興龍宮へ行きます」

この世の終わりのように萎れていた範児が、その言葉を聞いて呆然と顔を上げる。次いで涙目でぱっと顔を輝かせると、「……はい！」と答えて立ち上がった。

灯灯は面紗の下で息を吐く。

（とにかく、一つ一つやっていかないと）

こうなったら、日の光の下だろうがなんだろうが出てやろうじゃないか。剣になると——戦うと、決めたのだから。

＊＊＊

皇宮の東側に位置し、後宮の妃嬪が住む宮が立ち並ぶこの東在六宮には、文字通り六つの宮があった。

中央を南北に突き抜ける二長街があり、その西側に並ぶ三つが、北から興龍宮、景承宮、長陽宮。東側に並ぶ三つが、北から賛徳宮、永安宮、苑祺宮となる。

皇帝の寝所である崑清殿に最も近い興龍宮は最も位が高く、そこに居を構えるのが代々の皇后であった。

　興龍門をくぐった灯灯は、正面に置かれた龍の影壁を回って中院に入ろうとしたが、「ああ、もう、気の利かない子ね！」という声とともに死角からどん、と何かがぶつかってきてたたらを踏んだ。

「娘娘！」

　後ろに控えていた範児が慌てて灯灯を支えなければ、ぶつかってきた人物と一緒に地面に転がっていたところである。

「き、貴妃！」

「……才人？」

　灯灯にぶつかってきたのは、梅才人であった。正面には蘇昭儀もいる。

（また蘇昭儀が梅才人をいじめているのね）

　灯灯は眉を寄せた。その表情を見て、梅才人が慌てて頭を下げる。

「も、申し訳ございません、高貴妃。その……私が、つまずいてしまって……」

　余計なことを言うなとばかりに梅才人を睨んでいた蘇昭儀であったが、彼女の口から自分の名が出ないとわかると灯灯に視線を移す。どうしてお前がここにいるのだ、とでも言いたげな顔である。

（いっそ、感服するわ）

　灯灯は、自分が良嫣の侍女であった頃の蘇昭儀をよく覚えていた。芸妓あがりの良嫣に敵意を隠さなかった李淑妃と違い、蘇昭儀は良嫣に贈り物をしたり隠れて話しかけたりと、淑妃の目を盗んでは媚を売ってきたからだ。それでいて景承宮の火事の後は、良嫣が寵愛を失ったと見るやすぐ離れていった。

李淑妃が第三皇子を産んでからは、すっかり淑妃の腰巾着だ。ある意味、信念が徹底していると言えるかもしれない。

「蘇昭儀」

灯灯は、才人がぶつかってきた肩のあたりを手で払った。それを合図に、背を支えていた範児も灯灯から離れて後ろに控える。

「永安宮の中で何をしようがあなたの勝手だけれども、ここは興龍宮よ。身の程を弁えなさい」

ぴしゃりとそう言うと、さっと昭儀が青ざめたのがわかった。

位階でいえば、貴妃である灯灯は昭儀よりも上だ。蘇昭儀は貴妃に対して礼を尽くす義務がある。

「……高貴妃にご挨拶申し上げます」

悔しさが滲み出るような声で挨拶をして、昭儀が膝を折って頭を下げる。

しかし灯灯は、あえて目を向けないで蘇昭儀の前を通り過ぎ、興龍宮の正殿へ向かった。

（才人は災難ね）

同じ永安宮を寝所とする蘇昭儀と梅才人の関係性は、少々特殊であった。才人はもともと、永安宮の女官だったのだ。

自分の元を訪れたはずの皇帝が女官を寝所に入れてしまったのだから、昭儀が面白くないのもわからないでもないのだが、それにしたって梅才人への扱いは目に余るものがあった。

（そもそもは、陛下がいけないのよ）

などと灯灯は苛立ちの矛先を皇帝に向ける。

戸口を上半分だけ隠す帟幕をくぐって正殿に入った灯灯は、そこで足を止めて軽く膝を折った。

正面の宝座には皇后が座っている。左手には李淑妃が、右手には何徳妃が腰掛けていた。何徳妃と皇后の間の席が一つ空いているのは、それが貴妃の椅子だからだ。

皇后に次ぐ妃の椅子。

「高良嫣がご挨拶申し上げます」

灯灯は、一段高いところに設えられた宝座に座る皇后の前まで進み出て、今度は膝をついた。

「席につきなさい」

許可を得て立ち上がると、背筋をすっと伸ばしたまま椅子に腰掛ける。正面に座っている淑妃がものすごい目つきで睨んでくるのを、目を伏せて無視した。

（うう、どきどきする）

内心、心臓ばっくばくの灯灯である。

なにせ貴妃になってから、皇后の挨拶には一度も来ていないのだ。

侍女として良嫣に同行していたので作法は承知しているが、実際に貴妃として皇后のすぐ近くに座るのは、一介の侍女として後ろの方で控えているのとはわけがちがった。

（衝立もないなんて、もっと化粧を厚くするべきだった？）

剣になると決めたのだから、とにかく起こったことに積極的に対処していこうと思った灯灯だが、何の策もなく皇后への挨拶に出向いたのは無茶だったかもしれない。

外で行われる宴や祭祀と違って、妃嬪らとの距離も近い。

下手をすれば良嫣と灯灯の違いに気づかれる恐れもあった。

遅れて入ってきた蘇昭儀と梅才人は、灯灯と同じように皇后に挨拶をすると、灯灯の斜め左側に二つ空いていた椅子に座った。

「貴妃、啓輳の様子はどう？」

妃嬪らの揃った興龍宮で、皇后がまず水を向けたのは灯灯であった。

そういえばあの時、すぐに太医を呼んでくれたのは皇后だった。取り乱していた灯灯を宥めるように背を撫でてくれていたのもこの方だ。

灯灯は心中では慌てて、実際には落ち着いた様子で立ち上がると、軽く膝を折る礼をした。

「皇后に感謝申し上げます。太医によれば、数日安静にしていれば問題ないとか。熱も出ていないので、大事には至らないでしょう」

「そう。よかったわね」

短くそう答えた皇后は、手を振って灯灯に座るよう命じる。

その表情からは、安堵も遺憾も読み取れない。

「啓轅様が、太子殿下と遊んでいて池に落ちたのでしょう？」

李淑妃が声高に言った。

「太子殿下がご無事で本当によかったこと」

あからさまな皮肉に、灯灯は少し目を細めた。

朱皇后に比べれば李淑妃や蘇昭儀なんてかわいいものだ。思っていることがすべて顔に出ているので、対処だってしやすい。

「淑妃のおっしゃる通りですわ。太子殿下がお風邪でも召されたら大変だもの。ねぇ、そう思うでしょう？　英玉（えいぎょく）」

「は、はぁ……」

　昭儀に同意を求められた梅才人が曖昧に笑う。

「啓轅様も、普段は滅多に苑祇宮から出られないのに、出た途端こんな災難に遭うなんて気の毒だわ。高貴妃、慎ましい苑祇宮は薬が不足しているのではない？　長陽宮から届けさせましょうか？」

「あら、その必要はないと思いますよ。李淑妃」

　苑祇宮を揶揄してきた淑妃に答えたのは、灯灯ではなかった。

「今朝、苑祇宮に陛下からの下賜品がいくつも運び込まれるのを、うちの女官が見ましたから」

「何徳妃。今、なんておっしゃったの？」

　ぴくりと眉を上げた淑妃に聞き返された何徳妃は、手に持っていた茶を一口飲んでから言った。

「今朝劉太監が、苑祇宮に大量の下賜品を運び入れてらしたとか。もちろん啓轅様のための薬材もあるでしょう。ですから、淑妃の心配には及ばないのでは、と申し上げたのです」

（見られていたのか）

　と灯灯は思った。

だが、それも当然と言えば当然かもしれない。あの時間は、朝の支度や早餐(あさげ)のために女官が多く出入りする時間だったから。

そこまで考えて、灯灯ははたと気づいた。

もしかしてそれも、彼らの狙いだったのではないだろうか。

あの兄弟の。

「……あら、まぁ。陛下が、下賜品(かしひん)をね。まぁ。そうなの」

ぴくぴくと震える口の端を、淑妃は持っていた扇を広げて隠した。

蘇昭儀は困惑した様子で眉根を寄せると、問い詰めるような顔で梅才人を見る。その視線を受けた才人は、自分は何も知らないとばかりにぶんぶんと首を振った。

状況を伺おうとする場の面々の疑惑を決定的なものにしたのは、後宮の女主人であった。

「そういえば、今日は早々に敬事房から連絡があったわ」

敬事房とは、皇帝の寝所周りを管理する部署である。

「今夜陛下は、苑祺宮へお渡りになるそうです。高貴妃はそのつもりで準備をしておくように」

「なっ！」

「えっ！」

淑妃と昭儀が思わずといった様子で声を上げる。

灯灯は面紗の下でぽかんと口を開けた。

一拍置いて、この状況が向かっている先を弾けるように理解する。

劉太監の言っていた、『そのつもりで準備』とはこのことだったのだ！

「二年間も休んでいたのだから、よくよく、陛下にお仕えしなさい」

後宮の主人らしくそう命じる皇后に、灯灯は「……はい」と上の空で答えた。

『高貴妃、寵愛(ちょうあい)復活』

この噂が後宮中を駆け巡るのに、そう時間は必要なかったのだった。

＊＊＊

いつもの、紐が多くてはだけにくい睡衣(ねまき)ではなく、ふんだんに刺繍が施されていて一本の紐を解けば脱げてしまう睡衣(ねまき)を着させられた灯灯は、酒の入った杯を呷(あお)って、とん、と卓子(たく)に置いた。

その卓子(たく)の上には、普段はあまり見ない料理が並んでいる。

鴨と無花果(いちじく)の炒め物、松の実の入った羹(あつもの)に、黄精の茎の砂糖漬けまである。

（あからさますぎない⁉）

と灯灯は思った。

無花果（いちじく）も松の実も黄精も、房事に効果があるとされる食材なのだ。

春児が範児にこそこそと、『これで一発逆転よ！』などと話していたのを思い出した灯灯は、はっとして面紗の上から口に手を当てた。

「……もしかして、お酒にも何か入ってないわよね？」

あり得ない話ではない。灯灯は酒壺の中身を思い切って格子窓から外に捨ててしまうと、念のため水瓶の水も何杯か飲んでおくことにした。

……どうやら、劉太監の『そのつもりで準備』の意味をよく理解していなかったのは、灯灯だけらしい。

皇后への挨拶を終えて灯灯が興龍宮から戻ってくると、平時はひっそりとしている苑祺宮が上を下への大騒ぎであったからだ。中院（なかにわ）や正殿は落ち葉どころかほこり一つないように掃除がなされ、今朝送られてきた下賜品（かしひん）がよく見えるように飾られていた。

いつもは灯灯の顔色を窺（うかが）っている女官でさえ、この日ばかりは有無を言わさずに灯灯を沐浴（もくよく）させると、これでもかと香油を塗りたくってこようとするので、それはやめろと、最大限の迫力で命じなければならなかった。

おかげで、どっと疲れてしまった灯灯である。

啓轅の様子を見るという大義名分で涵景軒（はんけいけん）に逃げ込めなければ、女官の一人や二人は苑祺宮から追い出していたかもしれない。

「ともかく……これは、白禎殿下たちの計画のうちなのよね」

灯灯は、うろうろと牀榻の前を歩き回りながら独り言を言った。

「陛下がいらっしゃったら、詳しい話を聞かないと」

今日の下賜品にしても今夜のことにしても、高貴妃への寵愛が復活したと周囲に思わせるのが目的なのは間違いないだろう。

（太子殿下の才覚を疑問視する噂もあると聞くわ。そんな中、第二皇子を産んだ貴妃が再び寵愛を得たとなれば……）

馬膺は、面白くないだろう。

（つまりあの兄弟の計画は、私を囮にすることなのよ）

元徽帝が高良嫣を寵愛すればするほど、馬膺が凶行に及ぶ可能性が高くなる。

（そこを捕まえればいいのね！）

証拠がないのなら新たに罪を犯させればいいと、そういうことだろう。

「悪くない計画ね」

「何が、悪くない計画なんだ？」

すっかり自分の考えにふけっていた灯灯は、正殿の扉が開いて誰かが入ってきたことに気づかなかった。

はっとして振り向くと、そこには龍袍を着て、垂珠のついた冕冠を被った男が立っていた。垂珠は小指の爪ほどの玉を糸で連ねたもので、冠を被った貴人の顔を隠すことができる。本来なら何らかの式典の時しか被らないもののはずだが……、まぁ、妃嬪との房事も一つの儀礼と言えるかもしれない。

男の背後では、範児が部屋を出て行っていいものかわからず困惑しているのが見えた。皇帝が房事のために妃嬪の宮を訪れる際は、宦官が前触れを送ったりといろいろ作法があるのだが、今日の陛下はそれを無視したらしい。

「下がっていいわ」

灯灯がそう命じると、範児はどこかほっとした様子で「失礼いたします」と答えて扉を閉めた。

二人きりになった部屋にしん……、と静寂が満ちる。

「あの……」

灯灯は慎重に言った。

「どうして、陛下ではなく白禎殿下が？」

そう聞くと、龍袍を着た男は「おや」と言って冠を脱いだ。

「どうして俺だとわかった？」

冠の下から現れたのは、髪の毛をきっちりと結い上げて皇族らしく身なりを整えた秦白禎だ。すらりとした無駄のない体躯に龍袍を纏った姿はため息をつきたくなるほど精悍で超然として見えたが、灯灯はただ短く「声でわかりました」と答えるだけに留めた。

彼が声を発していなければ、灯灯もしばらく気づかなかったかもしれない。

（お二人は、背格好だけじゃなく所作も似ているのね）

いや、似せていると言うべきだろうか。

そんな灯灯の思考を読みとったように、冠を卓子の端に置いた白禎が言った。

「ふむ……。今まで、ばれたことはないのだけどな」

灯灯はぎょっとする。

「今まで？　まさか何度かこんなことを？」

白禎が、元徽帝のふりをして後宮を訪れたことがあるというのだろうか。

「さすがに俺がこの格好で後宮を訪れたのはこれが初めてだ」

牀榻で冠を外さないわけにはいかないだろう？　と白禎が言ったので、灯灯はバツが悪くなって男の背後に周り、龍袍を脱ぐのを手伝ってやった。

「怒ったのか？」

無言のまま衣装掛けに龍袍をかけていると、椅子に座った白禎が聞いた。灯灯は、男に背を向けたまま聞き返す。

「何をですか？」

「この二年間、敬事房の言うがまま皇帝としての責務を果たしてきた将桓に腹が立つのでは？」

灯灯は、そんな質問をされたことを意外に思って目を丸くした。振り向くと、白禎が卓子の上の料理を興味深そうに見ているところであった。

この男にはこういう、質問を投げて答えを待たないようなところがあるらしい。

「皇帝として苑祺宮に渡るのに、どうしても自分にはできないから代わってくれと俺に泣きついてきたのは将桓だ。怒ってやらないでくれ」

男が続けてそう言ったので、灯灯はふっと笑った。

その小さな笑い声が気になったのか、白禎が眉を上げて灯灯を見る。

「何を笑う？」

「白禎殿下は、弟想いなのですね」

白禎の正面に座った灯灯は、茶杯に茶を注いだ。

「どうぞ」

「酒はどうした」

「捨てました」

「将桓の言っていた通り、生意気な娘だな」

「陛下がそんなことおっしゃるはずがありません」

「将桓の前では従順なふりを？」

灯灯はにこりと笑うだけに留めた。

「いったい、どうやって入れ替わったんですか？」

皇帝に入れ替わった白禎を見て、灯灯が抱いた最大の疑問はそこであった。元徽帝の周囲には絶えず誰かが控えているはずだというのに。

白禎は、自分の問いに答えなかった娘に腹を立てることなく、茶杯を口に運んだ。

「皇帝のいいところは、気難しくてわがままでも誰も疑問に思わないところだ。一人になりたいから全員出ていろと言えば、誰も逆らわない」

「でも、白禎殿下がどうやって陛下のお近くに……」

そこまで言って、灯灯ははっと思い出した。昨日も白禎は、宦官の姿で御花苑にいたではないか。

「まさか、宦官の姿で崑清殿などに出入りを？」

「皇宮は、よくよく警備を見直すべきだな」

「誰も不審に思わないのですか？」

「八年前に死んだはずの皇子の顔を覚えている人間もいないし、俺は気配を消すのが得意なんだ」

この目を引く容貌でいったいどうやって気配を消すのかとも思ったが、そういえば、昨日の御花苑では救われるその瞬間まで白禎の存在に気づかなかった。あながち冗談でもないのかもしれない。

(便利な特技だわ)

機会があれば、教えてもらいたいものである。

「さて、せっかくの菜肴だ。いただこうじゃないか」

白禎がそう言って箸を手に取ったので、灯灯は慌てて言った。

「あの、この菜肴は……」

「安心しろ。お前のような子供には手を出さない」

灯灯はむっとした。

「子供じゃありませんけど」

「いくつなんだ」

「十九です」

「よくこの二年間、身代わりだと露見しなかったな。高良嫣は、童顔でもなかったはずだが……ああ、目元が似ているのか」

「貴妃娘娘にお会いしたことがあるのですか？」

灯灯は意外に思って聞いた。良嫣が入宮したのは五年前だ。盗み見でもしなければ、白禎に会う機会はなかったはず。

「酔蓮楼の珠蘭にならー度だけ会った」

灯灯は小さく口を開けた。

「……いつ頃ですか？」

「五年前に、将桓と酔蓮楼を訪れたことがある」

（陛下と一緒に？）

よく覚えていない。将桓が、誰か供を連れていたことがあっただろうか？

灯灯が首を傾げて考えていると、羹を椀に注ぎながら、白禎が聞いた。

「それで、何が悪くない計画だって？」

それが、白禎がこの正殿に入って開口一番発した問いと同じであることに、灯灯は少しして気づいた。

（そうだわ。今後の計画について話さなくちゃ）

世間話などしている場合ではなかった。

「あの、高貴妃への寵愛が復活したように見せかけるのは、丞相の動きを誘うためですよね？」

灯灯がそう確認すると、羹を一口飲んだ白禎は、少し眉根を寄せてこちらを見た。

「馬鹿なんだか、馬鹿じゃないんだか、計りかねるな」

「どういう意味ですか？」

「自分が囮（おとり）にされていると気づいていながら、怒っていないからだ」

失礼な、と灯灯は思った。

囮（おとり）になることに何も思わないわけではない。ただ、優先順位がはっきりしているというだけだ。

「あの……私はともかく、啓轅の安全は保障してほしいんです」

灯灯は一番大事なことを言った。

すると白禎が淀みなく答える。

「それについては、将桓が手配済みだ。わからぬよう苑祺宮の周囲には衛兵を増やしている。寵愛（ちょうあい）が復活したとなれば、今後、周囲から物が贈られることも多くなるだろう。信頼できる人間を配置して、すべてきちんと調べさせるつもりだ」

「……例えばもし」

灯灯は考えながら口を開いた。

「二年前に貴妃娘娘に起こったことが、寵妃を疎ましく思った者の仕業だとして、今回もその者が行動を起こすとなれば……当時使われた手法を警戒すべきですよね」

「そうだな」

「貴妃娘娘は、毒殺されたのですか？」

灯灯は決然と問うた。

白禎と灯灯の視線がぶつかる。男は一呼吸の間じっと灯灯の瞳を見つめていたが、やがて目を逸らさぬまま答えた。

「そうだ」

「貴妃娘娘の病状は、白禎殿下に毒が盛られた時の病状と酷似していたと、陛下がおっしゃっていました」

「ああ、間違いない」

「それは、なんの毒なのですか？」

「砒霜だ」

灯灯は小さく息を吸った。

「ありえません。貴妃が口に入れるものにはすべて、銀針を使っていましたから」

砒霜は、その手に入りやすさと致死率から、歴史上ではよく使われてきた毒だ。だが、砒霜は銀針に反応する。灯灯は良嫣が食べるものはすべて、自ら銀針を刺して確認していた。だから太医だって、良嫣の病状の原因がわからず匙を投げたのだ。

「砒霜が、どうして銀に反応するか知っているか？」

「……知りません」

白禎は、持っていた箸を銀針のように鴨と無花果の炒め物の中に差し入れた。もしそれが本当に銀針で、炒め物の中に砒霜が混ざっていたのなら、針は黒く変色する。

「砒霜は手に入れやすい毒だが、不純物として硫黄が混じっていることが多い。銀に反応するのは、その硫黄なんだ。だから純度の高い砒霜なら銀には反応しない」

「純度の高い砒霜……」

そんなことは、初耳だ。唖然とする灯灯の目の前で、白禎は鴨肉をひょいと取ってぱくりと口に入れる。灯灯は呆れた。

「よく、平気な顔で食べられますね」

そんな純度の高い砒霜というものが実在するのなら、この食事に混ぜられていたって確かめる術はないではないか。

「貴重な毒だ。まだ使わないさ。だが、今後の食事はよく注意した方がいい」

「どう注意しろというんですか」

銀針がだめなら、嘗食と呼ばれる毒見役を置くしかないだろうが、絶対にごめんだ。自分を狙った毒かもしれないものを、誰かに食べさせるなんて。

「御茶膳房の食事は、基本的に安心していい。苑祺宮を担当する人間は徹底的に調査ずみだからな。問題は、それ以外で入ってくる飲食物だ」

「……妃嬪からの贈り物などでしょうか？」

「体調に異変を感じたらこれを飲め」

白禎は袖の中に手を入れると、小さな七宝焼の小物入れを取り出した。紅でも入っていそうな容器だったが、開けてみれば黒い丸薬が数粒入っている。

「なんですか？　これ」

「吐根の丸薬だ。飲めば、胃の中が空になる」

「……」

灯灯はあからさまに顔をしかめた。

それは胃の中が空っぽになるまで吐き続ける、ということではないのか。

「俺が死ななかったのは吐根のおかげだ。持っておけ」

「……心強いお言葉どうも」

そう言いながらも、これを使う日が来ませんようにと願いながら小物入れを袖の中に入れる。

「俺が死にかけた時に口にしたものは、気づいた時にはすでに処分されていた。だから何に毒が盛られたのかも、なんの毒が使われたのかもずっとわからなかったんだ。だが将桓が、貴妃に同じ症状が出ていると気づいて、毒物を特定した。……それがわかったときにはすでに、貴妃は手の施しようのない状態だった」

灯灯は唇を噛んだ。そのまま一度呼吸をしてから、口を開く。

「いったい、何に砒霜が入っていたんですか？」

白禎は、灯灯の問いに答える代わりに彼女をまっすぐ見て言った。

「将桓は、お前を巻き込みたくないと最後まで抵抗していた」

灯灯は瞬きをした。

「貴妃との約束を守り続ける善良な娘に、これ以上何かを背負わせたくないと」

「そんなふうには見えませんでしたけど」

一昨日の仁華宮(じんかぐう)では、灯灯を協力させようとしていたではないか。

「俺が説得したんだ。毒物は砒霜(ひそ)と特定できたが、どういう経緯で貴妃の口に入ったかわからなかったからな」

「どういうことですか？」

毒が入っていたものを見つけたから、毒自体も特定できたのではないのか。

「俺が調べさせたのは、苑祺宮の馬桶(まおけ)だ」

灯灯は愕然とした。馬桶(まおけ)とは排泄物を入れる桶だ。

つまり、良嫣の体内から砒霜(ひそ)が排泄されたから、毒がそれと特定できたのだ。

「当時、苑祺宮から罷免された奴婢(ぬひ)らにも話は聞いたが、貴妃の身の回りの世話は孫(そん)灯灯という女官がやっていたからと、情報は得られなかった。俺はすぐにその孫灯灯を捕まえて吐かせるべきだと主張したが、将桓がお前を巻き込みたがらなかったんだ。だからこの二年間は、砒霜(ひそ)の入手経路から調査を進めていた」

灯灯は小さく息を吸った。

「高純度の砒霜(ひそ)なんて希少な毒を扱う人間は、そういない。そこから調べても手がかりが見つかるはずだと思ったんだが……あらゆる医房や薬舗を調べても何もでなかった。そんな時に、お前が俺の寝宮に現れた」

だから、白禎は将桓を説得したのだ。灯灯を巻き込む好機だと。高良嫣の毒殺について、別の方向から調べるべきだと。

灯灯は立ち上がった。

突然の彼女の行動に怪訝そうな顔をする白禎をそのままに、牀榻(しんだい)に歩み寄る。褥子(ふとん)をめくって、その下の木板の一部をぱかりと外すと、中から紙包を取り出した。

古いその紙包を一度撫でて踵(きびす)を返し、椅子に座ったまま待つ白禎に差し出す。

「朱皇后が、産後によい薬材を定期的に送ってくださっていました」

実際のところ、灯灯だって何度も毒の可能性を考えたのだ。

だから、少しずつ取っておいた。良嫣がよく口にしていたものを。

「その薬を飲んだ後は、いつも何徳妃からいただいた砂糖漬けを好んで食べていらっしゃいました。他にも、蘇昭儀からは貴妃の好きな三清茶を」

「……」

紙包を開いた白禎は驚いた様子を見せた。

中にはさらに三つの紙包が入っていて、それぞれに二年前の薬材、砂糖漬け、茶葉が丁寧に包まれている。どれもすっかり乾燥し黒く変色していたが、その形で判別は可能だった。

「……ずっとこれを残しておいたのか？」

「私には、毒を調べる手段がありませんでしたから」

かといって捨てることもできずに、ずっと牀榻（しんだい）の下に隠してきた。

すると出し抜けに、白禎が立ち上がってこちらに手を伸ばしてきた。灯灯は思わずびくりと肩をすくめたが、くしゃりと頭を撫でられて目を丸くする。

「よくやった。やっぱりお前は、刺客向きだな」

「……」

「なんだ」

「びっくりしました。……笑顔が、陛下に似ていらしたので」

冷たさも皮肉もこもっていない白禎の笑顔を初めて見て、灯灯はどきりとした心臓を押さえた。

「将桓が俺に似ているんだよ」

そう言いながら、白禎は紙包を懐に入れた。

「そういえば、淑妃からは何もなかったのか？」

「あ、あの方は、最初から貴妃を嫌っておいででしたから」

「なるほど」

灯灯は心臓をぽんぽんと叩いて平静さを取り戻してから椅子に座ると、冷めた茶をくいと飲んだ。空いた茶杯に、白禎が新しい茶を注いでくれる。

「あの……丞相の命令で、妃嬪の誰かが貴妃を殺したということなんでしょうか？」

黒幕が丞相で、妃嬪の贈り物に毒が混じっていたら、そういうことになるはずだ。

「まだ断定はできない」

（黒幕が馬膺だとするのなら、可能性が高いのは朱皇后だわ）

義理とはいえ、親子なのだ。

それに家族を失った皇后にとって、自分を養女にして皇后にまで押し上げてくれた馬膺は、恩人でもあるはずだった。

だが、淑妃も怪しい。淑妃が第三皇子を身籠ることができたのは、高貴妃が寵愛を失ったからだ。結果的にもっとも利益を得たのは淑妃だったと言えるかもしれない。

灯灯が唇を噛んで考え込んでいると、白禎が呼んだ。

「灯灯」

良嫣の死後、誰かにその名を呼ばれるのは、これで何回目だろうか。

「……その名前で呼ばれるのに、違和感があります」

「お前の正体を知っているのに、良嫣と呼ぶのもおかしいだろう」

それもそうかもしれない、と灯灯は思った。

ふと気づけば、燭台の蝋燭がずいぶん短くなっている。

「……あの、いつまでこちらにいらっしゃるご予定ですか？」

すっかり食事を終えた様子の白禎は、きょろきょろと周囲を見回して格子窓の前に置いていた酒壺に気づくと、それに近づきながら答えた。

「周囲に不自然に思われない時間までだな」

（だからそれはいったい、いつまでなのよ）

灯灯は口を引き結んで息を吐いた。酒壺の中を覗き込んだ白禎が、眉をひそめる。

「まったく、もったいないやつだ」

そう言いながら酒壺を逆さにしてわずかに残った酒を飲もうとする皇兄に、灯灯は呆れたような眼差しを向けた。

（所作はいちいち上品だけど……）

白禎の言動にはどこか俗っぽさがある。そもそも皇子は「俺」などと言わないものではないか。

「先に寝てもいいぞ」

「そういうわけには……」

確かに少し眠気が襲ってきてはいるのだが、男と二人きりなのに安心して眠れるわけがない。灯灯はしゃきりと背筋を伸ばして、また茶杯をあけた。

すると「じゃあ俺はちょっと横にならせてもらうぞ」と白禎が言って、灯灯が止める間もなく乱暴に靴を脱ぎ、ごろりと牀榻（しんだい）の被子（ふとん）の上に横になる。

そのまま寝られてはかなわないと思って、灯灯は頭の中にあった疑問を口にした。

「あの、白禎殿下は、この八年間、ずっと仁華宮に？」

「まさか」

白禎は目を瞑（つむ）ったまま笑った。

「死に損なってからの二年間は、皇宮の外で療養していた。体力が戻り、こうして自由に歩けるようになったのは……そうだな、五年くらい前だ。皇宮内の情報を集める時に仁華宮を使うだけで、それ以外は皇宮の外にいる」

「今は使われていない宮だからって、頻繁に出入りしていたら気づかれませんか？」

「仁華宮には、あまり知られていない西門があるんだ」

「西門？」

灯灯は頭の中に皇宮の地図を思い浮かべた。

「西門を出た先は仁華宮以外どこにも通じていない袋小路だから、人がほとんど通らない。たまに、女官と衛兵の逢引きに使われる程度だ」

皇宮は、改築に改築を重ねて今の形になっている。そういう使われていない路（みち）もいくつかあって、それらが皇宮で働く者たちの秘密の場所になっているのは灯灯も知っていた。

「皇宮の警備は、本当に問題ありですね」

命を狙われているかもしれない身としては、困ったものである。

そう言うと、白禎は体をこちら側に向けて頬杖をついた。

「この壁の中は俺の庭だからな。俺ほど詳しくないと、出入りは難しいはずだ」

「伺ってもいいですか？」

「なんだ」

「白禎殿下は、どうして……自分を殺そうとしたのが丞相だと確信されているんですか？」

それは灯灯が、始めから抱いていた疑問だった。

服毒経路も特定できていない状況だというのに、白禎は馬膺が犯人だと確信しているようだった。何か理由があるのだろうか。

「……」

「……ええと、答えられないなら、いいんですけど」

突然黙り込んだ白禎にじっと見つめられて、灯灯は顎（あご）を引いて目を逸らした。

余計なことを聞きすぎただろうか。

政権争いに後継者問題。雲の上の人々には、さまざまな諍いがあるに違いない。

(首を突っ込みすぎた？　ううん……でも、啓轅だって無関係ではないんだわ)

灯灯が俯いていると、白禎が身動きしたのが気配でわかった。顔を上げると、男のまっすぐな眼差しにぶつかって灯灯は少し身を引く。

圧倒されたのだ。

その双眸に。

牀榻の縁に腰掛けこちらを見据える、男の内側にあるものに。

「馬膺が、どうして清廉潔白な官吏だと言われているかを知っているか？」

「……賄賂を受け取らないし、不正官吏を告発することが多いからでは？」

灯灯は慎重に答えた。

「そうだ。だが、あの男も、不正をすべて告発しているわけではない」

白禎の声は、何かを押し殺しているように聞こえる。それはなんだろうか。灯灯は小さく息を吸った。

「この広大な国を動かす朝廷で働いていたら、清廉潔白であるなんてありえない。癒着や談合、賄賂……そんなことが、大なり小なりあるものだ。丞相は、ほとんどの官吏の不正を握っている。それによって、絶大な権力を得ているんだ」

「……人の弱みを握っているということですか？」

そして思い通りにならない官吏は、不正を告発するという形で追い出している、ということだろうか。

灯灯は首を傾げた。

「……でも、本当に清廉な官吏も中にはいるのでは？」

本当に、正しさを愛する人間もいるはずだ。多くの官吏が、国と民の役に立つことを目指して骨身を惜しまず、大きな期待と共に新しい官服に袖を通しただろうに。

しかし白禎は、灯灯のその言葉をばっさりと切り捨てた。

「そんな人間は、存在できない」

「存在できないって……」

灯灯は言葉を続けられずにただ息を吐いた。いったいそれは、どういう意味なのだろう。

「九年前、一人の官吏が自殺した」

白禎は続けた。

「自分が、省試の不正によって登用されたと知ったからだ」

省試とは、官吏を雇用するために数年に一度行われる試験だ。各州で行われる州試に合格した者だけが、皇宮で省試を受けることができる。どんな身分の者も挑戦が可能だが、毎回多くの書生が不合格となるほど難易度が高いものだった。

「弱みのない人間は、そうやって弱みを作られる。そして、死ぬまで追い詰められる」

「死ぬまで、って……」

「自殺した官吏が残した遺言状を持って、当時五人の書生が省試の不正を訴える奏上文を作った。だがその五人もほとんどが死んでしまった。そして遺言状と奏上文は今も消えたままだ。――孫灯灯」

男は、灯灯の名を呼んだ。

「馬膺とは、そういう男だ」

その時灯灯は理解したのだった。

彼女を圧倒した男の双眸(そうぼう)の奥に隠れていたものは、真っ赤な熾火(おきび)であった。

それは怒りだ。

この人は、怒っている。

本当に、白禎を殺そうとしたのが馬膺なら……馬膺はきっと、この怒りを恐れたのだ、と灯灯は思った。

この、美しい炎を。

五、妃嬪らの思惑

　賛徳宮は、かつて蓮花皇后と称されるほど蓮を愛した周氏の住まいであった。そのため、門をくぐってすぐのところに蓮池があり、花の盛りが終わった今は、緑色の蓮の葉がその裾をひっそりと水面に下ろしている。

「貴妃がお捜しなのは、この子ですか？」

　蓮池がよく見える中院の四阿で待っていた灯灯は、正殿からやってきた何徳妃とその侍女に気づいて立ち上がった。侍女が持ってきた籠の中で、落ち着かなげに歩き回る黒貂を見つけて安堵したが、顔がほころんでしまわないように頬を緊張させる。

「そのようです」

　平静にそう答えながらも、灯灯は心の中で胸を撫で下ろした。

　高貴妃に成り代わってから二年間……他の妃嬪の宮など訪れたことはなかったが、こうして賛徳宮を訪れているのはやむをえない事情があったからだ。

　きっかけは、今朝の皇后への挨拶からの帰り道で小耳に挟んだ、何徳妃とその侍女の会話である。

それは、昨日捕まえた黒貂を、今日職人に渡して毛皮にしてしまおうという内容のものであった。漏れ聞こえたその会話を聞いてぎょっとした灯灯が、思わず徳妃に「その黒貂を譲っていただけませんか？」と話しかけたことで、今のような状況になったというわけだ。

「よかったです。昨日陛下に許可をいただいたから、今日毛皮にしてもらおうと思っていたの。療養していらっしゃる啓輳様のお慰めになるとよいですね」

池に落ちて療養している啓輳の遊び相手にしたい、という理由で譲ってもらったので、灯灯は「きっと啓輳も喜びます」と答えた。

冷血な高貴妃でいることを忘れて、思わずにこりと笑ってしまう。

（いけないいけない。気を引き締めないと）

そうは思うが、この何徳妃という人物は、なかなか警戒心を抱きにくい相手なのであった。

もともと灯灯は、徳妃にあまり悪い印象を持っていなかった。

鳴り物入りで後宮入りした良嫣を、対等の人間として扱ってくれた唯一の妃嬪だからだ。敵意を向けることもなく、媚を売ってくるようなこともなかった。

もしかしたら徳妃は後宮での寵愛争いには興味がないのかもしれないと、良嫣と話したものだ。

　というのも、徳妃は気がつけばいつも何かを頬張っていて、食べ物にしか興味がなさそうに見えるからだ。女性らしいふくよかさと白く美しい肌を持った彼女は、後宮でもっとも福福しい外見をした女性だと言えた。

　皇后や淑妃と同時期に後宮に入っており、父親の何将軍は辺境防備の要なので、子供をもうけていなくとも後宮に居場所がないということはないらしい。

　ある意味、後宮において特別な地位を築いている人物であった。

　後ろに控えていた範児が、「ありがとうございます」と言って黒貂の入った籠を受け取る。黒貂は、出してくれとばかりにかしかしと籠を引っ掻いていた。

「今度、礼を持たせます」

　急だったので、礼の品を準備できなかったことを詫びる。

　すると徳妃は今日一番の笑顔で、「お菓子だと嬉しいです」と答えたのだった。

＊＊＊

「うわあ、母上、ありがとうございます！」

　灯灯が連れ帰った黒貂を見て、牀榻の上の啓轅はぱっと顔を輝かせた。

「その代わり、しばらく涵景軒からは出ないで、しっかりと療養しなさいね」

そう言うと、「はい」と啓轅は素直に答えた。

しかし、葉夫人が煎じ薬と杏の砂糖漬けを持ってきたのを見て口をひき結ぶ。

「啓轅様、お薬のお時間ですよ」

「……うう」

「啓轅」

灯灯が静かに名を呼んでやると、第二皇子はしぶしぶ煎じ薬を受け取った。

太医が処方した薬材には甘草も入っていたので、多少苦味は抑えてあるはずだが、幼い啓轅にはそれでも苦いらしい。彼はしばらくじっと茶色の煎じ薬を睨んでいたが、意を決したようにぎゅっと目を瞑って椀の中身を一気に飲み干した。そしてすかさず砂糖漬けを取って口に放り込む。

「いい子ね」

灯灯はにこりと笑った。

啓轅のこういう様子を見ていると、灯灯は良嫣を思い出した。あの人もまた、啓轅のように薬が苦手だったからだ。

だから産後の薬を飲む時も、砂糖漬けが手放せなかった。特に気に入っていたのが、

徳妃にもらった砂糖漬けだ。

（やっぱり徳妃は、後宮の争いにはあまり関わりを持ちたくないんだわ）

灯灯は、今日の徳妃の様子を思い出してそう結論づけた。自分の宮を訪れた灯灯を特別冷たくあしらうこともなかったのに、茶の一杯も出さず引き止めようともしなかった。あれはきっと、淑妃らにいらぬ誤解をされたくなかったからだろう。

（中立を保とうとしていることに、何か意図があるのかどうか……もう少し、徳妃の人となりについて探りを入れたかったのだけれど）

あからさまではないにしても、用件が終わったのだから帰ってほしいという雰囲気が漂って（ただよ）いたのを無視できなかった灯灯である。

（そういえば）

灯灯ははたと思い出して、啓轅から受け取った空の椀を片付けようとしていた葉夫人を呼んだ。

「葉夫人」

「なんでしょう、娘娘（でんか）」

「範児は確か、苑祺宮（えんきぐう）に来る前は賛徳宮の女官だったのよね？」

思ってもみない質問だったのだろう。葉夫人は少し怪訝そうな顔をしたが、「はい、そうでございます」と答えた。

（そういえば、そうだったわ。範児に聞けば、徳妃と丞相（じょうしょう）の関係や、徳妃が良嬪にどういう感情を抱いていたかもわかるかもしれない）

本当に、妃嬪の誰かが良嫣に毒を届けたのなら、慎重に調査を進めなければなるまい。あからさまに動いて、証拠を処分されてはかなわないからだ。

(他の妃嬪についても調べなくちゃ。当時、淑妃からの贈り物は何もなかったけれど……)

馬膺と繋がりの深い皇后を除けば、性格的にも利害的にも、最も良嫣を手にかけそうなのは淑妃である。

(逆に、淑妃だけなかった、というのも怪しいのよね。……まさか、昭儀と結託していたとか?)

良嫣が生きていた頃の昭儀は、ずっとあからさまに追従してきていたが、あれは表向きのことだったのかもしれない。

葉夫人が籠から出した黒貂をきらきらとした目で受け取る啓轅を見て、灯灯は柔らかく笑った。小さな手から差し出された苹果に、黒貂がおずおずと鼻を近づける。

(明日は)

孟冬の満月だ。

灯灯の人生が変わった日である。この、左腕の噛み傷ができた日。

良嫣がその心臓を止めた日であった。

本当なら、良嫣の墓前で啓轅に紙銭を焚かせたかった。けれど、それはできない。

高良嫣が亡くなったことは、万が一にも暴露されてはいけない秘密だからだ。

だから去年のその日、灯灯は一人で正殿に籠って祈りを捧げた。

「母上、この黒貂には、私が名前をつけてもよいですか？」

「いいわよ」

ありがとうございます、と嬉しそうに笑う啓轅を、灯灯は柔らかく撫でてやった。

（すべてが解決してこの子が成長すれば）

啓轅に、実母に挨拶をさせることができるだろう。

良嫣がどんなに息子を憂えていたか、教えてあげられるはず。

どんなに、息子を愛していたか。

その日が早くきますようにと、灯灯は心から願ったのだった。

＊＊＊

昨晩と同じように龍袍を身に纏い、垂珠のついた冠を被って苑祺宮にやってきた白禎は、苑祺宮の正殿に入るとまず女官や宦官らを全員下がらせた。そして、「手伝え」と灯灯に命じて冠や龍袍を脱ぐ。

「本当に、今日もいらしたんですね」

昨晩帰る時に、しばらくは苑祺宮に通うからそのつもりでいるように、と言われて唖然とした灯灯である。

龍袍を脱いだ皇兄は、昨日と同じ椅子に座ると、肩に手を当ててぐるぐると首を回した。冠が重かったのだろう。灯灯は手に持ったずっしりとした冠を、注意深く架子の上に置く。玉の一つでも落としたり割ってしまったりしては大事だ。

「偉いぞ。今日はきちんと酒が用意されているじゃないか」

白禎は卓子の上にある酒壺に気づくと、嬉しそうに笑って灯灯と自分の杯に注いだ。まずはくい、と自分の杯を空にしてから、卓子の上を見て眉を上げる。

「この菜肴は？」

「私が作りました」

灯灯はそう答えながら椅子に座った。

今日卓子の上に並んでいるのは、豚肉と韮の炒め物や蒸し魚、葱油餅など、家庭的なものばかりである。灯灯には小難しい宮廷料理など作れないのだから仕方がない。

「お前が？」

「昨日のあんな話を聞いた後で、安心して他人の作った料理など食べられません」

「御茶膳房の菜肴は大丈夫だと言っただろう」

「確証が？」

灯灯は怖い顔で念を押した。

実は、啓轅にも蒸し魚と蕪の羹を作ってやったのだが、あまり口に合わなかったようなのだ。ことが解決するまで自分が料理をしようと思っていたのに、それは難しそうだと思っていた灯灯である。

「不安なら、俺が毒見をしに来ようか？」

「結構です」

毒を食べた白禎が倒れるところを想像して、灯灯ははっきりと首を振った。そんなことになっても、責任など取れない。

「さて、まずはこれを毒見しなくては」

白禎はそう言うと、箸を伸ばして魚の身をほぐし、口に入れた。灯灯が見守る中、丁寧に咀嚼してこくりと飲み込むと、何度か頷く。

「意外だな。うまいじゃないか」

とりあえずはほっとしたが、灯灯は肩を落として言った。

「啓轅には、味付けが好みではなかったようです」

「はは。あれはまだ市井の菜肴を知らないからな」

「白禎殿下は、ご存知で？」

「死んだ後は、皇宮の外にいたと言っただろう？」

(……いったい)

今日までどういう時間を過ごしてきたのか、灯灯には想像もできなかったし、問うこともできなかった。きっと言葉にはできないような苦労があったのだろう。

「あの、昨日お渡ししたものは、もう調べていただいたのですか？」

灯灯は話題を変えた。

ぴんと背筋を伸ばした白禎の箸使いはあくまで上品であったが、皿の上の菜肴(りょうり)はみるみるうちに減っていく。まるで奇術のようだ。

「少し待て。そんなにすぐにはわからない」

いつ嚥下しているかもわからないのに、白禎は口をもごもごともさせずに答えた。

「今日機会があって賛徳宮を訪れましたが、何徳妃は後宮の争い事には興味がないように見えました。ただ一応、かつて賛徳宮で働いていた者に少し話を聞いてみようとは思ってます。幸いなことに苑祺宮の女官の範児という者が、かつて賛徳宮にいたというので都合もいいでしょう。それと淑妃ですが、やっぱり怪しいと思うんです。結局、今一番利益を得ているのは淑妃ですし……」

「灯灯」

箸を止めて灯灯の名を呼んだ白禎は、射るようにまっすぐこちらを見た。

「あまり焦るな」

（そんなことを言われても……）

確かに、急いている自覚はあった。

「戦うと決めたからには、早く決着をつけたいのです」

長引けば長引くほど、啓轅に危険が及ぶ可能性が高くなるからだ。今のこの状況は、灯灯には賭けだった。

白禎は、おもむろに卓子の上の葱油餅を箸でつまむと、それを灯灯の口元に持ってきた。

「面紗を外せ」

灯灯は、きょとんと目を丸くする。

「早くしろ。手が疲れるだろう」

なんなんだ、と思いつつも言われるがまま面紗を外す。

「口を開けて」

そう言われて口を開けると、ぐいと中にまだ少し温かい葱油餅が押し込まれた。

「……」

黙ったままもぐもぐと口を動かす。うん、葱が香ばしくてよいできである。

そんなことを思っていると、すっと伸びてきた男の手に口元を拭われたので、灯灯はぎょっとして固まった。さらに男は灯灯の口を拭った指をぺろりと舐めて、頬杖をついたまま、「手のかかる娘だ」と笑みをこぼす。

その、仕草一つ一つがにおい立つように優美であったので、灯灯は思わず顔を赤くした。それに気づいた白禎が眉根を寄せる。

「どうした、顔が赤いぞ」

熱でもあるのかと伸ばされた手に灯灯がぎゅっと目を瞑ったその時、バンバン！という正殿の扉を叩く音が白禎の手を止めた。

「陛下！　陛下！」

ぱっと目を開けた灯灯は、何事か、と白禎と顔を見合わせる。彼女は白禎の目くばせを受けて、慌てて面紗をつけると龍袍を取りに行った。

「なんだ」

足早に戸口に歩み寄った白禎が、元徽帝に寄せた声音で答える。

「急ぎ、お戻りください」

外から聞こえたのは、劉太監の声であった。その声音から事態が緊迫していることが感じ取れる。

「わかった」

そう答えた白禎は、灯灯の助けで手早く龍袍を身につけ冠をかぶると、「行ってくる」とだけ言い残して苑祺宮を出て行こうとした。しかしふいに何かを思い出したように、踵を返してこちらに戻ってくる。

何事かと灯灯が目を見開くと、男は、その大きな手の平で灯灯の額に触れた。

そして人差し指で垂珠を少し持ち上げこちらの顔を覗き込むと、まるで小さな子供に注意するかのように釘を刺したのだった。

「熱はないようだが、大人しくしていろ。何かあったら使いをよこすから」

「……はい」

ざわつく胸を、灯灯は軽く押さえる。

夜はひっそりとしていたが、冷たさを帯びた空気は小さく震えているようだった。

(少しずつ)

何かが動いている。

そんな気がした。

白禎の背中の龍が夜の薄暗がりの中に消えていくのを、灯灯はただ黙って見送ったのだった。

＊＊＊

翌朝灯灯は、なぜ昨晩白禎が急ぎ苑祺宮を離れたのかを、範児から聞かされた。

「なんでも、皇后娘娘がお倒れになったそうなんです」

「皇后が？」

灯灯の髪を結い上げながら、範児が答える。

「はい。それで、興龍宮の周囲は大騒ぎだったらしくて……。でも、陛下を苑祺宮から呼び戻すための芝居だったんじゃないかという噂もあったりして、ちょっと混乱しているみたいですね」

「そう」

「もう回復はされたそうですが、今朝はご挨拶に行かなくてよいそうですよ」

「わかったわ。髪飾りは、簡単にしてちょうだい」

「かしこまりました」

範児はそれ以上は何も言わずに、もくもくと髪結に集中した。

おかげで灯灯も、自らの思索にふけることができる。

（皇后がお倒れになったの？　白禎殿下は、うまく陛下と入れ替われたのかしら）

まさかあのまま興龍宮へ向かったわけはあるまい。いくらなんでも正体がばれるはず。

（昨日お会いした時の皇后は、いつもとお変わりないように見えたけど……）

状況がわからない。

できることなら将桓（しょうかん）か白楨に会って、昨晩何があったのか聞きたかったが、一介の妃嬪（ひひん）の立場では何をすることもできなかった。

「娘娘」

範児に声をかけられて、灯灯ははっと顔を上げた。

「今日は、どの香包をお持ちになりますか？」

いつの間にか髪結を終えていた範児が、三種類の香包を並べた盆を灯灯に見せる。

灯灯はすべての香りを嗅ぐと、鴛鴦（おしどり）が刺繍された緞子（どんす）の香包を手に取った。主人がそれに決めたと見て、範児は黙って盆を下げる。

「啓轅は、もう早餐（あさげ）を終えたの？」

「はい」

「様子はどうかしら」

「お変わりないと伺っております」

「そう」

「外に控えておりますので、何かございましたら……」

そう言って早々に下がろうとする範児を、灯灯は「待ちなさい」と引き留めた。

「……はい」

範児の顔に緊張が走ったのがわかる。こんなふうに呼び止められて、苑祺宮の女官が嫌な予感を覚えないことなどないのだろう。

「お前……以前、賛徳宮に勤めていたわね？」

しかし灯灯の質問に、範児は拍子抜けしたように両目を丸くした。

「は、はい」

「徳妃は、どんな方だった？」

「……と、おっしゃいますと」

範児が注意深く聞き返すので、灯灯はあまり怪しまれない質問に切り替えた。

「啓轅の小黒のお礼を差し上げたいの。どんなお菓子を好まれるのかしら」

小黒、とは啓轅が黒貂につけた名だった。金魚の稚魚を小さいからと小小と名付けたことといい、赤い金魚を小紅と名付けた良嬪の子だなと思ったものだ。

「徳妃娘娘は、蓮のお菓子を好んでいらっしゃったかと思います。蓮蓉松子糕や、蛋黄蓮蓉餅をよく召し上がったかと」

「そう。それならそれを用意しておいてちょうだい。特に美味しいお店のものを探してね。徳妃にいただくものはいつも美味しいもの。そういえば……以前いただいた砂糖漬けも格別だったわ」

　二年前に徳妃が贈ってきたのは、蓮子の砂糖漬けだった。生や乾燥した状態の蓮子なら知っているが、砂糖漬けは灯灯も初めて見たのでよく覚えている。

「砂糖漬け、ですか？」

「産後にいただいたのよ。知らない？　当時お前は賛徳宮にいたでしょう？」

「私は正殿付きではなかったのでそこまでは……」

「あれはどこの店のものだったのかしら。最近よくあの味を思い出すのよ」

「おそらくですが……砂糖漬けなら、徳妃娘娘のご実家から贈られてきたものかと思います」

　徳妃の実家というと、将軍府か。

「そうなのね」

「ご希望でしたら、御茶膳房に作らせましょうか？　花の時期も終わっていますし、今なら蓮子も食材庫にあるでしょうから」

　範児がそう言った時、外から何やら騒いでいるような声が聞こえてきたので、灯灯は眉根を寄せた。

　苑祺宮で騒ぐのは啓轅しかいないはずだが、子供の声には聞こえない。

「お前、見ていらっしゃい」

「はい」

命じて見に行かせると、ほどなくして範児が困った様子で戻ってきた。

「どうしたの？」

「そ、その……」

灯灯の質問に範児が答える前に、耳障りな甲高い声が正殿にまで響く。

「無礼者！　私に触らないでちょうだい！」

聞き覚えのある声であった。灯灯は眉間の皺を深くすると、小さく息を吐いて立ち上がった。正殿を出ると、苑祺門の前で、強引に入ってこようとする何者かを春児が必死に足止めしているのが見える。

「今、娘娘に確認しますから」

春児がそう言ってその迷惑な来客を止めようとするが、相手は聞く耳を持たないようだ。

「女官ごときが私を足止めするなんて身のほど知らずね。私と貴妃の仲なのよ。確認なんて必要ないわ」

「蘇昭儀」

灯灯は言った。

背筋を伸ばし、中院に続く階段を降りる。

「苑祺宮に来るなんて、珍しいわね」

自ら客を迎えようとする灯灯を見た春児は、下唇を少し尖らせて後ろに下がった。

「ああ、姐姐！」

昭儀は笑顔で声を上げると、ふんと春児に向かって鼻を鳴らしてから小走りでこちらにやってきた。灯灯の手前で足を止めて、礼をする。

「姐姐にご挨拶を申し上げます」

「何の用かしら」

灯灯は冷たく言った。しかし昭儀は、むっとした表情を見せずににこりと笑った。

「姐姐と久しぶりにお茶をしたくてお誘いに参りましたの。御花苑で、梅才人がお茶のご用意をしておりますわ。ご一緒にいかがでしょうか？」

（『姐姐』ね）

聞き覚えのある声音に、見覚えのある態度である。それはまるで、かつて良嬪に対して媚を売ってきていたころの昭儀と同じであった。

「困ったわね。啓轅が心配で、宮を離れる気にならないわ」

「あら、でもずいぶん回復されたと伺いましたわ。徳妃から、遊び相手に黒貂を譲り受けたとか」

なんて耳が早いのか、と灯灯は感心した。

「実の所、陛下はすっかり永安宮から足が遠のいていらしていて……姐姐にご相談に乗っていただきたいの。ね？　どうかお断りにならないでくださいな」

まさか、またあの「権力におもねる」病が発動したわけではあるまい。

（どういうつもりなのかしら）

警戒すべきではあったが、断る理由もなかった。

（向こうからやってきてくれたのだもの。二年前の贈り物についても探りを入れるべきよ）

そう思って、灯灯は答えた。

「仕方ないわね。……範児、支度をなさい」

「嬉しいわ。ありがとう姐姐！」

昭儀が馴れ馴れしくこちらに腕を伸ばしてきたので、灯灯は一歩下がってそれを避けた。すると、さすがに昭儀は一度顔をこわばらせたが、強靭にも再度笑顔を作って「ではここで姐姐のお支度が終わるのを待っていますね。どうぞ、ごゆっくり」と言ったのだった。

＊＊＊

昭儀が灯灯を案内した双翠亭は、見上げるほどの大きさの連理樹の側に建っていた。御花苑の東南に位置しており、壁はなく、合計で八本の赤い柱が屋根を支えている。その下に用意された卓子の上にはすでに数種類の菓子が並べられていて、数人の女官が控え、梅才人が茶の準備をしているところであった。

「貴妃にご挨拶を申し上げます」

灯灯らがやってきたことに気づいた才人は、手を止めて灯灯に礼をした。

「楽にしてちょうだい」

そう言ってやると、彼女は顔を上げる。しかし目は伏せたままで、決して灯灯と目を合わせようとはしなかった。

対して昭儀はというと、馴れ馴れしく灯灯の背に触れてくる。

「さぁ、姐姐はこちらにどうぞ。英玉、ぐずぐずしないで早くお茶を準備なさいな」

「はい、ただいま」

昭儀に命じられた才人が茶の準備をしていても、周囲の女官は動くそぶりさえ見せなかった。

(置物なのかしら)

などと灯灯は腹立ち紛れに女官らを睨む。

高貴妃に睨(にら)まれていることに気づいていたら女官らは震え上がっていただろうが、幸いなことに作法通り視線を床に固定していたので、気づかずにすんだようだ。

「こちらはね、益州から取り寄せたお茶ですの。小豆に合うので、小豆粥も作らせました。英玉、早くお入れして」

昭儀は、才人の淹れた茶をさも自分が淹れたかのように灯灯に振る舞う。

その正面で、まるで給仕のように立ちっぱなしの梅才人が、卓子(たく)の中央にある陶器の器の蓋を開けた。するとふわりと湯気が立ち上り、ほんのりと甘い香りが灯灯のところまで香ってくる。

才人が、左手に器を持って丁寧に小豆粥を取り分ける。そしてその器を灯灯の方へ渡そうとしたところ、昭儀が「姐姐(おねえさま)。こちらの白糖糕(はくとうごう)と緑豆糕(りょくとうごう)もどうぞ」と菓子の方へ手を伸ばした。

「あっ」

昭儀の手が才人の持っていた器に当たり、小豆粥が才人の手の上にひっくり返る。

しかし「きゃあ！」と大袈裟に声を上げたのは昭儀の方であった。

「もう、愚図ね！　何をやっているの」

そう怒鳴りつけながら、自分に小豆粥がかかっていないかを確認する。

「……申し訳ございません」

才人が手を抱え込んで謝罪した。

「早くここを片付けて、よそい直しなさい。まったく、使えない子ね」

「申し訳ございません」

女官に手渡された手拭いを持って、ひっくり返った小豆粥を片付けようとする才人の手が赤くなっているのを見て、灯灯は目を細めた。

「昭儀」

意識しなくても、声が冷たくなるのがわかった。

「はい、姐姐」

それには気づかず昭儀はにこにこと笑ったが、次に言われた言葉を聞いてすっと顔をこわばらせる。

「あなたが入れ直してちょうだい」

「……」

才人が、驚いた様子で手を止めてこちらを見る。しかし灯灯は彼女とは目を合わせないようにして命じた。

「才人は手を冷やしてきなさい。そんな怪我で陛下に仕えられなくなっては困るわ」

「……はい」

蚊の鳴くような声で答えて、才人がその場を後にする。するとまるで生き返ったかのように女官らが動き出した。卓子の上にひっくり返った小豆粥をみるみるうちに片付けて、昭儀に小豆粥をよそうための勺子を渡す。

極めて不本意そうな様子を隠そうともせずに小豆粥をよそった昭儀は、とんと器を灯灯の前に置いてから拗ねたようにそっぽを向いて言った。

「英玉にそんな心配は必要ありませんわ、姐姐。陛下は、あの子が才人になってから一度も召していらっしゃらないもの」

灯灯は眉を上げる。

「一度も？」

そんなことがあるだろうか。梅英玉が才人に冊封されたのはずいぶん前のことだ。それも、周囲の思惑がからんで後宮入りした皇后や昭儀らと違って、貴妃のように陛下自身の意思で迎え入れた女性だというのに。

「ええ。最初の一晩だって、あの子がこれ見よがしに陛下の前で泣いて同情を買ったんです。まったく、思い出しても腹が立つわ」

最初の一晩。つまり女官であった英玉が、皇帝の寝所に上がった夜のことだろう。

「どうして才人は泣いていたの？」

聞くまでもないと灯灯は思ったが、昭儀の困った顔が見たくて問う。

「それは、その……、昔のことで、よく覚えていませんわ」

おおかた、昭儀が何か横暴なことをしたのだろうと想像できた。

永安宮は女官にとっての地獄のような場所だと、灯灯は以前女官仲間から聞いたことがあった。原因は他でもない、蘇昭儀の気性だ。

普段他人におもねっている反動が宮の中で出てしまうのか、女官いじめがひどく、無理難題を命じたり理不尽な罰を与えることがあったらしい。

今の梅才人の扱いを見ていると、ただの噂ではなさそうだ。

「そんなことより、さぁ姐姐。どうぞ召し上がってみてくださいな」

取り繕うように笑う昭儀に促され、灯灯はまず茶を一口飲んだ。

面紗の下で飲み食いするのはもう慣れたものである。初めの頃はよく失敗して面紗を汚すことも多かったが、今はもうそんなことはない。

ほんのりとした甘さと温かさが体に染み入るような小豆粥を口に運んでいると、こちらをじーっと見ていた昭儀が言った。

「でも、さすが姐姐ですね。二年も経って、突然二日も続けて陛下のお渡りがあるなんて。何かなさったんですか？　ここだけの話で教えていただけないかしら？」

永安宮に陛下の渡りがないというのは本当のことらしい。灯灯は表情を動かさずに
「どうして？」と聞き返した。

「え？」

聞かれた意味がわからないのか、昭儀がきょとんと目を丸くする。なので灯灯は、昭儀にもわかりやすく言い直してやった。

「どうしてあなたに教えなくてはいけないの？」

「どうしてって……」

「昭儀。勘違いをしないでね」

灯灯はぴしゃりと言った。

「二年前、あなたがやったことを許したわけじゃないのよ」

昭儀が眉根を寄せる。

「……二年前？　どういうことですか？」

（ああ）

この時の昭儀の表情と言葉で、灯灯はほとんど確信した。

（この子じゃないわ）

良嬪に砒霜（ひそ）を与えたのは、昭儀ではない。なぜなら、この蘇昭儀という人は、咄嗟（とっさ）に嘘をつけるほど狡猾ではないからだ。そんな狡猾さを持つのなら、あそこまであからさまに人に媚を売ったりしないだろう。

「ごちそうさま。もう結構よ」

匀子（さじ）を置いて立ち上がる。

　昭儀が砒霜（ひそ）を盛った犯人ではないと確信できたことは大きいが、時間を無駄にしてしまった気がしてならない。本当なら今日は、宮で良嫣を偲（しの）んで過ごすつもりだったのに。灯灯は、振り向きもせずにその場を立ち去ろうとしたが、その時思ってもみなかったことが起きた。

「姐姐（おねえさま）、待って！」

　ぐい、と灯灯の褂子（うわがけ）の袖が引っ張られる。離しなさい、と命じるために振り向くと、ばしゃりと顔面に生ぬるいものがかけられた。甘い香りがする。濡れた面紗が顔に張り付いた。

「娘娘！」

　この声は範児だ。

「ごめんなさい、姐姐（おねえさま）。手が滑ってしまったの」

「……」

　灯灯は少しの間呆然とした。

　小豆粥をかけられたのだ、と一拍を置いて理解する。気づいた時には昭儀の手が目の前に迫っていたので、慌ててそれを振り払った。

「触らないで！」

「でも姐姐（おねえさま）、面紗も汚れてしまったわ。取ってお顔を拭かないと。お前たち、何をぐずぐずしているの。貴妃をお助けしなさい」

昭儀が命じると、女官らが灯灯に群がってきた。一人が灯灯の腕を押さえつけ、一人は面紗を外そうとする。範児に目線で助けを求めると、どうやら範児もまた他の女官に取り押さえられているようだった。

「娘娘！」

後頭部の結び目が解かれたらしく、はらりと落ちそうになった面紗を間一髪で押さえて顔を隠す。ぐちゃりと小豆粥の生温かい感触が不快だった。

「私に触れるな！」

「暴れないで、姐姐。お助けしたいだけなのよ」

少し離れたところで昭儀がいやらしく笑っているのが見えた。

自分には逆らえない女官らを使い、自らは遠くで手を汚さずに笑っている。

（蘇寧敏……！）

頭の奥が焼き切れるような感覚を覚えて、怒りで理性を失いそうになったその時である。

「何をしている！」

第三者の怒号が、その場にいた全員の動きを止めた。

声の主を視界に入れた灯灯は瞬きをする。

将桓だ。それに――皇后もいる。

「ひっ、陛下」

蘇昭儀はさっと青ざめるとその場に崩れ落ちるように両膝をついた。同じように、灯灯と範児を押さえつけていた女官らも平伏する。

ようやく自由になった灯灯は、慌てて面紗の紐を後頭部で結んだ。そして自分もまた平伏しようとしたが、目の前に白い手が差し出された。

「立ちなさい、貴妃」

顔を上げると、朱皇后が無表情のままこちらを見下ろしている。

「……皇后」

灯灯に手を貸して立たせた皇后は、その顔についていた小豆粥を手で拭うと、ほんのわずかだけ眉間に皺を作った。灯灯がその皺の美しさに思わず見惚れていると、元徽帝の怒声が再び響く。

「御花苑で見苦しい。何事だ！」

灯灯は、白禎と将桓が入れ替わっているのかと思った。将桓のこんな怒鳴り声を初めて聞いたからだ。きっと、その場にいる全員が驚き畏れただろう。あの穏やかな元徽帝がこんなに険しい表情で怒りを露わにするなんて。

「誤解です陛下！　貴妃に小豆粥がかかってしまったので、拭いてさしあげようとして……」

昭儀は慌ててそう言ったが、将桓は取り合わなかった。

「貴妃を押さえつけてか？　昭儀。ずいぶんと偉くなったものだ」

昭儀の顔から血の気が引いていく音が聞こえるようであった。地につくくらい頭を下げて、小さな声で「とんでもないことでございます……」と言うことしかできない。それほどの威圧感が、今の元徽帝にはあった。

「陛下、後は私にお任せください」

範児に灯灯を渡すと、皇后が将桓へ声を掛けた。

「後宮の不始末は、私の責任ですから」

「……わかった。そなたに任せる」

将桓が、怒りを抑えてそう言ったのがわかった。

「娘娘、こちらへ」

範児が灯灯を促す。しかし横からすっと伸びてきた手が、範児の代わりに灯灯の手を引いた。

「おいで」

灯灯にだけ聞こえるくらいの小さな声で言ってから、将桓は周囲の宦官(かんがん)らに告げたのだった。

「万一殿へ行く」

＊＊＊

御花苑の中央にある万一殿に入った将桓は、範児に新しい面紗を持ってくるよう命じてから、「皆外に出ていろ。呼ばれるまで決して入るな」と人払いをした。

おかげで灯灯は、べったりと小豆粥のついた面紗をようやく外すことができた。

「助かりました、陛下」

「大丈夫か？　いったい何があったんだ」

宦官らが準備してくれていた手拭いで顔を拭く。化粧が落ちてしまうが、この状況では仕方がないだろう。見下ろすと裙子も少し汚れていた。

「昭儀は、面紗の下を見ようとしていました」

灯灯がそう言うと、将桓が眉根を寄せた。

「なんだって？」

まさか、君の正体が……と懸念を上らせようとした口を、灯灯が遮る。

「いえ、偽物だと疑ったからではなく、高良嫣を辱めようとしていたのだと思います」

（寵愛が復活したからだわ）

灯灯は思った。

醜い火傷痕を女官らにさらして、嘲笑する気だったのかもしれない。調子に乗るな
という忠告のつもりだっただろう。

「なんてひどいことを」

将桓はまだ憤慨しているようだった。

「仮にも貴妃である君に、無礼がすぎるじゃないか」

「淑妃の後ろ盾があるから怖いものがないのでしょう。あるいは、淑妃に命じられた
のかもしれません」

貴妃が寵愛を再び得ることが今もっとも目障りなのは、淑妃に違いないからだ。

「……でも本当に、来ていただいて助かりました」

灯灯は将桓に再度礼を言った。

もう少しで、面紗の下の素顔が暴かれていたところであった。

将桓と皇后がその前に現れたのは、幸運という他ない。

「そういえば、皇后は昨晩、体調を崩されたのではなかったのですか？」

灯灯は思い出して聞いた。

「……ああ、そうか。君にも使いを出しておくべきだったね。倒れたという話だった

けれど、私が行った時にはもう斉微は目を覚ましていたよ。気が塞ぐから側にいてほしいと言われて、先ほども散歩に付き合っていたんだ」

　白禎とはどこでどう入れ替わったのかなども聞きたかったが、万一殿のすぐ外には誰かが控えているはずだ。余計なことは言わない方がいい、と灯灯は思った。

「灯灯、まだそこに小豆がついているよ」

「え？　どこですか？」

　将桓に言われて、灯灯は顔に手をやった。

「耳の横の髪の毛だ」

「ああ、ありがとうございます」

　彼女が自分の目では見えない場所を拭っていても、将桓は灯灯に手を貸そうとはせず、いつもの距離を保っている。先ほど腕を引かれた時が、彼が灯灯との間に引いた一線を破った唯一の例外だった。

「陛下……一つ、伺ってもよろしいでしょうか？」

　少し悩んだ末に、灯灯は言った。

「どうして、梅英玉を才人に冊封したのですか？」

　なるべく、責めるような声音にならないように問いを口にしたつもりであったが、責めるように聞こえただろうか。将桓は、どこか途方に暮れたような表情を見せた。

「誤解しないでください。陛下が、新しく妃嬪を迎えることを責めているわけではないんです。ただ……ご覧になったでしょう。昭儀は貴妃である私にだって遠慮はしません。まして才人になんて」

せめて冊封した後は別の宮に移してあげるべきだった。

(でも、景承宮は火事の後閉鎖されたままだから、それができなかったんだわ)

その上、女官から妃嬪に封じられた者は元の宮にそのまま残るのが慣例だ。あえてそれを覆す理由がなかったのだろう。

「昭儀が才人に何かしたと?」

「ご存知ないのですか? 才人は、昭儀からいまだ奴婢と同じ扱いを受けています」

どうやら、将桓がずっと才人を召していないという話は本当らしい。そんなことも知らなかったなんて。

彼は、一度視線を逸らして何かを考えるような表情を見せると、息を吐いて首を振った。

「そうか……私が迂闊だった。わかった。すぐ皇后に言って、才人の宮を変えさせる」

「あの、陛下。もしよければ、昭儀と才人の件は私に任せていただけませんか?」

梅英玉の心はすっかり折れてしまっているようだった。先ほどの、昭儀に何をされても抵抗しない様子は、まるで人形のようだ。才人自身が望めば、冊封された時に他の宮に移ることだって叶ったかもしれないのに、その一歩を踏み出すことができなかった彼女自身にも問題はある。

あれでは、他の宮へ行っても怯えて暮らすだけだろう。彼女のためにはならない。

「ああ、そうだな。君に任せるのがいいかもしれない。頼むよ、灯灯」

将桓は困ったように笑った。

「半年前に私が永安宮を訪れた時、あの娘は昭儀に打たれて泣いていたんだ。それで、一晩話し相手になった。翌朝にはその話が後宮中に広まっていて、冊封せざるを得なくなってしまったんだ。……私が悪い。後先を考えずに、その場の思いつきで行動してしまった」

「……才人を見て珠蘭姐姐（しゅらんねえさん）を思い出されたのですか？」

灯灯は、もしやと思ったことを聞いた。

才人は、どこか良嫣に雰囲気が似ていたからだ。顔ではない。彼女の寛容が、真綿のような柔らかさが、良嫣を思い起こさせた。

「だからこそ、今日まで永安宮にも渡らず、才人をお召しにもならなかったのでは？」

将桓の顔がこわばる。彼は、どんな顔をしていいかわからないかのように、一度笑いかけてから涙を堪えるように唇を引き結んだ。

（ああ）

灯灯は思った。

「……陛下は今でも、あの方を愛していらっしゃるのですね」

その言葉を口に出した時はまだ半信半疑であったが、将桓の表情を見て確信した。困ったような、今にも泣きそうな、複雑なその笑顔を見て。

「わからない。これは私の妄執なのかもしれない。だがずっと……夢を見るんだ」

将桓は、良嫣の最期には間に合わなかった。ずっと良嫣に付き添っていたにもかかわらず、どうしようもなく溜まってしまった政務のため席を外したそのほんの数刻の間に、良嫣の容態が急変して亡くなったからだ。

しかし内密に決めていた灯灯からの連絡で寵妃の死を知った彼は、淡々とやるべきことをこなしていった。

灯灯が起こした火事のどさくさに紛れて良嫣の遺体を運び出し、焼け出されて火傷を負った『貴妃』を自ら崑清殿へ連れて戻った。そして幼い頃から自分を診てくれていた、林という名の高齢の太医に治療をさせるという名目で、『貴妃』を崑清殿に止めおき、そのまま苑祺宮に移したのだ。

その頃の灯灯には皇帝を気遣う余裕などなく、彼がどういう表情をしているかはわからなかった。

（けれど）

気遣っていたら、わかっただろうか。将桓の絶望が。

（珠蘭姐姐）

あなたが愛した人は、今もあなたを忘れていないのだ、と灯灯は思った。

その時胸に湧き上がった感情は安堵と喜びだ。

将桓には残酷なことかもしれないが、彼が亡くなった妃を想い続けているという事実は、灯灯には喜びであった。

「陛下」

灯灯は言った。

「私たちはもっと、あの方について話すべきだったのかもしれません。私たちにとって、あの方はすべてだったから」

将桓は俯き、左手で目を覆った。

「灯灯」

灯灯の名を呼ぶ時、いつも穏やかであったその声が震えている。

「私にとって彼女は、光だったよ」

心臓がぎゅっと掴まれたような心地になった。喉が詰まって、目の奥から熱いものが滲み出してくるのを感じたが、かろうじて堪える。

そうだ、光だった。

あの人は。世界そのものだった。

「陛下」

灯灯は言った。

「あの方は、後悔していませんでした。あなたに手を引かれて、後宮に入ったことを。あの子を産んだことを。あなたを愛したことを。強い人だったから……何一つ、後悔していなかったんです」

「……小嫣（しょうえん）」

将桓がぽろりと漏らした名を聞いて、灯灯は一拍の間息を止めた。

小嫣。それは、珠蘭の本当の名だった。芸妓としての名前である珠蘭ではなく、妃嬪（ひひん）としての名前である良嫣でもなく、生まれた時に両親につけられた名だ。あの人の本当の名前。

（珠蘭姐姐）

それをあの人は、この目の前の男に与えていたのだ。

（姐姐にとってもこの方は、世界のすべてだったのね）

降り積もるような悲しさの中に立ち尽くしながら、灯灯はこの時初めて、死んだ良嫣の息遣いを側に感じたような心地がした。

永遠に失われたと思っていたあの人が他の人の胸で生きていると知った時、微笑むあの人が見えたような気がしたのだった。

六、孟冬の満月

秦白禎は、仁華宮の西楼閣の、今にも崩壊しそうな床榻に横たわっていた。その視線の先の天井は、気を抜けば落ちてしまいそうな暗闇に沈んでいる。日はもうすっかり暮れていた。ずいぶん長くみじろぎもせず同じ格好でいるのを見る限り、鬼しかいないような忘れ去られた宮に響く虫の音は、彼の思考の妨げにはならないようだ。

白禎がこの仁華宮に初めて足を踏み入れたのは、彼がまだ啓蒙くらいの子供の頃のことだった。

宦官らの目を盗んで学士堂から抜け出し、錠の壊れていた西門からこの宮に迷い込んだのだ。

時の皇帝の長子として生まれ、周囲から寄せられる期待や気まぐれな失望、わずらわしい干渉から逃れるのに、この場所は最適であった。やがて成長するにつれて、何かから逃げるということも次第になくなったが、今こうして、あの頃よりも長い時間を仁華宮で過ごすことになるとは、思ってもみないことであった。

もう八年だ。

八年間、白禎は死人として逃げ続けている。

あの男を引き摺り下ろすために。

葬り去られた真実を掘り起こすために。

――死んだ友人のために。

「すまない」

白禎の口から漏れた言葉は天井の暗闇に吸い込まれていった。

(時間がかかりすぎた)

白禎はそう思っていた。

毒によって生死を彷徨(さまよ)い、牀榻(しんだい)から起き上がれるようになるのに二年。その後六年という時間を費やしてなお、いまだ馬膺(ばよう)のあの好々爺然とした仮面を剥がせずにいることに、白禎は憤りさえ感じていた。

汚職や賄賂(わいろ)。そんなもので地位を築いている人間であったのなら、追い落とすのはもっと簡単であっただろう。名誉や金で築いた関係など、砂上の楼閣のように脆(もろ)い。より大きな利益のために、相手を裏切る人間だって出てきたはずだ。

けれど、馬膺はそうではない。

人間に必ずある弱みを見つけ出して、それを容赦なく掴んで引き摺り出し、手綱としている。だから誰も裏切らない。裏切ることができないのだ。自らの弱みを公に晒(さら)

してまで、馬膺を打ち倒そうと考える者などいない。

中には、馬膺に弱みを握られているという自覚もないままあの男に従っている人間だっているはずだ。

馬膺は、一級の傀儡師なのであった。

人は操られていることに気づかないまま踊る。気づいた時にはもう、糸がすっかり絡まってしまっていて手遅れなのだと知るだろう。

(馮九延も、口をつぐんだ)

数日前の狩猟の儀で馬膺に食ってかかっていた礼部の馮侍郎は、あの翌日から朝議を欠席していたが、今朝になって地方への異動を願い出てきたという。将桓によれば、体調不良が理由らしい。

「馬鹿馬鹿しい」

白禎は身を起こすと、床榻に立てた膝に肘を置いて悪態をついた。

ずいぶんと長いこと、自分の手を汚すことなく人形を増やしていった馬膺が、唯一失態を犯したのが、九年前のあの一件であった。

人間の純粋さを見誤り、一人の官吏に絶筆となる告発文を書かせてしまった。それに五人の書生が呼応して立ち上がったことで、多くの血を流さざるをえなくなった。

さすがの馬膺も焦ったはずだ。自分に疑いの目を向けさせないため、すみやかに五人を処理したことで、白禎の疑惑は確信へと変わった。

すべてあの男の仕業なのだと。

盧雲、潭玉潔の二名が病死、王栄啓は行方不明、丁稜微は家族と心中し、胡新帆は火事で焼け死んだ。

それぞれ家族の消息も知れなかったが、王栄啓の家族の手がかりを掴みかけたことがあった。五年前のことだ。結果、徒労に終わったが、その後高良嫣が殺され……高純度の砒霜の存在が明らかになった。

毒の特定のために苑祺宮の馬桶を調べさせたのは、白禎だ。砒霜が原因の毒殺というのは排泄物を調べれば明らかになるものだが、銀針が反応しなかった時点で、太医は排泄物まで調べない。だから使い古された毒物であるにもかかわらず、誰も砒霜であると気づかなかったのだ。病死以外を疑わなかった。――将桓と白禎、そして高良嫣の侍女であった、あの娘以外は。

高良嫣の偽物。

貴妃の死後、彼女らが考えた計画を将桓から聞いた時は、正気じゃないと笑った。すぐに暴露されるだろうとも思った。

だが驚いたことに、高良嫣は今も、苑祺宮に住んでいる。

生きている者を死んだことにするよりも、死んだ者を生きていることにする方が困難だ、と白禎は思っていた。常に人の目に晒されている状態で、他人を演じ続けなくてはならないからだ。それをやり遂げる精神力は尋常ではない。

将桓の言う『忠義に厚い善良な娘』とは、いったいどんな人間なのかと思っていたが……。

（なるほど、狼のような娘だったとはな）

仁華宮で初めて見た灯灯を思い出す。

首を絞めて気を失わせ、二度と仁華宮に近づく気にならないようにさせようと思っていたのだが、抵抗に遭って危うく本当に殺しそうになってしまった。

（いや……殺せはしなかっただろう）

白禎は笑った。

自分が気道を押さえている間、娘の瞳から光が失われることは一瞬たりともなかったからだ。

あまつさえ手に傷を作られ、顔も見られた。

侍女ではなく刺客向きだ、と言ったのは本心だ。

愛玩される猫ではなく狼のような娘。

『離してください……白禎殿下』

『永遠に口をつぐみます』

『私は、何をおいても啓轅様をお守り申し上げます』

いつだってあの娘はまっすぐに白禎を見据えていた。

「……」

だからだろうか。

第二皇子が池に落ちたあの時、躊躇（ためら）いなく飛び込もうとする娘の腕を引き、代わりに自分が飛び込んだのは。

『驚いたよ。兄上が身を挺（てい）して他人を助けるなんて』

将桓は白禎に感謝しながらも、意外そうに言った。

その時白禎が何も答えなかったのは、どうしてそんなことをしたのか自身でもわからなかったからだ。

（だがもしかしたら、あの目が失われることが惜しかったのかもしれない）

白禎は今、そう思ったのだった。

八年という年月の中で、いっそ馬膺を殺してしまえば簡単ではないかと思ったことは一度ではない。真実を明らかにすることになんの意味がある？　宦官（かんがん）に扮（ふん）して近づきあの男を殺せば、なんの憂いもなく自分も死ねると幾度となく考えた。

だがあの娘は。

何があっても生きるつもりだった。

守るべきもののために。大切な一人のために。

自分という個を殺しても生きるのだと、心に決めているようだった。

「あのう」

自分しかいなかったはずの空間に響いた女の声に、白禎は驚かなかった。顔を上げると、壊れた扉からこちらを覗き込む娘の姿が、薄闇の中でかろうじて見える。

「白禎殿下？」

孫灯灯は、おずおずと言った。

お忍びで宮を出る時の目立たない装いをした彼女は、無力な普通の娘にしか見えなかったが、その普通の娘に死んだ貴妃はすべてを託したし、皇帝である弟は心からの信頼を寄せたのだ。

白禎はふっと笑いを漏らす。

そして、

「来たな、俺の剣」

と言ったのだった。

＊＊＊

ガラガラガラと馬車の車輪が回る音が聞こえる。

「どどどどどこへ行くんですかね⁉」

馬車が皇宮どころか街も出て、暗い山道に分け入っていったところで、灯灯は我慢できずに聞いた。すると、灯灯の斜め前に座る将桓が穏やかに答える。

「大丈夫、あと少しだよ」

何が大丈夫なのかまったくわからない。護衛を連れていない皇帝と、生きていることが知られてはいけない皇兄、それに後宮を出ることが許されない貴妃が皇宮からこんなに離れた場所にいるのに、大丈夫なわけがないだろう。

『そうだ灯灯、今夜、仁華宮へ来られるかい？』

将桓が灯灯にそう聞いたのは、万一殿(ばんいつでん)でのことだった。

『あまり目立たない服装で来てほしい』

返事をする前に範児(はんじ)が新しい面紗を持って戻ってきて、将桓が『入れ』と答えてしまったので、灯灯は理由を問うこともできなかった。

仕方がないので夜になるのを待って、いつものように人払いをした後、刺繍も装飾もない簡素な襦裙(きもの)に着替えて、こそこそと屋根に登ったのだ。そして仁華宮と苑祺宮を隔てる壁に立てかけられた梯子(はしご)を見つけてなんなく仁華宮に入り込むと、そこで待っていた白禎に西門から連れ出され……有無を言わさずこの馬車に押し込まれたというわけだ。

何より驚いたのは、馬車の中にはすでに、まるでどこかの商家の息子のような格好をした将桓がいたことであった。そういえば、白禎もまた狩猟の儀で会った時に似た小綺麗な装いをしている。

それに比べて自分の格好は簡素で、何より顔面の華やかさが違った。知らない人間が見れば、良家の息子二人と侍女に見えたかもしれない。

「ずいぶんと……山道を行きますね」

せめてどこへ向かうのか教えてほしい、と思いながら灯灯は馬車の窓を少し開けて外を見た。馬車の揺れがひどいことからも、背の高い木々の間に作られた道が未舗装なのだとわかる。馬車に下げられた灯りに合わせて、窓から見える森が揺らめいた。車輪の音のせいで、獣や虫の声は聞こえてこない。木々の奥の影の濃い部分に何かが潜んでいるような気がして、灯灯はぶるりと身震いをして窓を閉めた。

「陛下はどうやって抜け出されたんですか？　まさかいつもこんなことを？」

気分を明るくしようと思って聞くと、ずっと俯いて目を瞑っていた白禎が、「騒がしい奴だな」と片方の瞼だけを上げて灯灯を睨んだ。

失礼しました、と言う代わりに口を一文字に引き結んだが、将桓が兄の非礼を詫びるように優しく笑う。

「崑清殿に亥楽が残ってくれているんだ。彼がいるから、誰も私の不在に気がつかないはずだよ」

「亥楽様？　というと……」

聞き覚えのない名前に、灯灯は記憶を巡らせた。

「劉太監だ」

答えたのは、白禎であった。

「え？　劉太監？　劉太監が、陛下のお忍びを手助けしてくださったんですか？」

劉太監は元徽帝付きの宦官だ。将桓に何かあれば最初に罪を問われるのは彼になるというのに、よくこんなことに手を貸してくれたものだ。

「彼は、私たちの入れ替わりにも協力してくれているし、兄上の宦官の服装の手配もしてくれている。亥楽はもともと、兄上付きの宦官だったんだ。だから私のことも、よく理解してくれている」

「……ということは、劉太監も白禎殿下のご存命をご存知なのですか？」

「いや、ただ私だけが顔を知っている影武者がいると話しているだけだ。兄上の存在を知っている人間は、少ない方がいいからね」

将桓は皇帝という立場上、皇宮内で自由に身動きが取れない。それなのに白禎一人で、どうやって周囲にばれずに行動しているのかと思っていたが、そういうことだったのか。

馬車が徐々に減速しているのに気づいたのは、その少し後のことだった。やがて車体が完全に止まり、「ようよう」と御者が馬に声をかけているのが聞こえた。

「着いたな」

初めに立ち上がった白禎が、馬車の戸口にかかっていた帘幕をめくって外に出る。目が合った将桓ににこりと微笑んで促され、続いて灯灯が腰を上げた。先に出ていた白禎の手を借りて馬車から降りると、最後に将桓が地面に降りる。

目の前には、石を積み上げて作られた今にも崩れそうな石段があった。左右を針葉樹の森に挟まれたその傾斜を見上げていくと、簡素な木でできた両開きの扉が、まるで異界への門のような顔で立っている。馬車の灯りがかろうじて届く位置にかかった扁額には『了康寺』とあった。

「お寺……ですか？」

「行こう」

先に立って歩いたのは将桓であった。

馬の手綱を引いていた御者から受け取った手燭を手に持ち、階段を上がる。ずいぶんと古びて見える石段だが、割れ目に雑草が生えている様子もないので、きちんと手入れされているのがわかった。

将桓がドンドン、と扉を叩いて来訪を告げると、ほどなくしてキィと扉が開く。現れたのは異界の生き物……ではなく松明を持った一人の尼僧であった。

「夜分遅くに申し訳ありません」

将桓がそう言うと、皺という年輪を顔に刻んだ尼僧はにこりと笑って、「お待ちしておりました」と答えたのだった。

＊＊＊

ほうほう、という梟の鳴き声が聞こえた。

木と土のにおいに、白檀の香りも少し混じっている。

彼らを出迎えた尼僧は唯一灯りの灯っていたお堂の中に戻ってしまったので、木々に囲まれてひっそりとした寺の敷地内には他に人の気配を感じなかった。しかし、灯は夜の寺特有の不気味さは感じなかったし、むしろあの寺の門に守られている心地さえしていた。

将桓と白禎が持っている手燭の灯りだけが、三人の道を照らしている。

「……このお寺は、あの尼僧お一人しかいらっしゃらないのでしょうか？」

「うん、そうだよ。お一人で、ここを守っていらっしゃる。私が誰かも聞かれたことはない。そういう方なんだ」

確かに、すべてを受け入れてくれそうな雰囲気を持った尼僧であった。

「仏様のような方ですね」

灯灯が言うと、「お前に信心深さがあるとはな」と前を歩いていた白禎が幾分皮肉っぽい言い方をした。

確かに、死んだ人間に成り代わっていることは、天罰が下る罪かもしれない。けれど灯灯は、それを恐ろしいとは思わなかった。

「……幼い頃、廃寺で寝泊まりしていた時期があるんです」

このことを口にするのは、いったい何年ぶりだろうか。

久々に皇宮の外に出た興奮もあったのかもしれない。ざりざりと定期的に聞こえる三人の足音が、時折聞こえる夜の森の音が、灯灯の口を滑らかにしていた。

「もともとは街で父と二人で暮らしていたのですが、金貸しに追われて逃げることになって……。どこかの山を随分と歩いて行った先の、湖の側の廃寺でした。お堂には木彫りの仏様だけが残ってらっしゃるようなところで、壁のあちらこちらに穴が空いていたので、冬だったら凍えていたかもしれません。父が、寝床代わりに藁を見つけてきて敷いてくれたんです」

「辛そうな経験だけど、灯灯にとってはそうじゃなかったの？」

隣を歩く将桓にそう聞かれて、灯灯は少し目を丸くして彼を見返した。

「勘違いだったらごめんね。でも、どこか嬉しそうに話すから」

「ええ……そうですね。辛くは、なかったかもしれません」

思えばあれは生まれて初めて、守られてる、と思って眠った日々であった。

あのお堂の中でだけは、父は酒を飲むこともなく、ただ穏やかに灯灯の側にいてくれたから。

「それはいつ頃の話なの？　君はずいぶん幼い頃に酔蓮楼にやってきたと聞いていたけれど」

好奇心も同情もごめんだったが、将桓の声音はどうしてか、嫌な気持ちになるようなものではなかった。

「寺で寝泊まりしていたのは、十歳の時でした。それも、ほんの数日のことだったと思います。家から持ち出した食糧が尽きた頃に、父は私を酔蓮楼へ売ったんです」

ある朝、父は灯灯に告げた。

『湖で身綺麗にしてこい』

言われるがまま身体を洗って戻ると、父はすでに街へ降りる支度を終えていて、灯灯はそのまま酔蓮楼に売られたのだった。

（わかってるわ）

あのまま廃寺にいても、二人とも死ぬだけだった。

二人が共に生きる方法が、灯灯を妓楼に売ることだったのだ。

「その後、父上の消息は？」

「わかりません。調べてもいませんから。父は別れ際に言いました。『名前も過去も家族もすべて捨てろ。あの寺には決して戻るな』と。だから私も、あの人を捨てることにしたんです」

寺での日々はもしかしたら、幼い娘の恨みを買うのを恐れて、よい思い出を作ろうとしただけなのかもしれない。自分が善人だと思いたかったのかもしれない。

そういう人なのだ、と思う方が楽だった。期待しない方が前を向ける気がした。

「……よい父ではありませんでした。進士を目指して田舎から出てきたのに何度も失敗して挫折して、母も亡くして、酒浸りになって……。金目のものは全部あの人が持って行って酒代にしてしまうから、絶対に見つけられたくないものはいつも牀榻の下に隠していました」

父が酒浸りになったのは、母が死んで、最後の省試に落ちた後……灯灯が八歳の時だ。あの頃からずっと、がむしゃらに生きてきた。

すべてを捨てて、ただ明日も息をするために生きる日々だった。

「酔蓮楼で初めて、明日のことを心配しないで眠れました。珠蘭姐姐に出会ったから、初めて」

父に感謝すべきだろうか。

灯灯は確かに酔蓮楼で救われた。

珠蘭に会って、救われたのだ。

「わかるよ」

将桓が言った。

「わかる」

いつの間にか三人は、寺のお堂からずいぶん離れた山の中に分け入っていた。しかし将桓と白禎がいたので、灯灯は怖いと思わなかった。

鼻から吸った夜の空気が、肺の中に入るのがわかる。

(不思議だわ)

ずっと背負っていたものを下ろしたような心地であった。

面紗もなくすべてをさらけ出して、それが受け入れられたということが、こんなにも心を軽くするのかと灯灯は思った。

前を歩く白禎の背中は、先ほどから何も言わない。しかしなぜだか、拒絶されているようには感じなかった。

突然、ふっと冷たい風が灯灯の頬を撫でた。そして、目前に現れた大きな月に、灯灯は目を見張る。

「着いたよ」と将桓が言った。その言葉を合図に、兄弟はようやく足を止めた。

木々の途切れたその場所は崖になっていた。目の前に星空と月を望むもっとも景色の良い場所に、こんもりとした塚が作られている。

墓標のない塚であったが、周囲には白い小さな花が咲いていた。

「ここは」

呆然とそう呟きながらも、灯灯は答えを予想していた。

そうだ。今日は、孟冬の満月。良嫣が亡くなった日だ。

将桓は塚の方へ歩いていって跪(ひざまず)くと、手燭(てしょく)を横に置いて両手で塚に触れた。

「小嫣。灯灯だよ。やっと連れてこられた」

灯灯は、ふいに全身の力が抜けるのを感じて、その場に崩れ落ちた。

あの景承宮(けいしょうぐう)での火事の夜。

運び出した良嫣の遺体をどうしたのか、灯灯は将桓に一度も尋ねなかった。

どんな答えも聞きたくなかったからだ。想像したくなかった。あの人が燃やされるところも、土に埋められるところも。

最後に見た良嫣は麻袋に入れられて荷物のように運び出されて行った。灯灯はそのことがただただ辛くて、胸が苦しくて、時に息ができないようになるのだった。

「灯灯、おいで。彼女はよく、空を見上げていただろう？」

将桓が言った。

「だから空に近いところに眠らせてあげたかったんだ」

「珠蘭姐姐……」

でもまさか、あの人がこんな場所で眠っていたなんて。

自分が屋根の上で見ていたのと同じ月を、こうして見ていたなんて。綺麗な花に囲まれて、ずっと誰かに見守られていたなんて。

「珠蘭姐姐」

灯灯は立ちあがろうとしたが力が入らなかったので、四つん這いのまま塚に近づいた。すると将桓が、身体をずらして道を空けてくれる。両手で塚に触れると、夜の土の温かさが伝わってくるようであった。

（珠蘭姐姐）

「もっと早く連れてきてあげればよかったね。すまない、灯灯。彼女もきっと、君に会いたかったはずなのに」

耐えきれなかった涙が、ぼろぼろと双眸からこぼれ落ちた。

喉から嗚咽が漏れそうになり、土のついた両手で口を覆おうとしたら、横から伸びてきた手に腕を掴まれた。

「もう声を我慢しなくていい」

　白禎は言った。

「声を上げて、泣いていいんだ」

　左腕の噛み痕がうずく。あの人につけられた爪の痕こそ消えないでほしかったのに、それはどうしてか綺麗に消えてしまって、自分の嘆きを吸い取った噛み痕だけが残った。

（泣いていいの？）

　ずっと、泣いてはいけないと思っていた。

　自分は誰かに守られる側ではなく、誰かを守る立場になったのだから、もう泣いてはいけないと思っていたのだ。

　けれど。

（泣いてもいいのか）

　そんな当たり前のことを、灯灯はこの時初めて気づいたのだった。

　息を吐くと、くしゃりと顔が歪んでしまう。そうなってしまうと、もう駄目だった。土で顔が汚れることも気にせずに流れた涙を拭うと、その手を押さえ込むように大きな体に抱きしめられる。嗚咽（おえつ）を抑えることも涙を拭うこともできなくなって、灯灯にはもう抵抗する術も理由も底をついてしまった。

だから、彼女は泣いた。

声を上げて泣いた。

その胸が張り裂けそうな声に寄り添っていたのは、二人の男と空の月だけであった。

＊＊＊

（十九だと言っていたか）

けれど泣き疲れて眠る彼女のそのあどけない表情は、まるでほんの幼い子供のように見えた。今は白禎の膝に頭を預けて上半身だけ横になっているのだが、目を覚ましたら飛び上がって青ざめるのかもしれない。

皇宮に戻る馬車は来た時よりもゆっくり走っている。彼女を起こさぬよう走れと命じられたためだ。白禎は、灯灯の頰に張り付いた髪を、慎重に指で掬（すく）い上げると耳にかけてやった。

「この子は、ようやく泣けたんだね」

昨年のこの日、将桓と白禎は二人であの場所へ行って紙銭（しせん）を焼いた。高良嫣が、冥府で金に困らぬようにと願って。

「兄上が今年は灯灯を連れて行こうと言った時は驚いたけど、連れてきてよかった。

何も聞かないから、この子は知りたくないのだと思っていたんだ」

「この娘は、二年前で時間が止まっていたんだ」

仁華宮で毒を呷(あお)ろうとした灯灯を止めた時、白禎は灯灯の腕に噛み痕を見つけた。

それが、彼女自らつけたものであろうことは容易に想像できた。

(けれどまさか、泣き声を外に漏らさぬためだったとは)

この娘は、二年間、たった一人で耐えてきたのだ。

この小さな身体で。母となり盾となり、啓轅を守り続けた。

(とんでもない娘だな)

白禎は思った。

「……兄上」

将桓の声音が、先ほどと変わったことに気づいて白禎は顔を上げた。

純粋で誠実な、けれど決して愚鈍ではない弟は、険しい顔で続ける。

「さっき、灯灯が話していた父親の話だけど……」

「ああ、わかっている」

背中で聞いていた灯灯の過去は、決して特別凄惨なものではなかった。世の中には、もっとひどい目に遭った娘も、妓楼で正気を失うまで働かされた女もいる。

けれど白禎は、彼女が幸福な幼少期を送ったのではないことが、なぜだか腹立たしかった。だから何も言わなかったのだ。

「灯灯が酔蓮楼に売られたのは九年前だよ。父親は進士を目指していたと言っていたし」

「まず調べよう。確実だとわかってから、この娘には聞けばいい」

白禎が視線を落とすと、男の脚が硬いのか、灯灯が少し眉根を寄せて身じろぎしたところであった。それを宥めるように肩に手を置いて、ぽんぽんと叩いてやる。する
と彼女の顔がほんの少し綻んだような気がした。

化粧の崩れた目の下には土がついている。

お世辞にも、美しいとは言えない寝顔であった。

「兄上」

「ああ、将桓。酒を持ってくるべきだったな」

彼がそう言うと、弟は仕方がなさそうに笑った。

「まるで、よい酒の肴(さかな)でも見つけたようだよ」

「満月だからな」

と白禎は答えたのだった。

＊＊＊

次の日の朝、目覚めた灯灯がまずやったのは、腫れた目をひんやりとした陶器の壺で冷やすことだった。

「うう、昨晩もっときちんと冷やしておくべきだったわ」

了康寺からの帰りの馬車の中で眠ってしまったのは、本当に不覚であった。着いたぞと起こされたらなんと白禎殿下の膝の上だったので、飛び上がるほど驚いた灯灯である。出た時と同じように西門から仁華宮に入って梯子（はしご）を登り、屋根を伝って東耳房（ひがしむね）に降りて苑祺宮の正殿に戻ってきた灯灯は、自分の晒（さら）した醜態を考えてひとしきり牀榻（しんだい）の上で悶絶したのだった。あの後は、しばらく寝付けなかった。おかげで今日は寝不足である。

それでもしっかりと目を開けて化粧を終え、面紗をつけたところで、ちょうどよく範児がやってきた。「支度をしてちょうだい」と命じて髪を結わせ、襦裙（きもの）を着替える。

そうしてできあがった高貴妃は、皇后への挨拶のために範児を従えて苑祺宮を出たのだった。

「貴妃」

彼女が呼び止められたのは、二長街を歩き始めてすぐのことであった。

苑祺宮の西側にある長陽宮から現れたのは、女官を数人連れた李淑妃である。灯灯は一応礼儀として足を止めたが、淑妃の方に顔は向けなかった。

貴妃と淑妃は官位的には同列なのでどちらかが膝を折る必要はない。だから二人は、挨拶も口にはしなかった。

「あなた、目下の人間を虐げて恥ずかしくないの？」

淑妃が灯灯を睨みつけて言った。

（蘇昭儀のことね）

彼女の意図を、すぐに理解する。

範児から聞かされたところによると、蘇昭儀は昨日から禁足処分になっているらしい。禁足の間は、宮から出ることが許されない。淑妃が怒っているのは、自分の腰巾着に罰が与えられたことだろう。

（あまりに愚かだわ）

何も知らず、与えられた罰に不満を垂れるのは考える脳がないからだ。

「淑妃」

灯灯は淑妃を見ないまま答えた。

「あまり口を開かない方がいいわ」

「なんですって?」

顔を見なくても、淑妃が眉を上げたのがわかる。本当にわかりやすい人だな、と灯灯は思った。

「愚かであることが露見してしまうもの」

「!」

挑発に乗った淑妃が手を上げる。

「娘娘(でんか)!」

範児が間に入る前に、灯灯はぱしりとその手を止めた。そうしてようやく、長陽宮の主を視界に入れる。彼女は親の仇を前にしたかのように、顔を赤くして灯灯を睨(にら)みつけていた。

「私はずっと、静かにしてあげていたの。それなのに、わざわざ虎の尾を踏んだのはあなた方よ」

禁足などでは甘すぎる。昨日のことを、そのままにはしないと灯灯は決めていた。

あれはあまりに礼儀を欠いた行いだった。

昭儀は一線を越えてしまったのだ。

灯灯の耐えられる一線を。

(これまで大人しくしてきたのは、無駄な敵意を向けられないためだった)

けれどもう自分は盾ではなく、剣となったのだ。

（攻撃されたら、戦うべきだわ）

「李楚然」

『淑妃』という封号ではなくその名で呼んだのは、灯灯の本気を教えるためだった。

「私はもう、あなた方の嘲笑や陰口を聞こえないふりなどしないわ。侮辱されたら、必ず倍にして返してあげる。それを覚えておいてちょうだいね」

そう言い捨てると、灯灯は握っていた淑妃の手をぱっと離して歩き出した。

背筋をまっすぐにして、前を見据える。

その背中に向けられた淑妃の悔し紛れの悪態など、灯灯にはもう聞こえなかった。

（さて今後……何から片付けていくか）

二年前に、後宮の誰が良嫣に害意を持っていたかも調べたいし、昭儀にも思い知らせてやらなければ。

（蘇昭儀の禁足処分は面倒ね）

永安宮から出られないのなら、外で何か仕掛けることも難しくなる。そうなると、永安宮内部に協力者が必要になるだろう。

（……梅才人は、どう出るのかしら）

灯灯はそう自問したが、考えるまでもないことだった。

梅英玉は、蘇寧敏の言いなりだ。火傷を負わされたって何も言わないほどなのだから、処罰を受けて機嫌の悪い昭儀に対して、才人が逆らうとも思えない。

だから灯灯は、興龍宮で皇后への挨拶を終えた後、梅才人が意を決した様子で前に進み出て跪いた時も驚かなかったのだった。

「皇后にお願い申し上げます。どうか昭儀の禁足をお解きください」

梅英玉は、震える声でそう懇願すると、床に額をつけた。

「どうか、重ねてお願い申し上げます」

淑妃は才人がそうするのが当然のような顔をしているし、徳妃は興味がなさそうだ。まさに子兎のように肩を震わせる才人を前にして、皇后は静かに言った。

「昭儀の禁足は、後宮の規律を乱した罰です。才人が口を出すところではありません」

「……」

しかし才人は顔を上げない。

彼女も、こうして皇后に断られることはわかっていたはずだ。昭儀が小豆粥を灯灯の顔にぶちまけた時は席を外していたが、戻ってきて何が起こったか聞かされたはず。才人が禁足にならなかったのは将桓が口を利いたからだろうが、才人にとってそれが幸運だったのか不運だったのかはわからない。

昭儀は自分だけが処分されたことに怒り狂ったはずだからだ。

「才人、顔を上げなさい。それとも、私を脅しているの？」

皇后が、感情の籠らない声で言う。しかし才人は額を床につけたままだった。

「……とんでもございません。ですが、ここを動くこともできません」

（皇后の許しを得ずに永安宮に戻れば、またひどい虐待が待っているんだわ）

場の皆が容易にそう想像できたが、誰も才人をその窮地から救おうとはしない。

残念ながら、後宮とはそういう場所であった。

自分の身を自分で守ることができないのなら、足を踏み入れるべきではなかったのだ。

（仕方ないわね）

灯灯は小さく息を吐いた。

「皇后」

張り詰めた空気の中で立ち上がると、額の前で両手を重ねて礼をする。

「才人には私がよく言い聞かせます。どうかお許しを」

正殿にいるほとんどの人間が驚いて自分を見ているのが、灯灯にはわかった。

あの冷血な高貴妃が、梅才人に助け舟を出すなんて、と。

「わかったわ。皆、下がりなさい」

皇后が小さく頷いてそう命じたことで、その場は解散となったのだった。

＊＊＊

「……貴妃、先ほどはありがとうございました」

興龍宮を出た後、才人は胸の前で手を重ねて灯灯に礼を言った。その重ねられた手を一瞥してから、灯灯は「ついてらっしゃい」と短く命じて踵を返す。

振り向いて才人が来ているかどうかを確認することはしなかった。

貴妃が公の場で庇ったことを考えれば、官位が下の彼女には、その誘いを断ることなど到底できないことだからだ。

苑祺門をくぐり正殿に入ると、灯灯は西側にある床榻に腰掛けたが、才人は俯いて立ったままどこにも座ろうとはしなかった。範児が、茶と茶菓子の用意だけして正殿を出る。用意された龍井茶はちょうどいい温度で、すんなりと喉を落ちていった。

「皇后に歯向かう度胸も、苑祺宮に足を踏み入れる度胸もあるというのに、どうして昭儀などの言いなりなのかしら」

茶杯を置いた灯灯がそう言うと、才人はその場に叩頭した。

「貴妃、どうか昭儀をお許しください。悪気はなかったのです。どうかお許しください」

「陛下の妃嬪が、そんなに簡単に懇願するものではないわ」

「貴妃……、どうか」

「立ちなさい」

ぴしゃりと命じると、才人はひどく力のない様子で立ち上がった。

「ここへ座って、手を出して」

「……？」

灯灯は、自分の隣を顎で示してそう告げたが、俯いていた才人はどこに座れと言われたのかわからない様子だった。

「ここよ。早くなさい」

「あ、は、はい」

才人は慌てたように灯灯の左側に腰掛けて、命令のまま右手を差し出す。

「火傷したのはそちらじゃないでしょう」

灯灯が眉根を寄せると、才人はその時初めてまっすぐにこちらを見た。

「……」

おずおずと差し出された左手には水膨れができていた。灯灯は眉間の皺を深くする。

さっき見た時に赤くなっているのはわかったが、まさか水膨れまでできていたなんて。

「薬は塗ったの？」

「いえ、その……はい」

「司薬くらい呼びなさい。傷が残ったらどうするのよ」

床榻の横にある架子から薬瓶を取ると、蓋を外して才人に差し出す。

「持っていなさい」

「は、はい……」

才人の手は驚くほどひんやりとしていた。彼女は突然貴妃に触れられたことでびくりと震えて手を引こうとしたが、灯灯がそれを許さなかった。

「じっとしていて」

才人が持つ薬瓶から軟膏を指に取ると、それを丁寧に塗ってやる。

「潤肌膏に動物の脂を足したものよ。私の火傷に処方されたものだから、悪いものではないわ」

「……はい」

ゆっくりと痛まないよう軟膏を塗り広げていると、ぽたぽたと、梅英玉の左腕の袖口に水滴がこぼれた。

（涙？）

灯灯は少しどきりとした。昨日の自分を思い出したからだ。

良嫣の墓の前で人目を憚らず声を上げて泣いている間ずっと、自分を抱きしめる白禎の温度を感じていた。それがひどく心地よかったのだ。安心した。ずっとこのままでいたいとすら思ったのは、彼に気づかれなかっただろうか。

（ええい、やめやめ！　何を考えてるのよ！）

灯灯はきゅっと面紗の下で口を引き結んで、『高貴妃』に切り替わろうとした。

そう、今自分は、冷血な高貴妃なのだ。

冷たく、厳しく、才人を導かなくてはならない。

軟膏を塗り終わった灯灯は、才人の手を解放してやり、指先に残った軟膏を手拭いで拭き取った。そして才人が持ったままであった薬瓶に蓋をして、「持って帰りなさい。きちんと毎日塗るのよ」と命じる。

「あの……貴妃」

「戻っていいわ」

何か言いたげな顔をした才人を無視して、灯灯は茶杯を手に取った。

「……」

視界の端で、才人が一度口を開けた後、黙って俯くのが見える。しかしどうやらすぐに立ち上がる様子はない。内心、灯灯はほっとした。この人にはまだ、現状に抵抗する意思が残っている。

しばらく正殿には沈黙が流れたが、やがて先に口火を切ったのは灯灯の方だった。

「どうして、昭儀の禁足を解くよう皇后に嘆願したの？」

「……」

「許されないとわかっていたでしょう？　それとも、嘆願したという事実が欲しかったのかしら。自分も処分された方が、昭儀からの当たりが弱くなると思った？」

「……昭儀を前にすると、身体がすくむんです」

梅才人の声は震えていた。

「混乱します。心臓の音はうるさくなるし、無力な子供になったような心地になるんです」

それは少なからず、灯灯にも覚えのある経験だった。

父が酒を飲んで暴れている時、なぜだかその場から一歩も動けなくなることがあったのだ。世界に自分とこの恐ろしい父だけになったような、希望など何もないかのような感覚。

あの時の灯灯には少なくとも、家を出て父から逃げ出すことができた。

（けれどこの後宮には）

逃げ場などない。ましてや、同じ宮なのだ。

（珠蘭姐姐なら、きっと抱きしめてあげてたわ）

幼い灯灯にそうしてくれたように、あの人なら自分の隣を才人の逃げ場所として空けてあげただろう。ここに逃げてきてもいいのだと、手を引いてくれたはず。

だが灯灯は、珠蘭でも良嫣でもなく、啓轅を守る剣である高貴妃だった。

「梅英玉」

同じ目線で語るのではなく、上から冷たく見下ろして、言葉を放る。

「泣き言はやめなさい。あなたを救えるのは、あなたしかいないのよ」

才人が顔を上げる。

その顔色はひどく、髪には艶もなかった。萎縮することに慣れた背は丸まり、眼差しには怯えが見える。

それはもしかしたら、あったかもしれない灯灯の未来であった。

「どうするの？　立ち上がる？　それともこのままずっと、昭儀に怯えて生きていくの？　今、あなたが決めなさい。背筋を伸ばして前を見ないと、この世界が広がっていることにも気づけないのよ」

七、永安宮の鬼

その日永安宮では、ある些細な事件が起きた。

何やら大切そうに小さな木箱を抱えて外から戻ってきた梅才人を見た蘇昭儀が、木箱を奪い取ろうとして落としてしまったのだ。

「ああっ！」

落ちた木箱を、才人が慌てて拾う。それを見下ろして、昭儀はふんと鼻を鳴らした。

「何が入っているのか見ようとしただけなのに、変に抵抗するお前が悪いのよ」

禁足にされて三日経過したがいまだ許される気配はなく、昭儀の機嫌は最高潮に悪かった。あの場には才人もいたのに自分だけ処分を受けたのも納得いかないのだが、さらに気に入らないのは李淑妃だ。ずいぶんと薄情ではないか。日頃あんなに尽くしてやっていたのに、禁足を解かせることもしないなんて。

「今日は雨も降りそうだし、本当に、不愉快なことばかりね。……そうだわ英玉。お前、興龍宮の前で跪いてきなさいよ。雨の中、三日もそこから動かなければ、皇后も心を動かされるかもしれないわ」

よいことを思いついた、と昭儀は両手を叩いた。

「ね、そうなさい。今すぐ行った方がいいわ。雨が降ってから跪いたのでは、あまりにあからさまだもの」

昭儀はそう言ったが、木箱の中を覗き込む才人が何も答えないので、むっとして才人の肩を掴んで引く。

「ちょっと、返事くらいなさい。失礼な子ね」

「し、昭儀……」

才人の声は震えていた。

彼女がこちらを向いた拍子に、木箱の中身が視界に入る。そこで昭儀は思わず「ひっ」と悲鳴を上げて、今度はその木箱を叩き落としてしまった。すると、再度床に転がった木箱の中から、首から真っ二つに割れた木彫りの人形が転がり出る。それだけならまだしも、どういうわけか、割れた首の周りに血のような赤黒い染みができているではないか。周囲にいた女官が、「きゃあ！」と青ざめて声を上げた。

「な、何よそれ！」

あまりに不吉なそれを見て、昭儀は震え上がる。才人が答えた。

「お、恐れながら昭儀。こちらは、知人に送ってもらった、魔除け人形でございます」

「……魔除けですって？」

昭儀は、怪訝そうに聞き返した。

「その……近頃、永安宮で女の霊を見るのです。それで恐ろしくて、この人形を。まさか、落としただけで割れるなんて……しかも、血のような……」

「は、早く拾って！」

昭儀が命じると、才人は慌てた様子で人形と木箱を拾ってまた腕に抱えた。

「お、お前が落としたのよ！　私は関係ないわ！　私は関係ないからね！」

そう言い捨てて、昭儀はその場から駆けて正殿の中に逃げ込んだ。

（女の霊ですって？　まさか……以前、心の病で自殺未遂を犯した女官の生き霊じゃないわよね。それとも足の打ちすぎで歩けなくなって暇を出した女官が、霊になって戻ってきたとか？）

いやいや。まさかそんな。才人の妄想であろう。

あの娘は陰気くさいから、そんな幻覚を見てしまうのだ。

「そう、そうよね。私には関係ないわ。私には……」

ぴったりと扉を閉ざした正殿の中で、蘇昭儀はぶつぶつと自分に言い聞かせた。

しかし後宮で騒動が起きたのは、その日の夜のことであった。

長陽宮(ちょうようぐう)の女官が、一長街を走る白い影を目撃したのだ。そして翌日の夜、賛徳宮(さんとくぐう)

にも霊が出た。これはなんと、眠る女官の枕元に現れて、『……昭儀はどこ』という呟きを残して消えたのだという。

この噂を耳にすると、昭儀は永安宮の正殿に籠ってそこから出てこなくなってしまった。彼女は、自分を捜す女の霊というものに心当たりがありすぎたのだ。

＊＊＊

今日は風が強く吹いていた。時折、格子窓ががたがたと音を立てて揺れる。

（この風が雨雲を呼んできたら、いい演出になるかしら）

苑祺宮（えんきぐう）の正殿の床榻（ながいす）に座った灯灯（とうとう）は、凭肘几（ひじかけ）に頬杖をついて思案していた。

彼女が仕掛けた騒ぎはうまくいったようだ。怯え切った昭儀は、女官や才人を虐めるどころではないらしい。

（因果応報とはこのことね。悪事を働かなければ怯えることもなかったでしょうに）

長陽宮の女官が見た白い影は、白い布を被せて二長街で走らせた小黒（しょうへい）だったし、賛徳宮に出た霊というのは灯灯が流させた嘘の噂であった。禁足である昭儀には、直接真偽を確かめる術も正気に戻る機会もないことが、灯灯にとっては都合が良かったのだった。

その時、正殿の扉が開いた音がした。間もなく範児(はんじ)が現れて、「娘娘(でんか)」と頭を下げる。

「おっしゃっていた効果のある薬材です。香に混ぜればいっときの間、幻覚や幻聴の症状が出るとか」

範児は、袖の中から紙包みを取り出して言った。

「もう手に入ったの？」

灯灯は驚いて紙包みを受け取る。紐を解いて中を見てみると、数種類の薬材が入っていた。

「娘娘がお急ぎとのことでしたので」

「お前に、そんな伝手があっただなんて意外ね」

司薬院で薬を処方してもらうのにも太医の処方箋が必要な高貴妃(こうきひ)には、幻覚作用のある薬材の入手が一番困難な課題であったのだ。そこで、無理を承知で範児に頼んでみたのだが……まさか範児がこんなにあっさりと薬材を手に入れられるなんて。

「兄が朝廷に仕官しているので、手に入れてもらうようお願いしました」

範児は顔を上げないまま答えた。

「ありがとう。お前の手助けがなければ、今回の計画は不可能だったわね」

昭儀を少し懲らしめたいのだと言うと、範児は黙って協力してくれた。姦(かしま)しい春(しゅん)

児や他の女官ではこうはいかなかっただろう。主人に多くを問わないこの娘であったからこそ、ここまですんなりとことが運んだのだ。

「お前に兄がいたなんて知らなかったわ。他に家族は？」

思えば、範児の個人的な話を聞くのはこれが初めてだ、と思いながら灯灯は聞いた。

「いえ……」

範児は少し戸惑った様子で俯いたままちらりとこちらの様子を窺ったが、灯灯と目が合うと慌てて目線を下げる。

「母は早くに亡くなりました。兄は一人息子ですが優秀なので、父の希望なのです」

「お前もきっと、お父様の希望よ」

灯灯は言った。するとようやく、範児は目を丸くしてゆっくりと顔を上げた。

「これまで私の側で肩身の狭い思いをしてきたでしょう。でもこれから、苑祺宮は変わるわ。私はもう、ここに閉じこもるつもりはないの。だからお前もついてきてちょうだい。後悔はさせないから」

範児が心から驚いているのが、顔を見ればわかる。

それまでの冷血な高貴妃からの変容に戸惑っているのだ。

「娘娘……」

範児が瞬きをしてそう言った時、外から一際大きな声が聞こえてきた。

「お客様でございます、娘娘」

これは、春児の声だ。

灯灯の目配せを受けて、範児が正殿の扉を開けに行く。そちらで二、三言交わして戻ってきた範児の背後には、人目を忍ぶように外套を被った女性が立っていた。

「英玉」

灯灯は立ち上がった。

「どうしたの」

それは、梅才人であった。

昭儀から余計な疑いを持たれないよう、苑祺宮へは絶対に来ないようにと言い含めていたというのに。

目配せを受けた範児が正殿を出ていくのを待ってから、才人の手を取って床榻(ながいす)の前の椅子に座らせる。

「こちらへおいで。何かあったの？」

英玉の手は冷たく、顔は青ざめていた。彼女は、茶を淹れてやろうとした灯灯を止めるように袖を引いた。

「貴妃。苑祺宮では、何か異変はございませんか？」

「異変ですって？」

灯灯は眉を上げた。どういう意味だろう。

「実は昨晩永安宮で、暗闇ですすり泣く女が出たというのです。泣き声が聞こえたから近づいてみたけれど、誰もいなかったと」

「すすり泣く女ですって？」

「はい。でも、貴妃が昨晩の永安宮で何かなさるとは伺っておりませんでしたし、私……怖くなってしまって」

「風の音じゃないかしら。昨日から風が強いわ。今回の騒ぎでみな過敏になっているし、聞き間違えたのよ」

怖い時は、揺れる水面さえ怖いものだ。そう言うと、英玉は懐から小さな布袋を取り出した。

「あの、万が一にも貴妃に何かあってはいけないので……これを、お持ちしました」

手のひらに収まる大きさのそれは、ずいぶんとごわついた生地で作られていて、ところどころ擦り切れていた。皇宮で作られたものではない、ということは一目でわかったが、英玉が大切にしているものであることも伝わってくる。

「その……女官になる時に、母が道士様からもらってきてくれた護身符が入っているのです。不愉快でなければ、どうかこれをお持ちください。きっと、よからぬ気持ちを持つ苑祺宮の鬼（ぼうれい）から、貴妃を守ってくださるかと」

灯灯は瞬きをした。

これはいったい、どういう意味だろう。ほんの二呼吸の間考えた灯灯は、英玉の意図に思い至って思わず吹き出しそうになってしまった。

片方の手で口を押さえて、かろうじて笑い声を封じ込める。

けれど灯灯が笑いを堪えていることがわかったのだろう。英玉はぽかんとしてそんな灯灯を見上げていて、次いで困惑した様子で「……貴妃？」と言ったのだった。

なんとか笑いを収めた灯灯は、英玉が差し出す護身符を手のひらで押し戻した。

「これは、あなたが持っていなさい。大切なものだわ」

「で、ですが……」

「私が、苑祺宮の鬼(ぼうれい)に呪われるのではないかと思っているのね？」

灯灯は英玉の正面の床榻(ながいす)に座ると、頬杖をついた。

「でも大丈夫よ。私が鬼(ぼうれい)に襲われることなんて絶対にないわ」

自信を持ってそう答えたのは、英玉を安心させるためではなかった。

どうやら彼女は、今回の騒ぎによって、高貴妃が過去に殺した女官らが本当の鬼(ぼうれい)となって現れるのでは、ということを危惧したようだ。

（それが杞憂なのだと説明してあげられればよかったのだけれど。……『高貴妃が殺した女官』などというのは、一人もいないのだもの）

過去に苑祺宮から追い出された女官らは全員、灯灯と葉夫人の手引きによって後宮から逃げたのが本当のところであった。

そうつまり、高貴妃が女官を殺したというのは、灯灯が流した嘘の噂なのだ。

（一度後宮に入った女官は、全員が皇帝の所有物となる。だから自らの意思で皇宮を去ることは許されない。……忌々しい決まりだわ）

万が一にでも、皇帝の子を孕んでいる可能性があるから作られたその決まりのせいで、ほとんどの女官がその一生を後宮の中で終える。

それを理解した上で自ら志願した者はいいのだが、中には売られるように女官になった者もいた。たとえば白禎と初めて会った日に追い出した小藍がそうだ。

あの子は、とある州府が女官を募った時に、自分の娘を後宮にやりたくない両親が外から買ってきた娘であった。だから機嫌を損ねたふりをして、灯灯が後宮から追い出したのだ。宦官らが連れて行った先では、葉夫人が小藍を引き取り、銀子と働き口を書いた紙を渡してひっそりと皇宮から出している。きっと今頃は、外で自由に生きているだろう。

誰にも縛られることなく。

（寵愛のない苑祺宮は、女官にとって底辺の配属先だものね）

底辺ということはいわゆる、左遷先のようなものだ。

苑祺宮にやってくるのは、問題児か、無能か、嫌々働いている者たちだった。そんな者たちを後宮から出してやりたいのだと将桓に相談したら、葉夫人に協力を頼めばいいと言われて、今のような形になったのだった。

「……本当でしょうか？」

自分が鬼に襲われることなどないと言い切った灯灯に、英玉は少し逡巡してからおそるおそる確認した。

「ええ、本当よ。だからその護身符はしまいなさい」

「は、はい」

英玉は、いそいそと護身符を懐に戻すと、一度くすっと笑みを漏らしてから慌てて口元を引き締めた。

「何がおかしかったの？」

灯灯は聞いた。不愉快に思ったわけではない。一瞬であるが、英玉が笑ったのを初めて見たからだった。その声音から、灯灯が責めるつもりで聞いたのではないことを感じ取ったのだろう。彼女はおずおず答えた。

「その……貴妃に今のように言っていただいたのは、二度目でしたから」

「二度目？」

灯灯は聞き返した。

「はい。その……覚えていらっしゃらないかもしれませんが、以前、皇宮で助けていただいたことがございます。私がまだ女官だった時に」

英玉が女官だった時ということは、彼女を助けたのは良嫣だろう。

「二年前の、李秋の時期でした。私はその……蝶音閣の近くで泣いていたんです。そうしたら、貴妃に話しかけられて、驚いて手に持っていた護身符を落としてしまって……、その時に、貴妃が、護身符を拾っておっしゃいました」

『きちんとしまっておきなさい。大切なものでしょう？』

（そんなことあったかしら？）

李秋なら、良嫣が体調を崩し始める少し前くらいか。良嫣が出歩く時は大体いつも灯灯が側にいたのだが、泣いている女官に話しかけたことなんて覚えていない。人違いじゃないだろうか、と思ったが、次に英玉が言った言葉で灯灯ははっとした。

「蝶音閣に劇団が来ていた日でした。貴妃は、私が粗相をして昭儀に打たれたのを見ていらしたんです。だから、観劇中に私がいなくなったことに気づいて捜してくださったのだと……」

『灯灯。あの子、大丈夫かしら。先ほど昭儀にひどく打たれていたわ』

その時、唐突に灯灯の脳裏に懐かしい声が蘇った。

『娘娘、どこへ行かれるんですか？』

『すぐ戻るわ、大丈夫。啓輳を見ていてね』

カシャン！

床榻に置いていた卓子の上の茶杯が、落ちて割れる。

「貴妃、大丈夫ですか？」

驚いた英玉が腰を上げてこちらへやってきて、灯灯を破片から遠ざけようとする。

しかし灯灯は愕然としたままがしりと英玉の腕を掴んで言ったのだった。

「その時のことを、詳しく聞かせてちょうだい」

＊＊＊

翌日は、昼からだんだん雲が出てきて、夕方には空を分厚い雲が覆うようになっていた。星どころか月も見えない。夜が深くなれば、雨も降ってくるかもしれなかった。

そんな中灯灯は、なんと永安宮の中にいた。

面紗を外し、女官の格好をして、英玉が誰も来ないと教えてくれた偏殿に潜んでいる。灯灯を引き入れたのも英玉だ。あとはここで、合図があるのを待てばいい。

窓もない偏殿の中は、灯りがないと真っ暗だった。けれどずっとそこに潜んでいるうちに、やがて目が慣れて周囲の様子が見えるようになってきた。

偏殿といっても、誰かが生活をする場ではなく小さな物置のような空間だ。壁際には藁があるだけで、設えられた架子の中はほとんど空っぽだったが、そこに竹の鞭が置いてあるのを見つけて灯灯は眉根を寄せた。

ここは仕置き部屋だから、誰も近づかないはずだと言っていたのは英玉だ。粗相をした女官や宦官が打たれる部屋。

その時、きぃ、と扉のきしむ音がしたので、灯灯はどきりとして振り向いた。すると一瞬、外の灯りが房間の中に差し込みまたすぐ扉が閉ざされる。

背中をぴったりと壁につけた灯灯は、どっどっ、と早鐘を打つ心臓を押さえた。

（……今、誰か入ってきたわ）

間違いない。真っ暗な扉の前には、先ほどまではいなかった人間が一人立っている。そしてこちらを見つめているようだった。

（英玉？　いえ、そんなはずない。彼女なら声をかけているはずよ。それなら誰？）

ここは身を隠す場所もないから、相手は扉を開けた時にはもう、中にいる灯灯に気づいたはずだ。それなのにどうして何も言わないで入ってきたのか。そしてどうして今立っているだけなのか。何もわからず灯灯は声を発することもできなかった。

すると、影は言った。

「まったく、無茶なことをする奴だ」

灯灯はあっと声を上げそうになった。慌てて両手で口を塞いでから、今度は慎重に小さな声を出す。

「……白禎殿下ですか？」

房間の扉の近くにいた人影がゆっくりこちらへ歩み寄ってくる。呼吸が聞こえるくらいの距離に来てようやく、灯灯には男の顔が見えた。

実のところ、白禎に会うのはあの満月の夜以来であった。

あの夜から苑祺宮への渡りはなかったが、灯灯が知らなくてもよいことで動いているのだろうと思っていたので不安には思わなかった。

（秦……白禎）

初めて見た時は怖いくらいに整った顔立ちだと思ったが、今はその顔を見ると安堵さえ覚えている。この人は味方なのだ、と灯灯は心から思うことができたが、まだ会ってひと月も経っていないのになぜ、とも思った。

「……どうしてここにいらっしゃったのです？　それにその格好は？」

よく見れば、彼は夜の中に溶け込めるような黒い上下に身を包んでいる。首元の布を引き上げれば顔半分を隠すこともできそうだ。いかにも刺客か侵入者、といった様子である。

白禎は息を吐いた。

「永安宮に侵入するなんて聞いて、放っておけると思うか？　いったい何を考えているんだ」

その、彼女を心配するかのような言い方に、灯灯は戸惑った。

万が一今夜苑祺宮に元徽帝の渡りがあると困るので、将桓に文を送ってことの次第を伝えただけなのだが。

「……まぁいい。詳しい話は後でしよう。蘇昭儀に灸を据えるんだろう？」

白禎がそう言った直後、外からコンコンという音が聞こえたかと思うと、灯灯はばっと振り向いた彼の背に庇われていた。見上げるような男の背が灯灯を覆い隠している。

灯灯は心臓を押さえた。

先ほどからずっと動悸が止まないのだ。

（……緊張してるんだわ）

これから永安宮の鬼騒ぎの大仕上げをするのだから、心臓だって穏やかではいられないのだろう。灯灯は大きく息を吸って吐くと、ちょんと白禎の腕を突いて言った。

「今のは、英玉の合図です」

すると白禎は、盛大に顔をしかめて灯灯を睨みつけたのだった。

＊＊＊

昭儀は悪夢を見ていた。

無数の黒い手に全身を引きちぎられる夢だ。

あまりに恐ろしくて悲鳴を上げて目を覚ました時には、全身にびっしょりと汗をかいていた。

房間は薄暗く、しんとしている。頭の中がぐわんぐわんと回っているような感覚があって、気分が悪かった。喉が渇いて張り付いているようだ。冷たい水を持ってこさせようと口を開いたところで、昭儀は声を失った。

「……ひっ！」

薄暗がりの中に、ひっそりと立つ女を見つけたからだ。

髪は長く垂れ下がり、その両手は生気なく揺れている。女官姿のその女は、何も言わずに、この正殿の房間を分ける透かし彫りの壁の横にただ立っていた。

「だ、だだだ誰なの？　いたずらはやめて、灯りを持ってきなさい。こ、こんなことをして、許さないわよ！」

被子を引き上げて身を縮める。つい先ほど見たばかりの悪夢を思い出した。

「灯りをつけて、早く！」

　悲鳴をあげるように命じると、その女は答えた。

「なぜです」

　掠れるような声なのに、不思議と昭儀の耳にはよく聞こえた。

「昭儀、なぜです」

　女がゆらりと揺れて一歩こちらに近づく。

「いや！　来ないで！」

　彼女が投げつけた枕は見当違いのところに飛んで花瓶にぶつかり、その拍子に割れた花瓶の破片が周囲に飛び散った。しかし、女は止まらない。

「昭儀」

「ひっ」

　驚いたことに、女には顔がなかった。顔が、真っ黒に塗りつぶされたようになっている。おかしいではないか。口もないのに、声が聞こえてくるなんて。

（鬼だ。鬼だわ。本物の）

「お、お前は誰？　小菱？　容児？　それとも緑緑？　私を逆恨みしているのね」

　昭儀は手のひらを前に突き出して、壁にぴったりと張り付いた。そうして鬼を制止し冷静に話そうと努めたが、そもそも彼女の中に冷静な部分など残っていないのであった。

「昭儀、ひどい」

「ち、違うの？　じゃあ誰？　お願いだから許してちょうだい。まさか……荀茗？」

昭儀ははっとした。

そうだあの子なのではないか。

そう思うと、目の前の女官姿の女が、荀茗という少女にしか見えなくなった。

八年前に、家族を全員失って死んだ知人だ。

父親同士に交流があり、幼い頃たまに遊んだ娘。

昭儀は牀榻の上で土下座した。

「ごめんなさい。ごめんなさい。ごめんなさい、荀茗。あなたのお兄様が亡くなったのは、毅王のせいだと嘘を教えたわ。でも、わざとじゃないのよ。私だって、後でそれが真実じゃないと知ったの。だって……」

そこまで言ったところで、ガシャン！　という音がした。どうやら、向こうの部屋の香炉が倒れたらしい。どうして。誰も触っていないのに。

それが蘇寧敏の限界であった。

彼女は白目を剥くと、ふらあ、とそのまま気を失ったのだった。

＊＊＊

「ああ、誰にも見られなかったようでよかったですね」

苑祺宮の正殿に戻り、後ろ手に扉を閉めた灯灯は、そう言って息を吐いた。

英玉が永安宮の女官や宦官らに何を言ったのか知らないが、正殿で物音をたてても誰も来なかったのは幸いだった。そのおかげで、灯灯と白禎は夜闇に紛れて永安宮から逃げ出すことができたのだから。

見回りの衛兵を避けながら苑祺宮の正殿に戻ってきた頃には、ぽつぽつと雨が降り出していた。

「白禎殿下、雨が強くなる前に戻られた方が……」

灯灯は白禎の帰路を心配したが、彼は灯灯にすべて言わせる前にぐいと彼女の手を引いた。臥室に入ると、今度は彼女の両肩を掴んで牀榻の前の椅子に座らせる。

「な、なんですか？」

「腕を見せてみろ」

嫌だ、と断ろうとしたがぎろりと睨まれてしぶしぶ右手を出す。手の甲にわずかではあるが切り傷ができていた。昭儀が投げた枕によって花瓶が割れた時にできた傷だ。

「あの、これくらい放っておけば治ります」

「左腕のような痕にするつもりか？　傷薬はどこだ」

「ここにはありませんよ。範児に持ってこさせないと……」

そこまで言うと、ちょうどよく扉が叩かれた。

「娘娘、お戻りですか？」

範児だ。灯灯と白禎はさっと目配せをした。衝立の後ろに隠れる前に、白禎が灯灯を鋭く睨んで右手の傷をびしりと指す。仕方なく、わかりましたと頷いて見せた灯灯は、面紗をつけて扉を開けた。

「範児」

「娘娘、お戻りだったのですね」

範児が安堵した様子で息を吐く。

「お着替えをお手伝いいたします」

「いいわ。一人で大丈夫。……それより、切り傷によい傷薬を持ってきてくれない？」

そう言うと、範児がさっと青ざめた。

「まさか、どこかお怪我を？」

「ほんのかすり傷よ」

灯灯が右手の甲を見せてやると、範児は息を吐いて、「かしこまりました。少々お待ちくださいませ」と言った。

傷薬を取りに行った範児の背後でぱたりと扉を閉める。まだ雨は、ぱらぱらと小さな粒が落ちてくる程度のようだった。雲の厚さを見る限り、これから雨は強くなるだろう。白禎が戻るなら早めがいい、と思いながら振り向くと、衝立の裏からすっと黒ずくめの白禎が現れたので、灯灯は思わず笑ってしまった。

「その姿を範児に見られたら、確実に衛兵を呼ばれますね」

完全に不審者だ。どんな言い訳だって信じてもらえないかもしれない。

「まさか、永安宮に侵入するためにそんな格好を？」

「今の娘は、お前の侍女か？」

白禎は、灯灯が閉めた扉の方を見ながら言った。どうやら彼女の質問は無視するつもりらしい。

「はい、そうです。有能な子ですよ。実は、今日昭儀が幻覚を見ていたのも、あの子に用意してもらった薬材の効能なんです。白禎殿下も何度も会ってらしたでしょう」

「……これまではまともに見ていなかったからな」

(そうか、垂珠越しだったものね)

元徽帝として苑祺宮を訪れている時は、顔を隠す必要があった。怪しまれないために、まじまじと女官の顔を見ることなどなかったのだろう。

「範児に何か？」

灯灯は二つ目の質問をぶつけたが、これも見事に無視して白禎は言った。

「しかし、見事昭儀に意趣返しをしたものだ」

先ほどは灯灯を座らせた椅子に、どかりと腰を下ろす。彼は卓子の上に裏返してあった茶杯を取って、そこにもう冷めた茶を注いだ。

「ここ数日の鬼騒ぎもお前の仕業だな？　どうしてことを起こす前に一度俺か将桓に話さなかった」

今回のこの鬼騒動は、すべて灯灯の独断で動いたことだった。秘密にしておこうと思ったわけではないが、相談する必要性を感じなかったのも確かである。

「……白禎殿下がいらしたらお話ししようと思ってました。でも、いらっしゃらなかったから」

言ってから、灯灯は恨めしげに聞こえなかっただろうかと心配になった。

「調べ物があったんだ」

しかし白禎は彼女のそんな懸念には気づかなかったようだ。安堵すると同時に、興味を引かれて白禎の正面の椅子に座ると、「何かわかったんですか？」と聞く。

調べ物とは、砒霜が混入されていたものについてだろうか、あるいは別のこと？

その時、ふいに白禎の視線とぶつかって灯灯はどきりとした。男がまっすぐにこちらを見つめてくる。まるで金縛りにでもあったかのように、身動きができなくなった。

整ったその唇がわずかに開き、「灯灯」と彼女の名を呼ぶ。

「お前の……」

「娘娘、お薬をお持ちいたしました」

外から範児の声が聞こえてきて、白禎の言葉が途切れた。

それでぱっと糸が切れたように金縛りが解ける、灯灯は白禎から目を逸らし、立ち上がって答えた。

「今着替えているから、そこに置いておいてちょうだい。あとは自分でするから、お前ももう休みなさい」

「はい」

答える範児の声は怪訝そうではあったが、白禎がいるこの房間に範児を入れるわけにはいかない。

「薬を取ってきます」

範児が正殿から離れるだけの時間を待って、灯灯は薬を取りに行った。わずかに扉を開けて、外を覗き込む。範児はおらず、足元には薬瓶や手拭いが載った盆が置いてあった。

それを持って戻ると、白禎が「貸せ」と言って立ち上がる。

「あの……自分でできます」

「利き手だろう。いいから黙って座れ」

そこまで言われて、固辞するのもおかしいだろう。灯灯は盆ごと白禎に渡すと、言われた通り椅子に座った。すると男は盆を卓子の上に置くと跪き、怪我をした灯灯の手を取ってまじまじと見る。

「破片が残ったりはしていないな」

湿った手拭いを取って、すでに固まった血を押すように拭う。

痛みで灯灯は顔をしかめたが、白禎はこちらを一瞥しただけで何も言わなかった。

「……」

まるで大切なものであるかのように握られた手がひどく気恥ずかしく、汗までかいてきた。早く終わらせてほしかったが、白禎は嫌になるくらい丁寧だった。仕方なく話題を探して、まだ話していなかったことを思い出す。

「白禎殿下。あの、実は二年前、貴妃の様子がおかしかった日があるんです」

昨晩英玉から聞いて、まだ灯灯の中でも整理できていない話だ。ちょうどいいじゃないか。白禎に話せば、考えがまとまるかもしれない。

「劇団がやってくるというので、蝶音閣で戯曲が披露される日でした」

皇族や妃嬪はもちろん、官吏らも集って戯曲を鑑賞したので、灯灯もよく覚えていた。

「その間に、一度だけ貴妃が席を外したんです。昭儀に虐げられていた女官の姿が見えなかったから、捜しに行ったんだと思います。実はその女官が、梅才人だったらしくて……」

「梅英玉か？」

白禎が手は止めないまま眉根を寄せた。

「はい、すごい偶然ですよね。私も昨日知って驚きました」

白禎は治療を終えて灯灯の手を卓子の上に置くと、向かいの椅子に座って再び茶を淹れた。今度は灯灯の分も淹れてくれたので、礼を言う。

「ありがとうございます。その、治療も……ありがとうございます」

「それで？　貴妃は席を立ってどうしたんだ」

白禎は「どういたしまして」と答える代わりに続きを促した。

「ええと……才人が言うには、貴妃は、人目のつかないところで泣いていた才人を見つけて慰めてくれたそうです。それで才人が泣き止んだ頃に、蝶音閣の方から人がやってきたんだとか」

昨晩灯灯が問い詰めると、英玉は記憶を掘り起こしながら答えた。

『私は始めそちらに背を向けていたので、後ろ姿しか見えなかったのですが、紫の官服を身につけた官吏の方に、女官が一人付き従っていました』

「紫の官服に、女官だと?」

白禎は眉根を寄せた。

「はい。観劇に呼ばれていたのはほとんどが五品以上の官吏でしたので、それだけで誰がどうとは特定できないのですが、実はその後、貴妃は才人だけ帰して自分はその場に残ったそうです」

確かにあの時、良嫣が戻ってくるのは遅かった。気になって灯灯が捜しに行こうとした矢先に一人戻ってきたのだが、その顔色は悪く、少し息が上がっていた。

「何かあったのかと聞いても、貴妃はなんでもないのだと答えてくれませんでした。思えば……貴妃が体調を崩したのは、その後からなんです」

白禎に話しながら、灯灯は自分の中の確信が深まっていくのを感じていた。

(そうよ。あれが最初の異変だったんだわ)

良嫣が不在にしていたのは、線香が一本燃え尽きるくらいの時間であった。どこか怪我をしている風でもなかったし、良嫣がなんでもないと言うので灯灯はそれ以上聞かなかった。

「白禎殿下」

灯灯は白禎を見た。

「もし、その時貴妃と才人が見た官吏というのが、丞相(じょうしょう)であったとしたら」

辻褄が合うではないか。良嫣は、見てはいけないものを見てしまったのだ。そして殺された。丞相を信じるなという言葉を残して。

灯灯は治療してもらったばかりの右手をぎゅっと握り込んだ。

（どうして私はあの時、もっと珠蘭姐姐（しゅらんねえさん）を問い詰めなかったの）

おかしいと思ったのに。

何かあったのかと思ったのに。

ぐずり出した啓轅に気を取られて、忘れてしまったのだ。そして昨日、才人に聞くまでその日のことを思い出しもしなかった。

「自分を責めるな」

灯灯ははっとした。包帯の巻かれた灯灯の手を包み込むように、白禎の手が重なっている。彼は、握りしめた灯灯の手の力が緩くなるまでそうしていた。

「お前のせいじゃない」

「……！」

なぜだかかっと顔が熱くなるのを感じて、灯灯は慌てて手を引いた。すると、白禎が不愉快そうに顔をしかめる。

「その態度はなんだ」

「……なんでもないです」

「なんでもないだと？」

そう言うと、白禎は唐突に動いた。座っていた椅子を持ってこちらに回ってきたかと思うと、どんと灯灯のすぐ隣にそれを置いて、腰を下ろしたのだ。そして灯灯の顔を覗き込むように卓子（たく）に頬杖をつく。

「困ったことに、お前の考えていることがわからない。この距離でもわからなければ、もう少し近づいた方がよいだろうか」

「あの！」

灯灯は耐え切れずに話題を変えた。

「そういえば、昭儀が言っていた。荀茗というのは誰のことなんでしょうね！」

どうでもよい話題を選んだつもりであった。

あの時の昭儀は、薬材の効果で幻覚を見ていたようだったし、口にしたことも二年前の良嫣の件とは関係がなさそうだったからだ。

しかしふっと白禎の顔が曇ったことに、灯灯はすぐに気づいた。

「……おそらく、九年前に死んだ官吏の妹だ」

灯灯は眉根を寄せた。

（九年前に死んだ、というと……）

「以前、白禎殿下がおっしゃっていた？」

初めて白禎が苑祺宮を訪れた夜だ。彼は、馬膺(ばよう)への怒りを露わにして言った。『九年前、一人の官吏が自殺した』と。

「……親しい方だったのですか？」

「荀徳(じゅんとく)は、俺の陪童(ぺいどう)だった」

白禎は頬杖をつくのをやめて身体を起こした。そして左手を茶杯に伸ばす。

陪童(ぺいどう)とは、皇子と共に学び成長していくために選ばれた、官吏の子供だ。多くの場合、その皇子が即位したら重臣の座につく、いわば未来の皇帝の右腕だった。

「勉強から逃げ回っていた俺と違い、人一倍努力をして俺の一歩先を行き、そこで俺がやってくるのを待っていてくれるような奴だった」

（大切な人だったんだわ）

灯灯は、なぜだか胸がぎゅっと押しつぶされたように感じて、心臓の上に手をあてた。

「あの嘉世二十六年の省試で荀徳が首席で合格した時も、誰も疑問には思わなかった。あいつなら当然のことだと――」

白禎は一度言葉を切ったが、表情を動かさずに続けた。

「だが省試の結果が発表された数日後に、荀徳が俺のところへ来て言ったんだ。自分の合格は不正だ、最初から仕組まれていたのだと」

「なぜです？　荀徳様が優秀な方だったのなら、誰かに操作されるまでもないことだったのでは？」

「白紙だ」

「……白紙？」

「荀徳は、省試の答案を白紙で出したんだ。父親が……礼部に金を握らせたと知ったから」

灯灯は息を呑んだ。

省試での不正は、明らかになれば一族郎党斬首にされるほどの重罪だ。

「荀徳の父が礼部に渡した金は、ほんの酒代くらいのものだった。正直なところ、そのくらいの金の受け渡しはあちらこちらで行われていることだったんだ。不合格の人間を合格にさせるわけではない。少し順位を操作するだけのことだ。荀徳の父親は、息子が省試を首席で合格し、殿試で状元を賜ることを夢見ていたからな。ただそれだけのことだったはずだが……荀徳は、その少しの不正も許せなかった」

灯灯は、以前白禎が言っていたことを思い出した。馬膺の手が及ばない清廉な官吏もいるのでは、と灯灯が問うた時だ。彼は切り捨てるように答えたではないか。

『そんな人間は、存在できない』と。

「だから、答案を白紙で出したんだ」

それなのに、首席で合格してしまった。少し順位を操作するという程度の話ではない。本来ならば不合格の人間が、首席となった。それは……清廉な者には、地獄以外の何者でもなかったに違いない。

「あの時、馬膺に言われたよ。『おめでとうございます、白禎殿下。ご友人が状元を賜ったとか。実に喜ばしい』とな。今でも一言一句覚えている。その瞬間、俺は悟った。荀徳を合格させたのは馬膺だと。あの男は、荀徳の弱みを作ったんだ。近い将来、俺の片腕となるはずだった重臣に、家族という人質を取って枷をつけた」

荀徳の不正合格が明らかになった時、彼がなんと証言しようが、金を渡した父と受け取った礼部の人間の咎が問われる。馬膺は、息子に希望を託す父親の心を利用したのだ――。

「心を病んだ荀徳はその二年後に死んだ。未来を期待された荀徳の死は、荀家にとって致命的だったんだ。父親は病を得て亡くなり、妹も耐えきれず自死した」

茶杯を持つ白禎の手は震えてはいない。けれど彼は、それを口に運ぼうとはしなかった。

「……まさかその妹が、昭儀と顔見知りだったとはな。そうか……そういえば、荀家は代々戸部を担ってきた家だった」

蘇昭儀の父は、現在の戸部尚書なのだ。九年前だと、昭儀と荀家の娘は同僚同士の子供という関係だったのかもしれない。

九年前。

『あなたのお兄様が亡くなったのは、毅王のせいだと嘘を教えたわ』

怯え切った昭儀の言葉を思い出して、灯灯ははっとした。

「もしかして……毅王というのは」

「俺のことだ」

九年前は、白禎もまだ、生きていた。

そして親王の身分をいただいていたのだ。

「そんな」

「当時、そういう噂が流れていたのは事実だ。俺が、荀徳の才を妬んで追い詰めたのだと。省試の不正については、なんの証拠もなかったからな」

「……妬んでいたのですか？」

灯灯が聞くと、白禎がこちらを見た。

なんて美しい顔の男なのだろう。

場違いにそう思う。

彼は笑った。

「友だったよ。無二のな」

灯灯は腕を伸ばした。

そして、躊躇(ためら)いもせず彼を引き寄せ抱きしめる。

数呼吸置くと、男の温かい手のひらが灯灯の背に触れて、その鼻先が灯灯の髪に埋められたのがわかった。

「これで、貸し借りなしです」

良嫣の墓の前で声を上げて泣けたのは、白禎が抱きしめてくれていたからだ。自分を温かく守るそのぬくもりを感じていたから。

「ああ」

耳元で白禎は答えた。

いつの間にかざあざあと、雨音が強くなっている。白禎の呼気が灯灯の耳元をくすぐり、彼女は首をすくめる代わりに口を引き結んだ。

やがて白禎は、灯灯を抱きしめたまま言った。

「実は……こちらも収穫がある」

「……し、収穫ですか？」

灯灯はぎこちなく白禎から離れた。気恥ずかしくて、彼の顔をまともに見られない。

実は少し前から正気に戻っていて、皇兄を抱きしめるなんて大胆なことをしでかした自らの軽挙を咎(とが)めていた灯灯である。

「お前が保管していた三つの礼品のうち、砒霜が混入されていたのは、砂糖漬けだけだった」

しかし白禎のその言葉で、恥じらいなどどこかへ吹っ飛んでしまう。

砂糖漬け、ということは……。

「何徳妃が？」

灯灯は白禎を見て愕然とした。

あのふっくらとした柔らかな笑顔を思い出す。

ただ一人、良嫣を特別扱いしなかった妃嬪。良嫣を害するなんて、一番ありえないだろうと思っていた人物だ。

「……ありえません。だって、どうして？」

「砂糖漬けに砒霜がついていたというだけで、犯人が徳妃とは限らない。……とにかく、灯灯。今後は慎重に動く必要がある。お前は絶対に、勝手に動くな。また今回のような騒ぎなんて起こされたらたまらんからな」

「でも、何徳妃の砂糖漬けは、ご実家から送られてきたものだと聞きました。それならば賛徳宮から直接景承宮に送られたもののはず。他の妃が毒を仕込む隙があったとは考えられません」

何徳妃が馬膺と繋がっていた？

しかし、徳妃が馬膺に協力する理由とはなんなのだろう。

「灯灯」

白禎に名を呼ばれたが、思考の中に沈んでいた灯灯は答えなかった。

「灯灯！」

目の前でぱちりと指が鳴らされ、はっと我に返る。

「は、はい」

「まったく、危なっかしい奴だな」

「あの、私、明日何徳妃に声をかけてみます」

「声をかける？　なんと言うつもりだ」

本来ならば、灯灯は回りくどいことは苦手な性分だ。

「できることなら二年前に毒を送ったのはあなたなのかと、正面から問い詰めたいです。でも……」

「それが下策だとわかる頭を持っていてなによりだ」

白禎は息を吐くと、「いいか、灯灯」と言った。

「俺の命令なく勝手に動くな。誰かに会うな。喋るな。お前は俺の剣だ。それを覚えておけよ」

「はい……」

灯灯がしゅんとなって答えると、顎に触れた白禎の長い指にくいと上を向かされた。思っていたよりも間近に美しい顔があってどきりとする。よく見ると、白禎の瞳は灯灯のそれよりも少し色が薄く、とろりとした飴のような色をしていた。灯灯はしばらくその瞳の色に見入っていたが、やがて白禎がぱっと手を離して立ち上がってしまったので、少し残念に思った。

「もし俺に連絡を取りたければ、凧を揚げろ。俺が皇宮のどこにいても見えるように」

有無を言わさぬ口調でそう命じられ、灯灯には「はい」と答えることしかできなかったのだった。

＊＊＊

雨の中仁華宮へ戻ってきた白禎は、びしょ濡れの黒衣を脱ぐと乱暴に床に投げ捨てた。正殿の床榻に身を投げ出すように腰掛け、右手で瞼を覆う。

しんとした仁華宮は冷え切っていたが、白禎は寒さを感じなかった。

月明かりの差し込まない正殿は暗く、まるで生き物の気配がしない。

外の雨はだんだんと強くなっていた。これでは、今夜はうるさくて眠れないかもしれない。

この雨の中苑祺宮を出ようとした白禎を、灯灯は強くは止めなかった。彼女が何を考えているかはわからないが、白禎にとっては幸いだ。あのまま苑祺宮に残って何もせずにいるのは、拷問だっただろう。

孫灯灯を。

驚くべき強さと危うさを兼ね備えるあの娘を、自分が特別に感じていることはもうわかっていた。そんなことでうだうだ悩む性格ではない。欲しいと感じたものは欲しいし、必ず手に入れる。これまでもそうであった。

だからこそ白禎は、黒衣のまま皇宮に戻ってきた時、将桓が仁華宮に残した文を読んで、そのまま彼女のもとへ駆けつけたのだ。

（まったく、鬼騒ぎを起こして他の妃嬪の宮へ忍び込むなんて……）

白禎はくっ、と喉を鳴らして笑った。

体を起こして、顔についた水を手で拭う。

（とんでもないことを、思いつく）

そもそも、死んだ貴妃に成り代わるということ自体がとんでもないのだから、彼女の発想力を褒めるべきだろうか。男であったら、有能な官吏になったかもしれない。

（男でなくて、よかったが）

抱きしめられた時はぎょっとした。他の女であったら、嫌悪感で突き飛ばしていただろう。けれど白禎は、そうすることが自然であるかのように、彼女の背に腕を回した。

途中、灯灯が我に返って離れたがっていることにも気づいたが、そうしてやらなかったのは彼女をからかいたい気持ちがあったからだ。そして白禎は、黒い襦裙(きもの)についているであろう血のにおいに、彼女が気づかないことに安堵したのだった。

実はここ数日、秦白禎は皇宮内にはいなかった。

方々を駆け回って証言や証拠を集めるためには、皇宮の外で寝泊まりした方が都合が良かったのだ。

今夜戻ってきたのは、一番欲しかった情報を手に入れたからだった。

ずっと捜してきた、奏上文の行方を。

白禎が吐いたため息は、地面を這うように重たかった。そのため息に引っ張られるようにして、苑祺宮で移った甘やかな香りが薄れてしまう。

薄闇の中で瞼(まぶた)の下から現れた白禎の双眸(そうぼう)は、見る相手を射抜きそうな鋭さを孕(はら)んでいた。

彼が、灯灯の言う『衛兵を呼ばれそうな格好』をしていたのは、数刻前まで陸府にいたからだ。

陸府……つまり、礼部尚書(れいぶしょうしょ)である陸崇(りくすう)の自宅である。

もちろん、招かれたわけではない。

顔を隠して侵入し、陸崇の書斎を守っていた数人の護衛を打ち倒した。そして抵抗しようと壁際の剣を握った陸崇の首に背後から刃を当てて跪(ひざまず)かせ、数日前に馮侍郎(ふぁんじろう)から手に入れた、陸崇の横領を示す帳簿を見せてやったのだった。

後は簡単だ。脅して、痛めつけて、必要な情報を引き出すだけである。

（やはり……灯灯が、俺たちの捜していた娘だった）

仁華宮の正殿の床榻(ながいす)に座った白禎は拳を握りしめた。

あの満月の夜、もしやと思ったことが事実だと明らかになったのだ。

本来なら……白禎はもっと早く灯灯を見つけ出していたはずだった。

五年前にはすでに、白禎と将桓は『嘉世二十八年に売られてきた十歳前後の娘』を捜して酔蓮楼を訪れていたのだから。けれど、ある女が『いない』と答えた。だから、ここまで来てしまった。

ある女が。

珠蘭が。

灯灯を、守ろうとしたから――。

『酔蓮楼で初めて、明日のことを心配しないで眠れました。珠蘭姐姐に出会ったから、初めて』

——満月の夜、灯灯は珠蘭のことをそう言っていたではないか。

あの、言葉通りだ。

珠蘭は、灯灯を守っていた。あらゆる懸念から、少女を守ろうとしたのだ。

（怪しい男たちから灯灯を隠そうとした。その男の一人が国の皇帝だとわかって、入宮することになった時も……灯灯を供にすると言って折れなかったのは、最後まで灯灯を守りたかったからだ）

こんなにも遠回りをさせられたことは腹立たしいに間違いないが、同時に共感をしている自分がいることに、白禎は気づいていた。

外部からあの娘に降りかかる危険を遮断する。

その点においては、白禎と当時の珠蘭は同じ願いを持っていたに違いない。

白禎は再度息を吐いて、前髪を掻き上げた。

灯灯には話さなくてはならない。

なぜ彼女の父親が、娘を一人妓楼に置いて姿を消したのか、その顛末を。

（だが今日は話せなかった）

高良嫣に異変が起きたきっかけを見過ごしたかもしれないという、ただそれだけで、自分を責めて怪我を負った手を握りしめるような娘に、あの場であれ以上の重荷を背負わせる気にならなかったのだ。

しかし長く隠しておくような話でもないし、確認しなければならないこともある。

（……明日、宦官の変装をして苑祺宮に行けばいい）

白禎はそう思って床榻に横になった。

皇后の挨拶を終えた後なら、あの娘は宮にいるだろう。

白禎は、身体中に重りのようにまとわりつく疲労を少しでも削ぎ落とすために、瞼を閉じた。

しかし翌日、宦官に変装して仁華宮の西門から出た白禎は、苑祺宮に向かう道中でとんでもない噂を耳にすることとなる。

皇后の毒殺。

高貴妃の投獄。

その衝撃的な噂は、白禎が知った時にはすでに、後宮中に広まっていたのであった。

八、賛徳宮の女官

その日の朝、灯灯はいつものように目覚め、いつものように支度を終えて、いつものように興龍宮へ向かった。

昭儀以外の妃嬪が集まり、皇后へ挨拶をする。

その後は、皇后から話すべきことがなければ妃嬪らが他愛もない話をするのが常である。そしてその口火を切るのが李淑妃であることも、いつものことであった。

「皇后、鬼の噂を聞きましたか？」

李淑妃にその話題を出されても、灯灯は表情を変えなかった。

「昨晩、永安宮に鬼が出たそうです。……なぜだか、苑祺宮に出るべき鬼が」

そう言って口元を扇で隠し、淑妃が意味ありげに灯灯に視線を送る。そこで初めて、灯灯は眉根を寄せた。

「どういう意味？」

(まさか、鬼騒ぎが私の起こしたことだとばれてるはずはないわよね)

もしそうならもっと大事になっているだろうし、後宮の規律を乱したとしてすでに皇后から処罰を言い渡されているはずだ。

淑妃の意図を測りかねていると、彼女はとんでもない爆弾をその場に投下した。

「孫灯灯」

淑妃の口からその名が発せられたことに、灯灯はすぐには気づかなかった。

一拍を置いて、心臓がどっどっ、と動悸を速める。

（……なんですって？）

灯灯は、顔の半分が面紗で覆われていることに感謝した。そうでなければ、彼女の動揺はその場の妃嬪の目に明らかであっただろうから。

「覚えておいでかしら？　貴妃に仕えていた侍女だとか。昨晩、その霊が後宮の中を彷徨っていたのを見た女官がいるのだそうよ」

灯灯は目眩を覚えた。

（……昨晩私の顔を見た人間が、孫灯灯の顔を覚えていたということ？）

女官姿で永安宮に入り込む時、極力顔を下に向けてはいたが、完全に隠していたわけではなかった。だがまさか、二年前の火事で焼け死んだと思われている、景承宮の侍女のことを覚えている人間がいるなんて。

（まさか、蘇昭儀が？　ううん、昭儀の前で鬼のふりをしている時は髪の毛で顔を隠していたし、あの暗がりの中だもの。私の顔がはっきりと見えたはずがないわ）

じわりと脂汗が滲んできて、灯灯は唇を噛んだ。

(なんと答えるべき？　どう答えればよいの？)

万が一にも、孫灯灯が生きているのでは、という疑念を抱かせてはいけない。そのためには、返答を間違えてはいけないのだ。

「聞けば、二年前の火事で唯一死んだ女官だとか」

淑妃がいやらしい声音で言って、灯灯に笑顔を向けた。

「可愛がっていたのでしょう？　自分を置いて生き残った主人を恨めしく思うのも、当然かもしれないわね」

「……」

灯灯は立ち上がった。

その場にいた妃嬪らがそれぞれの視線を向ける中、灯灯はすたすたと淑妃の前まで歩み寄ると、彼女の横に用意されていた茶杯を取って、その中身を淑妃の顔にパシャリとかけてやった。

「……」

「……」

場の唖然とした雰囲気が伝わってくる。

淑妃は自分が何をされたのか理解できていない様子だったが、一呼吸を置くと顔を真っ赤にして立ち上がり、「何をするの！」と声を上げて手のひらを振り上げた。

しかしその手は、ぱしりと灯灯の左手に阻まれる。彼女の平手を阻むのはこれで二度目だ。灯灯は静かに言った。

「言ったはずよ。もう黙っていないと」

その怒りに触れた淑妃が、気圧されて少し身を引く。灯灯はすっと身体を皇后の方へ向けると、胸の前で両手を重ねて礼をした。

「皇后。申し訳ないのですが、気分が優れないので先に失礼いたします」

灯灯には、皇后の許しを待っている余裕などなかった。

妃嬪らの視線を断ち切るように踵を返して、興龍宮を出る。背後からぱたぱたと小走りで範児が追いかけてくる音が聞こえた。

（これでいいのよ）

龍の影壁を回って興龍門を通りながら、灯灯は自分に言い聞かせた。

冷血な高貴妃なら、死んだ侍女のことを揶揄されて、烈火の如く怒ったはずだ。間違ってはいない。

（問題は、噂の出所だわ）

将桓らに相談して、早急に洗い出さなければならない。

（自分で墓穴を掘るなんて）

灯灯は女官時代、特定の友人は作らず同じ景承宮の女官らとも距離を置いていた。そのため、自分の顔を覚えている人間がいるなんて思いもしなかったのだった。

足早に二長街を歩いていると、背後から声が追いかけてきた。

「貴妃！　待ってちょうだい！」

この声は、何徳妃ではないか。そう思って足を止めて振り向くと、ぽてぽてと駆けてきていた徳妃が、灯灯の前で足を止める。そして空気を求めて大きく膨らんでは萎む胸元を押さえながらも、灯灯にむかってにこりと笑顔を見せたのだった。

「はぁ、はぁ、ああ、よかったわ。追いついて」

「徳妃」

灯灯は戸惑った。いったい、なんの用でここまで追いかけてきたのだろう。それも走って。

彼女がそれを聞く前に、徳妃の侍女がすっと前に出てきて、両の手のひらに収まる大きさの螺鈿細工の箱を差し出した。

「杏と棗の砂糖漬けです。実家から届いたの。どうぞ召し上がって」

砂糖漬け。

『砒霜が混入されていたのは、砂糖漬けだけだった』

(どうして今これを、私に渡すの？)

すべてを知っていてそうしているのか、はたまた何も知らないのか、灯灯にはわからなかった。

「徳妃」

(何を聞けばいい?)

二年前、良嫣に毒を盛ったのはあなたなのかと、問い詰めればいいだろうか。いや、それで正直に答えるはずがない。白禎だって、それは下策だと言っていたではないか。でも本当に、徳妃が? 寵愛争いに興味はない彼女が、なぜ?

灯灯は、今しがた興龍宮で受けた衝撃をいったん忘れて、全神経を目の前の女性に集中することにした。

真実を引き出し、嘘を見抜かなければ。

徳妃が良嫣を狙った理由なんて一つしかない。

馬膺に命じられたのだ。それしか、考えられなかった。

なんらかの理由で、徳妃は馬膺と繋がっていた。

「ああ、少しですが、蓮子の砂糖漬けも入っていますよ」

しかし灯灯が口を開く前に徳妃が言った。

「どうか大事に召し上がってくださいね。杏や棗は家から届くけれど、蓮子の砂糖漬けは、毎年私が作っているの。だから数が少ないのですよ。でも二年前は、貴妃があまり眠れていらっしゃらないと聞いたものですから、お裾分けしてさしあげないと、と思ったのです。蓮子には、安眠効果があるといいますからね」

そうだ。二年前も、そういう趣旨が書かれた手紙と共に、砒霜が入った蓮子の砂糖漬けが贈られてきたのだった。

「では、どうして今……」

意味ありげにそれを贈るのか。

「……」

どう問うべきかわからず灯灯の口が閉じてしまうと、徳妃がにこりと笑った。

「貴妃はご存知かしら？　兵法においては、借屍還魂という計があるの」

そういえば、何徳妃の父親は将軍で、何家は軍部の人材を輩出する家であったと、この時灯灯は思い出した。

「死者の意志や大義名分を振りかざして他人を操る戦術です。この場合、操られるのは大抵、女子供や奴婢のような弱者なのですよ」

灯灯がその真意を問おうとしたその時、徳妃の後ろから足早にこちらに歩いてくる人物があった。

「貴妃娘娘」

それは、皇后付きの女官であった。彼女は灯灯の前で立ち止まると、徳妃に失礼を詫びてから灯灯に言った。

「貴妃娘娘、皇后娘娘がお呼びです。どうぞお戻りください」

それを聞いた徳妃は、どこか面白い芝居でも見ているかのように、「それでは失礼いたします、貴妃」と笑ったのだった。

＊＊＊

いつも皇后への挨拶は興龍宮の正殿で行われるのだが、その時灯灯が通されたのは、奥殿の同和殿の方であった。興龍門の前で心配そうな英玉(えいぎょく)を見かけたので、わざとつまずいて立ち上がるのに英玉の手を借りた。耳打ちをした言葉が、誰にも聞こえなかったことを祈るのみである。

女官の先導で同和殿に入ると後ろから範児もついてこようとしたが、同和殿の前にいた宦官(かんがん)に止められた。

困惑した様子でこちらを見る範児に、大丈夫というように頷いてからは、灯灯はもう振り向かなかった。

朱皇后の私室であるその房間(へや)は、決して華美ではないものの落ち着いた品があって、思いのほか居心地のよさそうな場所であった。中央には『修己治人(しゅうこちじん)』と書かれた扁額(へんがく)

があり、左右の房間との境目には龍と竹の透かし彫りがされた壁がある。

皇后は西側の房間の床榻に座っていて、灯灯はその前で膝をついた。

「皇后、私を罰してください」

すると、床榻の上の、背の低い卓子に置かれた鉢を覗き込みながら、皇后が問う。

「あなたの何を罰するの？」

「後宮の規律を乱しました」

灯灯が言っているのは、先ほど淑妃に茶をかけたことだった。それは皇后にも伝わったのだろう、この国でもっとも尊い女性は、表情を動かさないまま灯灯を見た。

「あなたがあんな行動に出るところを見られるとは思わなかったわ」

そう言って、「立ちなさい」と灯灯を立たせる。

「お茶を、淹れてくれるかしら」

鉢が置かれた卓子の上には、すでに茶葉や茶器の準備がされていた。

灯灯がすぐに動かないでいると、横から皇后の女官が沸いた湯を運んできたので、卓子の方に近づいて茶葉の容器を開ける。烏嘴茶だ。茶葉は黒味がかっていて、果物のような香りがする。

灯灯は蓋のついた茶杯を一度お湯で温め、湯を捨てた。その中に茶葉を入れて、再度湯を注ぎ入れる。

「孫灯灯というのは、それほど大切な存在だったということかしら」

どの茶葉に対してどういう温度の湯をどれだけ注ぐかということは、女官になってから教わったことだった。酔蓮楼で教わったのは、酒の注ぎ方だけだったから。

「はい」

茶杯に蓋をしながら、灯灯は慎重に答えた。

「入宮する前から、私の世話をしてくれた子でしたから……」

「あなたが後宮に入ってから、もう五年が経つのね」

「はい」

「覚えているかしら。この金魚は、あなたがくれたのよ」

言われて見れば、確かに、卓子の上の鉢の中では一匹の金魚が泳いでいた。ひれと頭の部分が赤く、手の甲ほどの大きさになっている。『あなたがくれたのよ』という朱皇后の言葉で灯灯も思い出した。

(そうだわ。啓轅にあげた小紅は、珠蘭姐姐が皇后に差し上げた金魚と姉妹だった)

いつだったか、良嫣が御花苑に二匹の金魚を持ち出して愛でていると、通りかかった朱皇后が興味を惹かれたようだったから差し上げたのだ。

「はい、覚えています。ずっと育てていてくださったのですね」

意外だった。

何にも興味のないような皇后なのに、この金魚は、本当に気に入っていたのか。

「いつかは逃してやりたいとは思っているのよ。こんな狭いところで泳がせるのではなくてね」

皇后は灯灯を見た。

この時初めて、灯灯は皇后と目を合わせた気がした。これまで空いた眼窩(がんか)に嵌った一対の黒い石のようだったその双眸(そうぼう)に、命が宿っているのを初めて見る。

「私はね、良嫣を好きだったわ」

灯灯は少し動揺した。

いつも感情を見せない朱皇后が、この時はなぜかひどく悲しげに見えたからだ。

「陛下を奪われても……不思議だけれど、誰よりも善良なあの娘が好きだったの」

そう言いながら、彼女は目を伏せた。

「だから、残念だわ」

左手を伸ばして、灯灯が淹れた茶杯を手に取る。皇后は香りが十分に移ったと思われる茶杯の蓋を外すと、中の茶を、茶葉ごと鉢の中に注ぎ入れた。

灯灯はぎょっとした。

朱皇后の奇行ゆえではない。茶を注がれた鉢の中の金魚が、ぷかりと水面に浮いたからだ。

「誰か！」

背後で女官が声を上げた。

「高良嫣を捕らえなさい。皇后娘娘に毒を盛ったわ！」

灯灯はぎょっとすると、咄嗟にその場から逃げ出そうとした。けれど外から宦官が数人押し入ってきて、灯灯を取り押さえる。抵抗する間もなく跪かされ、膝に痛みが走った。

灯灯は、また無表情に戻って鉢の中を見る皇后を見上げた。

「これは、どういうことですか？」

声が震えないようにするので精一杯だった。

毒を盛っただって？　ありえない。

嵌められたのだ。

愕然とする灯灯に、朱斉微はこちらを見ないまま一度息を吐くと、静かに告げた。

「お前のような小さな魚は、巨大な鯨に飲み込まれる運命なのよ」

と。

＊＊＊

牢獄というものを想像したことはこれまでに何度かあった。

初めてものを盗んだ幼い時と、金貸しに追われて父と家を逃げ出した時、それに高貴妃の偽物となった時だ。

どの時も暗く陰湿で恐ろしい場所だろうと思ったが、実際に入ってみるとそこまでひどいものでもなかった。

空気はじめっとしていて糞尿のようなにおいは漂ってくるものの、遠くから拷問を受ける囚人の悲鳴など聞こえてこないし、寝所代わりの藁と、古い卓子もある。

「だからよかった、とは思えないけれどね」

灯灯はそうひとりごちると、とりあえず藁の上に座った。

壁は剥き出しの石壁で、隅には排泄用と思われる桶がある。藁からはカビのようなにおいがするし、太い木でできた格子には鉄の鍵がついていた。

灯灯は両膝を引き寄せてそこに顎を乗せた。

まだ、面紗はつけている。地下牢を管理する刑部の人間は、灯灯を高貴妃だと理解しているようだった。

丈夫だろうか。
先ほど英玉には、『私に何かあったら、啓轅を守って』と耳打ちしたが、啓轅は大
どうしてこうなったのか。そして、これからどうすべきなのかを。
考えなくては。
灯灯は自分に言い聞かせた。
（考えなくちゃ）

（皇后は、私が偽物だって気づいていたわ……）

『私はね、良嫣を好きだったわ』

『不思議だけれど、誰よりも善良なあの娘が好きだったの』

後から考えてみれば、あの時皇后は決して、「あなた」とは言わなかった。彼女が懐かしんでいたのは、本物の高良嫣の方だったのだ。

（でも、それを理由に私を捕らえることはしなかった。わざわざ皇后の毒殺未遂をでっちあげたのはどうしてなの？）

高貴妃が偽物だと、皇后にとって困るようなことがあったのだろうか。

いや……皇后にとって、ではない。

馬膺にとって、だ。

（私を投獄したのは、やはり丞相（じょうしょう）の命令なのよね？）

皇后は、馬膺の養女だ。確実に馬膺と繋がっているはず。

そして、何徳妃も馬膺の手の者なのだとしたら……。

灯灯は青ざめた。後宮は、馬膺の手に握られているのと同じではないか。

「哀れだな」

その時聞こえてきたしゃがれた声に、灯灯はぞくりと背筋に寒気が走ったのを感じた。

顔を上げて、格子の嵌った牢の向こうに立つ男を見る。

「馬丞相……」

太陽の光の差さない地下牢は、壁にとりつけられた松明の明かりだけが光源だった。

その松明の揺れる明かりの中に佇むこの国の丞相は、優しげに笑って言う。

「蝋燭もないとは。後で持ってこさせましょう」

『……丞相を、信じないで。信じてはだめよ』

良嫣の言葉を思い出す。

目頭が熱くなったが、泣くわけにはいかないから目に力を込めた。

気持ちを奮い立たせて立ち上がり、男を睨みつける。目を逸らしてはいけない。怯えた顔を見せてはいけないのだ。恐怖が悟られれば、ひと口で食われてしまう。

「牢の中では、面紗も意味をなさないのでは？　外してはいかがです」

男はあくまで柔らかく言った。

「ご自分で取りにいらしてください」

幸いなことに、絞り出した声は震えていなかった。思っていたよりも、自分は冷静なようだ。

「取り押さえられ、着ているものもすべて剥がされてもよいのならそうしましょう」

「下賤だわ」

そう答えると、馬膺は「はっはっは！」と弾かれたように笑った。

「下賤な者に下賤だと言われる日が来るとは」

男は「仕方がない」と言うと、袖の中から皮袋を出して、おもむろにその中身を灯灯に向けてぶちまけた。

「っ！」

咄嗟（とっさ）のことで避けることもできなかった灯灯は、それを正面から浴びてしまう。つんとしたにおいで何を浴びせられたのかすぐにわかった。油だ。

さっと血の気が引くのを感じた。

「面紗を取るか、炎に包まれて今すぐ燃え死ぬか、選ばせてさしあげよう。後者を選べば、少なくとも高貴妃として死ぬことはできるだろうから」

灯灯は唇を噛んだ。脅しとは思えない。地下牢を照らす松明（たいまつ）は、男のすぐ側にあった。

「……」

無言のまま、面紗を外す。しかし馬膺は、眉を上げさえしなかった。

「その面紗の下の顔を見るまでは、到底信じられないと思ったが……」

灯灯は拳を握りしめた。

「貴妃は死んだか。二年前に」

良嫣は死んだ。

二年前の、あの夜に。

男はゆっくりと牢の前を歩きながら、まるで独り言のように続けた。

「お前の目的はなんだ。貴妃の身代わりとなって、栄華を極めることではない。陛下も、自らの寵妃が偽物だと気づいておられたはずだ。気づいていながらお前に協力していた。なんのためだ」

「息子のためです」

灯灯はすぐに答えた。

陛下にまで累を及ぼしてはだめだ、と思ったからだ。邪推で馬膺が将桓に刃を向けるようになってはいけない。

(まだ、その時ではない)

その時ではないのだ。

「息子？」

馬膺が足を止めて灯灯を見る。

「啓轅のためです。あの子を、守るために母親が必要だったのです」

「……」

馬膺はしばらく真意を窺うように灯灯を見ていたが、さもありなんとばかりに頷いた。

「なるほど……『息子のため』か。それで二年間も宮の奥に引っ込んでいたとは。その息子まで、主人のように失わないためにか？　泣かせることだな。ずいぶんと忠実な犬だ」

「……馬丞相。私は殺されるのでしょう？　ならば最後に、教えてください」

灯灯は馬膺をまっすぐに見て言った。

「二年前に、貴妃は何を聞いたのですか？」

なぜ、良嫣が殺されなくてはならなかったのか。

あの優しい人が。

温かい人が。

灯灯の世界のすべてが、失われなくてはならなかったのか。

灯灯はずっとその理由を知りたかった。

（なぜ、珠蘭姐姐が？）

「あなたが何徳妃に命じて貴妃を殺したのは、貴妃が聞いてはいけないことを聞いたからでしょう？　それは、なんなのです」

理由を聞いても何も変わらないことはわかっていた。けれど灯灯は知りたかったのだ。あの人の命を奪うのは何ほどのものなのか。どれだけ大きな秘密なのかを。

しかし馬膺は片方の眉を上げて答えた。

「お前は一つ勘違いをしているようだ。私は、貴妃を殺そうとなどしていない」

どくん、と灯灯の心臓が大きく鳴った。

（なんですって？）

「芸妓あがりの女を、どうしてこの私が、殺すほど恐れる必要があると思う？」

油のにおいのせいではなく、目眩がした。

心外な、とでも言いたげなこの国の丞相が嘘をついているようには見えない。だいたい、今この状況で灯灯に嘘をつく理由なんてないだろう。

馬膺じゃない？

それならば、誰なのだ。

毒は、徳妃から送られた砂糖漬けに入っていた。では、徳妃が、自分の意思で良嬪を殺したということなのか。

　だが、なぜ。

『貴妃はご存知かしら？　兵法においては、借屍還魂という計があるの』

　徳妃はどうして――あんなことを、言ったのか。

「陛下の寵愛を得ているという点で、確かに高良嫣は目障りだったが……、残念ながらそれでは私の弊害にはなりえない。私が斉微を後宮に入れたのは、陛下を操る糸にするためではなく、私の耳目とするためだからな」

　馬膺は一度言葉を切ると、愕然とする灯灯を見た。その目には、哀れみが宿っている。

「哀れだな。お前は、信じる相手を間違えたようだ」

　信じる相手を間違えた。

　灯灯は、馬膺の言葉に動揺した。

　その時である。刑部の者が駆けてきて何やら馬膺に耳打ちをした。声は聞こえなかったが、馬膺の眉間に刻まれた皺を見る限り、彼にとってよい報告ではなさそうだ。

　この国の丞相は、「わかった」と刑部の人間を下がらせてから、灯灯を見て言った。

「お前には、このまま皇后を毒殺しようとした貴妃として死んでもらう。無駄に昔のことを掘り起こされて、私に火の粉が降りかかってくると面倒だ」

そしてもはや興味を失ったようにこちらに背を向けると、「幸運を」とだけ言い残してその場を去ったのだった。

死刑宣告をされたようなものなのに――灯灯の頭の中は、死への恐怖を感じる前に高速で動き出した。

その場に座ることもせずに、じっと足元を見つめて考え続ける。

（どういうことなの？）

良嫣を殺したのが徳妃で、それが馬膺の命令でないのなら、目的はなんだ？

淑妃や昭儀ではないのだ。皇帝の寵愛を争うためとは考えにくい。ならば徳妃は、良嫣に何か秘密でも握られたのだろうか。

（でも、どこでなんの秘密を？　珠蘭姐姐はずっと私と一緒に行動していたし、なんでも私に話してくれたわ）

例外なのは、二年前の蝶音閣での一件だけだ。

どう考えても、あれがきっかけとしか思えない。

良嫣の体調が悪くなったのは、あの日のすぐ後のことだった。

その時灯灯ははっとした。

『私は始めそちらに背を向けていたので、後ろ姿しか見えなかったのですが、紫の官服を身につけた官吏の方に、女官が一人付き従っていました』

女官。

そうだ。

英玉が見たのは、馬膺と思われる男だけではなかった。女官もいたのだ。

（……もし、珠蘭姐姐を殺したのが、徳妃ではなかったら？）

徳妃から良嫣の手に砂糖漬けが渡るまでの間に、毒が入れられたはず。景承宮に入ってからは、灯灯の手しか介していない。ならば、犯人は……。

賛徳宮の女官だ。

その時、なぜだか弾けるように思い出した言葉があって、灯灯は小さく口を開けた。

（そんな）

『ご希望でしたら、御茶膳房に作らせましょうか？　花の時期も終わっていますし、今なら蓮子も食材庫にあるでしょうから』

『どうか大事に召し上がってくださいね。杏や棗は家から届くけれど、蓮子の砂糖漬けは、毎年、私が一人で作っているの』

『もう手に入ったの？』

『娘娘がお急ぎとのことでしたので』

すべての破片が揃い、かちりとはまったような感覚を覚える。

まさか。

（嘘でしょう）

「娘娘」

その声に、はっと顔を上げる。心臓が早鐘を打っている。寒くもないのに、こめかみに汗さえ滲(にじ)んでいた。

そこにいたのは範児であった。

「……範児」

灯灯は、一拍を置いて這うようにして格子の方へ歩み寄った。そして、格子の間から伸ばされた範児の手を取る。

「娘娘。ああ、どうしてこんなことに。私はどうすれば」

範児は泣いていた。灯灯の身を案じるように、両目からぽろぽろと涙をこぼす。灯灯は罪悪感を覚えてその涙を拭った。

「ごめんなさい。私はあなたを騙していたの。私は高良嫣ではないのよ」

「いいえ。いいえ、娘娘。私にとってはあなたこそ、貴妃娘娘でした」

思えば、灯灯が高良嫣となって苑祺宮に入ってから、ずっと付き従ってくれていた女官が範児であった。誰もが高貴妃を恐れて離れる中、彼女だけはずっと根気強く、高良嫣の側から離れなかった。

「娘娘、ここの食事はお口に合わないのでは？　お菓子をお持ちしました。紅豆糕(あずきこう)と、桂花糕です。お好きですよね？」

範児は涙を拭うと持ってきた食盒の蓋を開けようとしたが、灯灯はそれを止めて言った。

「範児、お願いがあるの」

すると、範児は一度瞬きをした後、きっと眉を上げて頷いた。

「はい、娘娘」

「苑祺宮に戻って、凧を揚げてほしいの。うんと高くよ」

「凧、ですか？」

「そうよ。啓轅が持っているものでいいの。お願いよ。そうしたら、私を助けてくれる方から連絡があるはずだから、それを待っていて。そしてその方に伝えてちょうだい。良嫣を殺した黒幕がわかったと」

範児が言葉を失ったのがわかった。

灯灯は、格子から手を伸ばして範児の腕を掴む。

「範児、しっかりして。あなただけが頼りなの。必ずあなたが直接、彼に伝えて。黒幕は、賛徳宮の女官よ。全員調べさせて。お願い」

「は、はい。はい、娘娘」

範児がしっかり頷いたのを見て、灯灯は安堵した。

「ありがとう、範児」

「……娘娘、これを召し上がってください。昼に運ばれた食事もほとんど残されたと聞きました。お腹がすいていらっしゃるのでは？」

範児が、食盒の中から紅豆糕を取り出して格子の隙間から差し出した。

「でも、食欲がないのよ」

「いけません。本当に倒れてしまいます。お願いですから、少しでよいので召し上がってください。でないと範児は安心してここを離れられません」

「……仕方ないわね」

灯灯はくしゃりと顔を歪めて、範児から紅豆糕を受け取った。ぱくりと一口食べたそれは、口の中でほろほろと溶ける。その甘さが、ほとんど空っぽになった胃に染み入るようであった。

「娘娘、どうかご無事で」

範児が言った。

だから灯灯は、「ええ、あなたも」と返したのだった。

＊＊＊

思えば自分の人生というのは、ずっと誰かの言われるがままだった、と範児は思った。

母は早くに亡くなった。その後は優秀だった兄を支え、父を労い、自分の願いを口にすることもなく生きてきたのだ。

だから範児はずっと、高貴妃を羨ましいと思っていた。

皆から恐れられる冷たい高貴妃。

彼女は何かを我慢することなどないのだろう。

気に入れば寵愛し、気に入らなければ罰する。

皇帝に冷遇されているというのに、範児の目にその人はずいぶん自由に、自分の意思でもって生きているように見えたのだった。

憧れとも言えるかもしれない。

そうだ。範児はずっと、高貴妃であったその人を、畏れ敬い、憧れていたのだ。

――かつて敬慕していたあの方のように。

地下牢から出たその足で苑祺宮に戻った範児は、命じられたように中院で凧を揚げた。高く高く。その時だけ彼女は幼い頃に戻ったような心地になったが、苑祺門の方から駆けてきた春児に声をかけられて、我に返った。

「範児、何をやっているのよ！　貴妃娘娘が大変な時に！」

高貴妃投獄の報は、もう後宮中に知れ渡っている。何も知らないのは、涵景軒にいる啓輳様くらいのものだろう。涵景軒には今、梅才人と葉夫人がいる。主人不在の宮にとって、才人の存在は心強いものだと言えた。

「範児、今から私と陛下に嘆願しに行きましょう。貴妃娘娘が皇后娘娘に悪心を抱くはずがないもの。早く！」

「ちょっと待って春児。手に持っているのは何？」

凧の紐を持つ腕を握ってきてじたばたと地団駄を踏む春児に、範児は聞いた。

「え？　ああ、そうだったわ！　これ、苑祺宮で凧を揚げている人に渡してほしいと言われたの」

範児は無言のまま凧を春児に渡すと、代わりに紙を受け取った。そこにはこう書いてあった。

『今夜、仁華宮にて待つ』と――。

その日の夜、いつもは錠がかかっているはずの仁華門は、押すと驚くほど簡単に開いた。侍衛に見つかる前にとさっと中に入って扉を閉める。

すっかり欠けて満月ではなくなった月が、皇宮の赤い壁の向こうに上っている。初めて足を踏み入れるその宮は、苑祺宮に比べて驚くほど広く、少し不気味でもあった。

手入れされていない草木が方々に伸びて、まるでこの場所は自分たちのものであると主張しているようにさえ見える。苑祺宮のすぐ隣に、こんな場所があったなんて。

範児は、きょろきょろと周囲を見回しながら広い庭院を歩くと、北の方に建つ正殿の前に立った。

正殿の扉には封がされていたが、今それは破れて残骸と成り果てている。それどころか扉は少し開いていて、まるでこちらを誘うようであった。

「あの……苑祺宮の者です」

範児は小さな声で言った。

しかし返事はない。

苑祺宮ではないが、まるで鬼でも出そうなその扉の向こうに足を踏み入れる勇気が出ずにその場で突っ立っていると、中からようやく声が聞こえた。

「入れ」

男の声だ。

範児はどきりとした心臓を押さえる。

(玉声に似ている……でもまさか、陛下のはずがないわよね)

龍袍を着たこの国の皇帝が、こんな忘れ去られた宮にいるはずがない。

範児は意を決して石段を上がると、扉を大きく開いて中に足を踏み入れた。

火の灯らない正殿の中は暗かったが、扉を大きく開けたおかげで、中の様子を見ることはできた。がらんどうの房間の、中央にある宝座に、男が一人座っている。その男は足を高く組み、頬杖をついていた。だが、顔までは見えない。万が一元徽帝だったらいけないと思い、範児はその場に膝をついて頭を下げた。

「範児と申します。貴妃娘娘から、あなたに会えと命じられました」

「あの娘は無事か」

男は聞いた。

「はい、ご無事です。その、ご伝言を承りました。『良嫣』を殺した黒幕は、賛徳宮の女官だったと」

「……ああ、そうか。わかった」

皇帝ではない、と範児は思った。皇帝よりももっと冷たく、硬い声だ。ただ同時に、誰かに命じ慣れた声音でもある。身分の高い人間であることは間違いなかった。

「……あの、あなた様のお名前を伺ってもよろしいでしょうか？」

範児は顔を上げないまま、思い切って聞いた。

すると、男がくっ、と喉を鳴らした音が静かな房間の中に響いた。

笑ったのだ。

彼女がそう思ってすぐ、男は口を開く。

「本当にわからないのか」

範児は眉根を寄せた。

「お前が、一度殺した男だというのに」

（まさか、この声は……）

範児は呆然と顔を上げる。男はいつの間にか立ち上がっていて、ゆっくりとこちらに歩みを進めていた。膝をついていた彼女は気圧されるようにして両手を背後につき、身を反らせる。

「そんな……」

そんな、ありえない。

まさか、本当に鬼（ぼうれい）なのか。

「なぜ、あなたが……」

喘（あえ）ぐように「まさか」と繰り返す彼女の前で足を止めた白禎は、その場に膝を折って彼女の視線に合わせると、にこりと笑った。

「大きくなったじゃないか、小茗（しょうめい）」

（ああ）

涙が溢れてくる。

信じられない。

本当に、あの方だ。

この美しい顔は、八年前と変わらない。

生きている。生きているのだ。

その時、彼女の心に湧き上がったのは紛れもない歓喜であった。

「白禎殿下！　よかった……！　本当に、よかった」

そう言って、範児——荀茗は、白禎を抱きしめたのだった。

＊＊＊

白禎の記憶の中の荀徳の妹は、物静かで影の薄い娘だった。平凡とも言えるかもしれない。

荀徳が生きている時に会ったことがあるのは数えるほどだ。

荀徳が死んでから、馬膺の不正を明らかにしようと躍起になる白禎の下へ、荀茗はよく通ってくるようになった。あの頃はおそらく十になるかならないか、という年だったはず。

『白禎殿下、どうかお休みください。お身体を壊されてしまいます』

『食事を作ってまいりました』

『白禎殿下、白湯を』

『白禎殿下』

あの頃と同じ声で、けれど女へと成長した身体で抱きついてきた荀茗に、白禎は眉根を寄せた。

「白禎殿下！　よかった……！　本当に、よかった」

本当なら足蹴にして距離を取りたかったが、紳士的に荀茗の腕を解くのに止めたのは、腐っても亡き親友の妹だったからだ。

「白禎殿下……」

「荀茗。残念だが、俺は俺を殺そうとした女と馴れ合う趣味はないんだ」

白禎は立ち上がると、荀茗の腕が触れたところを手で払いながら言った。そんな彼を、荀茗はきょとんとした表情で見上げる。そのとぼけた顔は、兄の荀徳を思い起こさせた。苑祺宮で見かけた時に見覚えがあると思ったのに、すぐに気づかなかったのは失態だった。

この娘が死んだはずの荀徳の妹だと気づいたのは、実はほんの数刻前のことである。灯灯は投獄されているというのに、いったい誰が苑祺宮で凧(たこ)を揚(あ)げているのだろうと思い、仁華宮と苑祺宮の間にかけられた梯子(はしご)を登ってこっそりと確認した。そこで凧(たこ)揚(あ)げをしている範児が、かつての幼い荀茗と重なって、はっとしたのだった。

混乱したのはほんの数呼吸の間だけだ。荀茗が貴妃毒殺の犯人ならば……辻褄が合う。そんな疑惑が確信に変わったのは、先ほどの荀茗の言葉を聞いてからだった。

『ご伝言を承りました。良嫣を殺した黒幕は、賛徳宮の女官だったと』

範児という娘が、かつて賛徳宮の女官だったと言ったのは灯灯自身だった。

その灯灯が、犯人は賛徳宮の女官だという伝言をこの娘に託して白禎に会いに来させたのは、偶然ではないはず――。

『実は、今日昭儀が幻覚を見ていたのも、あの子に用意してもらった薬材の効能なんです。白禎殿下も何度も会ってらしたでしょう』

(永安宮で嗅いだあの香のにおいは……おそらく迷魂香だった)

無害の鼠尾草を腐食肉に根付かせて咲かせた花が、迷魂香のもとだ。香りは鼠尾草と同じだが強い幻覚作用を持っていて、一介の女官がおいそれと手に入れられるようなものではない。白禎も、自分を殺しかけた毒物を調べる過程で知ったものだった。

(もっと早く気づくべきだったんだ)

高純度の砒霜も迷魂香も、共に希少な毒物だ。同じような伝手で手に入れられるはず。

(……頭がボケていたのかもしれんな)

白禎はそうひとりごちた。

苑祺宮では、知らず緊張が緩んでしまう。危険な兆候だと言えた。

これまでそんなことはなかったというのに。

「私が……白禎殿下を殺そうと？」

荀茗は、さも今初めて聞いたことであるかのようにそう言うと、その場で額を床につけて叩頭をした。

「誤解です、白禎殿下。私は、あなた様を殺そうなどとしておりません」

「俺もずっと、自分に毒を盛られた経緯がわからなかった」

砒霜の中毒症状を発症した頃は、荀徳の死の真相を明らかにしようと躍起になっていて、食事など気にもしていなかったからだ。

眠くなったら寝て、空腹になったら目の前に出されたものを食べていた。

「荀茗。当時お前は、俺の身体を気遣うふりをして、食事や茶の用意をしてくれていた。あの中に毒が入っていたんだ。少しずつ、俺の身体を蝕む毒が」

子供だったから、疑わなかった。まさかまだ幼い親友の妹に毒を盛られていたなんて。荀茗がこちらを見上げて青ざめる。

「違います！」

彼女は跪いたまま這いずって白禎に近づくと、白禎の直裾の裾をつかんで訴えた。

「違うのです！　私があなたの茶や食事に混ぜていたのは、薬です。少しだけ、あなたの体調を悪くさせる……薬だったんです」

「薬だと？」

白禎は眉を上げる。

「そうです。その……白禎殿下が、兄の自死は朝廷の陰謀などとおっしゃるから……目を覚ましていただきたくて、ある方からもらった薬を使いました。病の床につけば、自分が犯した罪について、冷静に考えられるかと……」

「俺が責任逃れをしていたと？」

白禎は、頭の中でふつふつと血が温度を上げていくような感覚を覚えた。

「だって！　皆が、そう言っていました。兄が自死したのは、殿下に追い詰められたせいだと。……兄は、白禎殿下の陪童にならなければ死ななかったと」

目の前の女を殴る代わりに、左手を握り込む。

吐き気がした。

女が言っていることも間違ってはいなかったからだ。

自分の陪童でなければ荀徳は死ななかったかもしれない。将来の皇帝の、右腕などでなければ。

「……では、高良嫣はどうだ」

白禎は静かに問うた。

「二年前、賛徳宮から景承宮へ送られた砂糖漬けに、八年前俺に盛ったものと同じ毒を入れただろう」

しかし荀茗はぶんぶんと千切れそうなくらい首を振った。

「違います。毒なんて入れていません。あれは、薬なのです。その証拠に、高貴妃はご無事でした。生きていらっしゃった！　あの方がおっしゃった通りだった。あの薬には、人を殺す力なんてないんです。ただ、少し体調を崩すだけ。それで、自分の過ちに気づくことができる。ただそれだけです」

白禎は眉根を寄せた。

「……荀茗。先ほど自分が伝えるよう命じられたことを忘れたのか？　高良嫣を殺した黒幕は、賛徳宮の女官だったと」

「貴妃娘娘は、錯乱していらっしゃるのです！」

下を向いて発せられた女の声には怒りが混じっているように聞こえた。

白禎は一歩後ずさる。

しかし女の手は強く白禎の直裾の裾を握りしめていて、白禎をそれ以上後ろに下がらせなかった。

「ご自分こそが貴妃なのに、それをわかっていらっしゃらない。だって、白禎殿下も生きていらしたじゃないですか！」

　荀茗は叫んだ。

「私は人殺しじゃない!!」

　白禎は自由な方の足で直裾の裾を握りしめる女の手を踏みつけた。ダン！　という音とともに、荀茗が「あっ！」と悲鳴を上げる。

「は、白禎殿下……」

「荀茗」

　白禎の中の感情は複雑であった。

　憤りは間違いなくある。それに、苛立ち、侮蔑、悔恨。今にも噴出しそうなそれらの感情に呑み込まれそうになりながらも、白禎は静かに女を見下ろして言った。

「お前に薬を渡したのは馬膺だろう。荀徳を殺したのも、馬膺だ。あの男が、荀徳に望んでもいない不正合格をさせて、それを盾に荀徳を追い詰めた。お前は利用されていたんだ」

　どうしてもっと早く気づかなかった、と白禎は再度自分を罵倒した。

　八年前のあの時、丞相が荀茗に近づいていたことに気づいていれば、こんなことにはならなかった。

　親友の大切な妹を、ここまで堕とさせることにもならなかったはずだ。

　しかし荀茗は、白禎に手を踏みつけられながらも、泣き笑いの表情でなおも首を振った。

「白禎殿下。あなたは、あの方を誤解しています。あの方は、素晴らしい方なの。優しい方よ。八年前に、兄の死を悲しんでいた私を慰めてくださった。白禎殿下が亡くなってしまって、絶望して入水した私を救って新しい名をくださった。……そうよ！　それに皇后娘娘を……自分の娘を毒殺しようとした貴妃娘娘をお許しになるとおっしゃいました。きっと牢から救い出すからと」

ざっ、と血が逆流したような気がした。

それまで自分の中で保っていた最低限の礼儀をかなぐり捨てて、女の胸ぐらを掴んで引き寄せる。

「……どういう意味だ」

喉から引き絞った声は、まるで自分のものではないようだった。

「あの方が、丞相様が、貴妃娘娘を救いたいならあの薬を飲ませなさい、とおっしゃったの。具合が悪くなれば、牢を出られるからと。だから娘娘のお好きな紅豆糕に混ぜて差し上げました。日暮れ前には口にされていたから……もう遅いわ」

茴茗は、はたと気づいたように言った。

「あなたがおっしゃるように、あの薬が毒だったというのなら、貴妃娘娘は死んでしまうのね。白禎殿下。もしかして、あの方を愛していらっしゃるの？」

頭がおかしくなりそうだ。

女は、まるで少女のように笑った。

「それならよかったわ。だって、許せないもの。あなたが、誰かを愛して幸せになるなんて」

(荀徳)

――いつだったか、荀徳が言っていた。

『白禎殿下。妹は、殿下をお慕いしているようですよ』

皇宮へやってくるたびに、顔を真っ赤にして自分にしがみつく少女を背に隠しながら、荀徳は兄として複雑そうな表情で言ったのだった。

『困りました。この子には、掛け値なしに幸せになってほしいのですが』

(荀徳、お前は本当に失礼な奴だった)

亡き親友の願いを、白禎は、本当ならすべて叶えてやりたかった。

だが無理だ。

これだけは。

「きゃっ!」

白禎は、笑う女の髪を掴んで言った。

「あの娘に何かあってみろ。お前など、切り刻んで犬の餌にしてくれる」

心臓の奥の熾火(おきび)がいつの間にか音を立てて燃え始めている。
灯灯。
何があってもあの娘だけは失えないと、白禎はこの時覚悟を決めたのだった。

九、八年目の真実

胃の中に残っていたものはすべて吐いてしまったので、出てくるのは酸っぱいにおいのするものだけだった。

皮膚の内側をぐちゃぐちゃにかき混ぜられたかのように気持ち悪い。

頭は鐘が打ち鳴らされているように痛み、立ち上がることもできなかった。

突然、牢獄の中で嘔吐を始めた灯灯(とうとう)に、看守の男たちは焦ったように動き出した。

流行り病を心配したのかもしれない。灯灯は麻袋に入れられ何も見えなくなった。手押し車に乗せられたとわかったのは、傾斜がかかった硬い板の上に乱暴に乗せられた後、がらがらがらと車輪の音がしたからだ。

麻袋の中でも何度か吐いてしまって、つんと鼻につくにおいにも慣れてしまった。

意識は朦朧(もうろう)として、けれど気を失えないのが辛い。

(このまま死ぬのかもしれない)

灯灯は思った。

全身が重たく泥の中に沈み込んだかのようだ。

短く刻まれる自分の呼吸がわずらわしい。

やがて車輪の音が止まって、麻袋の中から出されたのはわかったが、灯灯は目をあけることもできなかった。ふわりと誰かに抱き上げられたような気がしたが、気のせいだろうか。間もなく、口から突然冷たいものが流れ込んできて咳き込んだ。

「我慢して飲みなさい」

（ひどい。やめて。苦しいのに）

灯灯はできることなら、こんなことをしてくる人間の指を噛みちぎってやりたかったが、そんな気力もなく流し込まれたものをなんとか飲み込む。すると、温かな手が灯灯の頭を撫でたのだった。

「いい子ね」

温もりのある女性の声がする。ああそれにこの香は、良嫣（りょうえん）の好きな沈香だ。

（……珠蘭姐姐（しゅらんねえさん））

どうしようもなく、目尻に涙が浮かんだ。

これまでのことは全部夢だったのか、と灯灯は思った。珠蘭が貴妃（きひ）となったのも、死んでしまったのも全部、悪い夢だったのだ。

（よかった……）

安堵に胸が包まれる。

怖い夢は、人に話さないと現実になってしまう。だから起きたらどんな夢を見たか珠蘭に話さないといけない。そうしたらきっと、あの人は言ってくれるだろう。

『怖い夢を見たのね、灯灯。でも大丈夫、それはただの夢よ。安心なさい』

そうやって珠蘭が笑ってくれるなら、灯灯は、どんな悪夢だって怖くはないと思えるのだった。

＊＊＊

遠くで、何かが弾けるようなパアン！　という音がかすかに聞こえた。どこかで子供が花火遊びをしているのかもしれない。そんなふうに思いながら、ゆっくりと瞼（まぶた）を開ける。

白檀（びゃくだん）の香りがした。

ぼんやりとした視界の中に翠玉色の格子が浮かび上がったので、ああ、自分はまだ牢にいるのか、と灯灯は再度瞼（まぶた）を閉じた。なんだかどっと疲れを感じる。優しい夢を見ていた反動だろうか。夢の中では、誰かが労わるように頭を撫でてくれていた。

（喉が渇いたわ）

口の中が張り付くように渇いていた。ゆっくりと目を開けた灯灯は、その場に肘をついて身体を起こす。するとずきりと頭に痛みが走った。

「いったあ……」

ガンガンと鐘を叩くような痛みを訴える頭を押さえ、改めて周囲を見まわす。すると、自分が横たわっていたのが牢ではなかったのだと気づいて目を丸くした。

床には金磚が敷き詰められ、三交六椀菱花と呼ばれる図案の花窓から、外の松明の灯りが漏れ入ってくる。天井を見上げれば、自分を閉じ込めるためのものだと思った格子飾りの間には正円が描かれ、すべての円の中に金の龍がいた。

龍は、天子に通じる。天井飾りに龍が施されているならつまり、ここは後宮ではない。天子である皇帝の使う殿のどこかだ。

青ざめた灯灯は慌てて自分が寝ていた牀榻から降りようとして体勢を崩し、床に転げ落ちてしまった。

ドタン！　という盛大な音と共に左肩を床に打ち付ける。

「貴妃！」

するとたった今この房間に入ってきたらしい人物がこちらに駆け寄ってきて、持っていた盆を牀榻に置いて灯灯を助け起こしてくれた。

「大丈夫？」

自分を助け起こしてくれた人物を見た灯灯は、頭と左肩の痛みを忘れて呆然と口を開ける。

「……皇后」

冬の茶花のような凛とした佇まいで後宮をまとめる国母、朱斉微だ。しかも灯灯を支えて牀榻に座らせた皇后からは、ふわりと沈香が香ってくる。灯灯は、先ほど見た夢を思い出した。

「どこも怪我をしていない？」

まるで灯灯を心配しているかのような台詞であるが、相変わらず顔に表情は出ていない。灯灯は、皇后の手からそっと逃れて距離を取った。

動くとずきりと頭が痛む。けれどなんとか大きく息を吸って吐くと、弱みを見せぬよう皇后を睨んだ。

「顔色が悪いわ。まず、この薬湯を飲みなさい」

皇后は、先ほど自分が牀榻に置いた盆から陶器の碗を手に取ると、その中身を杓子で少し掬って灯灯に差し出した。薄い茶色の汁物からは、確かに薬材の香りがする。

「……いったい、どういうおつもりですか？」

灯灯は混乱していた。

皇后が、馬膺と結託して灯灯を牢に入れたのではないのか。どうして灯灯を牢から出して、気に掛けるような真似をしているのか。ここはいったいどこなのか。何が目的なのか――。

警戒に満ちた灯灯の視線に、皇后は小さく息を吐いた。そして碗と杓子を持つ手を自分の膝の上に下ろす。

「ここは、勤極殿の東の暖閣よ」

（勤極殿……）

つまり、外朝の三大殿の一つである。外朝の三大殿は、奉和殿、中蓋殿、勤極殿から成っている。特に勤極殿は、皇帝の私的な場である内朝に最も近い外朝の建築物で、皇帝の着替えや宴が行われる場所であった。

だから外はあんなにも煌々と松明が灯っているのか、と灯灯は思った。室内の灯りは灯されていないというのに、外の松明のおかげで視界に不便がないくらいには明るい。中の灯りを灯していないのは、ここに灯灯らがいることを内密にしているからだろうと思われた。

「もちろん、陛下のご命令であなたをここに運び入れたの。着替えさせたのも私よ。あなたが飲んだ丸薬は、副作用でひどい頭痛を引き起こすと聞いたから、この薬湯を用意したの。入っているのは呉茱萸や大棗で、毒ではないわ」

そうだった。灯灯は、範児が牢から立ち去った後、隠し持っていた吐根の丸薬を飲んだのだ。範児が持ってきた紅豆糕は怪しすぎた。よもや毒が入っているのではないかと疑ってのことだったが……。

（もう二度と、吐根の丸薬なんて飲まないわ）

　白禎は、範児が良嫣に毒を盛った犯人だという可能性に気づいただろうか。気づいたはずだ。範児が賛徳宮の女官だった話はしたことがあった。その範児に、わざわざ『犯人は賛徳宮の女官だ』という伝言を頼んだのだから。

　灯灯がそこまで考えていると、皇后は灯灯が腹を立てていて口をつぐんでいると思ったのか、視線を少し下にずらして「謝るわ」と言った。

「父上があなたが偽物だと知ってしまったから……言われた通り投獄するしかなかったの」

　皇后の言う『父上』とは馬膺のことだ。灯灯は、とりあえず現状の把握が先決だと思い直した。

「私を、どうなさるおつもりですか？」

「どうするつもりもないわ。もともと、隙を見てあなたを逃すつもりだったのだもの。でもそうしたら、牢獄であなたがひどく吐いて死にそうだという報告がきて……陛下にご相談したら、内密に勤極殿に運び込むように言われたのよ」

「陛下に、ご相談？」

　灯灯は眉根を寄せた。いったい、この人の言葉をどこまで信じればよいのだろう。

「どうして丞相ではなく陛下に相談したのです？」

皇后は馬膺側の人間だ。馬膺の命令で灯灯を投獄したというのに、今度は将桓に命じられて灯灯を助けたというのか。意味がわからない。

するとこの国の母であるその人は、顔を上げると灯灯の目を真っ直ぐに見て言った。

「高良嫣が、好きだったからよ」

皇后のその瞳は外の松明の光を受けてゆらめいていた。

「高良嫣は、皇后になるために育てられた私にとって、初めて友人になれるかもしれないと思った子だった。だから同時に案じていたわ。……父上が、あの子に何かするのではないのかと」

長い歴史の中で、不可解な死を遂げた寵妃の逸話は多くある。子を身籠った寵妃など、皇后とその外戚にとっては目の上の瘤と同じなのだ。

「二年前、景承宮の火事の一報を聞いた時はぞっとしたわ。ついに父上が動いたと思った。でも幸いなことに良嫣も啓轅も生き残ったから、ほっとしたの」

皇后がまたふっと目を伏せたので、彼女の瞳に映った炎は見えなくなってしまった。

「顔に傷が残って陛下の寵愛が薄れれば、良嫣は啓轅と共に苑祺宮で静かに暮らせる。あの子にとっては、それがいいと思ったわ。でもまさか……二年前の火事の時にはすでに、良嫣が亡くなっていたなんて」

灯灯は肩から力を抜いた。

朱皇后の言葉に宿る悲しみに触れたからだ。知らなかった。この人が、良嬪のことをそんなふうに思っていたなんて。

「……皇后はいつから、私が偽物だとご存知だったんですか？」

「御花苑で、啓轅が池に落ちた時よ。あなたは……躊躇いもなく、池に飛び込もうとしたでしょう？」

そうだったろうか。あの時のことは、よく覚えてないし思い出したくもない。

「でも高良嬪は泳げないのだと、以前聞いたことがあったの。それで疑惑を持って、翌朝、あなたが興龍宮に挨拶に来た時に確信したわ。あなたが高良嬪ではないことを。どうしてそれまで気づかなかったのかと、驚いたくらいよ。あなたと高良嬪は、こんなにも違うのに」

二年前、灯灯は高良嬪となった。

普通に考えればおかしなことだ。

いくら目が似ていたからといって、まったくの別人が面紗をしただけで、誰にも違う人間だと看破されずに二年間も過ごせるなんて。

けれど、後宮とはそういうところだった。

みなが仮面を被っている。

その本質でもって他者と接する人間は、ほんの一握りだろう。

「丸一日考えて、陛下に事情を伺うことにしたわ。陛下は、事情をご存知だろうと思った。あんなにも良嫣を愛してらした陛下が、偽物にすり替わっていることに気づかないはずがないもの……」

「だからあの夜、陛下を興龍宮へ呼び戻したんですね」

白禎が、将桓の代わりに苑祺宮へ渡ってきた二回目の夜だ。皇后が倒れたとの一報を受けて、白禎は慌てて苑祺宮を後にした。でも実際に、興龍宮を訪れたのは将桓だったはずだ。翌朝、皇后と一緒に御花苑を歩いていたのだって将桓だった。

「ごめんなさいね。すでに陛下は苑祺宮にお渡りになった後で規則に反したけれど、決めたらもう待てなかったの」

「それで……」

将桓は、すべてを話したのか。

皇后に。

「――呆れただろう」

その場にいなかった第三者の声が、灯灯の心のうちを言い当てた。顔を上げると、扉の前に宦官(かんがん)姿の男が立っていた。見上げるような背丈も、すらりと伸びた背筋も、決して宦官(かんがん)らしくはない。けれどどこの男はきっと、その気になれば何者にもなりきることができるのだろう、と灯灯は思った。

何せ、皇帝のふりをして苑祺宮へ渡ってきた男なのだから。

「……」

灯灯は「白禎殿下」と声をかけそうになったが、皇后をちらりと見て口を閉じた。

静かに房間(へや)に入ってきた彼が、灯灯の正面に立って眉をひそめる。

「まだ薬湯を飲んでいないのか」

白禎が無言で手を差し出すと、皇后は心得たように持っていた薬湯を白禎に渡し、立ち上がった。代わりに白禎が腰を下ろす。

「皇后は興龍宮へ戻っていてくれ。馬膺が怪しみだすと面倒だ」

「はい。皇兄殿下」

皇后は、先ほど瞳に宿ったゆらめきをいつもの無表情の下に隠して軽く膝を曲げると、すすと黙って房間(へや)を出ていった。ぱたりと閉じた扉を呆然と見ていると、目の前に杓子(さじ)が差し出される。

「聞きたいことはたくさんあるだろうが、先にこれを飲め。頭痛がましになる」

灯灯は、薬材のにおいに顔をしかめた。

「……もう大丈夫です」

「嘘をつけ。顔が土気色だ」

先ほどよりは痛みが和らいではいたが、確かに頭痛は続いている。

灯灯がすぐに口を開けないのを見て、白禎は少しだけ目尻を下げた。

「倒れる前に飲んでくれ」

懇願するようなその言葉に、灯灯は仕方なく小さく口を開ける。そこから流し込まれた薬湯は、ちょうどよく温められていて甘味もあり、思っていたよりも飲みやすかった。再度差し出された杓子（さじ）を断って、碗ごと受け取ると一気に飲み干す。

そうすると、口の中がさっぱりしていくらか気分もよくなったのだった。

「白禎殿下。範児は、どうなりました」

灯灯はすぐに聞いた。

空になった碗を満足そうに見ていた白禎は、片方の目を細めてちらりとこちらを一瞥（いちべつ）する。

「……お前は、あの女が怪しいといつ気づいた」

白禎のその言い方に、灯灯は安堵する。

（やっぱり。白禎殿下なら私の意図に気づいてくれると思っていたわ）

「牢の中です。丞相に言われました。信頼する相手を間違えた、と。自分が手を下したわけではないとも……。それで考えたんです。もし蝶音閣（ちょうおんかく）での一件がことの発端で、丞相が犯人ではないのなら、丞相と一緒にいた女官が犯人だったのではないかと」

白禎は、碗を戻した盆を牀榻の横の架子に置くと、手拭いで自分の手を拭った。

「砂糖漬けに毒を入れることのできた賛徳宮の女官は少なくないでしょう。でも、少なくとも徳妃からの贈り物を苑祺宮へ届けたのは、徳妃に近い女官であったはずです」

贈り物を届ける人物はいわば自分の名代となるのだから、信頼できる人物に任せるのが普通だ。良嫣だって、他宮へ物を届ける時は灯灯に頼むことが多かった。

「それなのに……正殿に仕えていたわけでもない範児が、苑祺宮へ届けられた砂糖漬けが蓮子だと知っていたのは、変でしょう?」

徳妃の言葉を信じるのなら、例年徳妃の実家から届けられる砂糖漬けは、杏や棗の砂糖漬けだったのだ。

『ご希望でしたら、御茶膳房に作らせましょうか? 花の時期も終わっていますし、今なら蓮子も食材庫にあるでしょうから』

それなのに、当時苑祺宮に砂糖漬けが贈られていたことさえ知らないそぶりであった範児が、それが蓮子の砂糖漬けだったと知っていたのは、贈り物の中身を見たからではないのか。毒を盛る時に。

「殿下」

灯灯は言った。

「今あの子はどこにいますか？　殿下には何か話しましたか？　範児はきっと、丞相に操られたんです。兄がいると言っていたから……人質に取られたのかもしれません。昭儀の鬼騒ぎの際に用意してくれた薬材だって、兄経由で手に入れたと言っていたけれど、もしかしたら丞相が協力して……」

本当のところ灯灯は、範児が良嫣を害した犯人であることをまだ信じ切れてはいなかった。だって、どうして？　灯灯とそこまで年齢の変わらない範児に、なぜそんなことをする必要があるというのだ。

「……範児は、今は捕まえて閉じ込めてある。あの娘については、おいおい話してやる。それよりも、灯灯」

その時になって初めて、灯灯は白禎の放つぴりぴりとした空気に気づいたのだった。じっとこちらを見つめてくる瞳に、氷のような冷たさと研いだ刃のような鋭さを感じる。

（もしかして……）

白禎は、怒っているのだろうか。

でも、いったい何に怒っているというのか。灯灯は心当たりを探したが、何も思いつかなかった。

「あの……殿下」

「お前は、毒だとわかっていて、あの娘に渡されたものを食べたのか？」

白禎は、灯灯の言葉を遮って言った。

「紅豆糕には砒霜が入っていた。もしお前が、俺が渡した丸薬を飲んでいなかったら死んでいた」

「……」

灯灯はしばし呆然とした。

やはり、あれには毒が入っていたのか。それも砒霜が。

良嫣を殺したのと同じ毒が。

「……もしかして、とは思いました。でも、食べないと怪しまれそうだったし、もし毒が入っていても、いただいた薬があったから大丈夫だと思ったんです」

(範児は、私を殺そうとしたのね)

最初から疑っていたことではあったが、まだ実感は湧かなかった。灯灯が俯いていると、突然ぐいと身体が引き寄せられ、気づくと白禎に抱きしめられていた。

「……！」

それは、良嫣がしてくれたような優しい抱擁ではなかった。まるで布できつく縛り上げられているようだ。白禎の指が腕に食い込む。頭もがちりと掴まれているので、身動きさえとれなかった。

けれど灯灯は、声も上げずにじっとしていた。そうしなくてはいけないと思ったからだ。理由はない。ただ、そう思ったのだった。

「……」

やがて徐々に白禎の腕の力が緩み、ようやく普通に息ができるようになると、白禎はそっと灯灯から離れて牀榻から立ち上がった。そうすると、白禎の顔が外の灯りの影の中に入ってしまって見えなくなった。

「頭痛は治ったか？」

男は、何事もなかったかのように言った。

「はい」

灯灯も何事もなかったかのようにそう答えたが、早鐘を打つ心臓を鎮めることは難しそうだ。

房間の中があまりに静かだったので、灯灯は自分の心臓の音が聞こえてしまうのではないかと心配になって言った。

「……陛下は、良嫣が亡くなったことを皇后に話していたんですね」

皇后は、白禎のことも『皇兄殿下』と呼んでいた。つまりすべて知っているのだ。

「俺が将桓に、お前には黙っておけと言ったんだ。真実を知る人間が少なければ少ないほど、真実が露呈される可能性は低くなる」

そういうことだったか、と灯灯は思った。確かに、皇后がこちら側に寝返ったことを馬膺に知られないためには、あらゆる手段を尽くすべきだろう。

「皇后があそこまで珠蘭姐姐を気遣っていてくださったなんて、知りませんでした」

まさか皇后が良嫣のために、恩人とも言える馬膺を裏切るなんて。

「一概に、高良嫣のためだけとは言えないだろう。これ以上恩人が悪事を重ねる前に止めたいと思ったのかもしれない」

「皇后の真心がわからないのなら、丞相は虫けらにも劣るわ」

牢の中で聞いた馬膺の言葉が蘇る。

朱斉徴を自らの耳目だと言い切ったあの男は、義娘である皇后のことを自分の駒としか思っていないようであった。

「……馬膺が二十年前に朱斉徴を養女にしたのは、皇后に据えるためだ。情を期待する方が間違っている。それにあの男は、人間を信用していない。自分の父親が他人を信頼して、裏切られたからな」

どういう意味か、と灯灯は白禎を見上げた。すると彼の美しい顔は少しだけ影から抜け出していて、彫像のように虚空を見つめていた。

「父親が道で拾った物乞いが、子供の馬膺を刺して父親を殺し、金品を奪って逃げたんだ。そのせいで馬膺は子供が作れない身体になり、馬家は坂道を転がり落ちるように没落した。馬膺が今の地位にあるのは、戦場で功を立てて先帝に寵愛されたからだ」

「そんな……」

知らなかった。

馬膺にそんな過去があっただなんて。

『哀れだな。お前は、信じる相手を間違えたようだ』

憐れむように言われたあの言葉は嘘ではなかったのかもしれない、と灯灯は思った。

「あの、これからどうするんですか？」

そう聞くと、虚空を睨んでいた一対がこちらを向いたので、灯灯はどきりとした。

男は灯灯に、「決まっているだろう」と言うと続けた。

「馬膺を失脚させる」

灯灯は小さく息を吐く。

二年前。

良嫣の死にこの国の丞相が関係しているかもしれないと思った時、灯灯が選んだのは口をつぐむことであった。

到底勝てるはずがないと思ったからだ。長くこの国を掌握しているあの男には。

それなのに今、不思議と不安など少しもなかった。

灯灯は立ち上がった。

「殿下。私にできることはありますか？」

そう聞くと、白禎はにやりと笑った。

「ある」

（私は彼の剣なのだ）

きっと白禎は、灯灯をうまく使うだろう。

「お前には女官の服に着替えてもらう。数刻後に、正四品以上の官吏らがこの勤極殿の宴に招かれてやってくるから、女官として皇帝の側に控えるんだ。俺の側に」

灯灯は眉根を寄せた。

「まさか……宴の場に、皇帝として出向かれるおつもりで？」

「当然だ」

治ったはずの頭痛がぶり返してきた気がする。

「嘘でしょう？」

「嘘ではない。知らないのか？　勤極殿で催される宴では、皇帝の前に目隠しが置かれることになっている。官吏らが主君の目を気にせず楽しめるようにという、我が偉大なる曽祖父殿の作った決まりだ」

「目隠しが置かれるからって……官吏らの前で皇帝の身代わりをするなんて……」

ありえない。ばれたら即刻首を切られたって仕方がないのに。

「陛下はどうされたのです？」

「将桓は、訳あって皇宮を出ている」

灯灯は呆れた。皇帝が、皇宮を出ている？　それが本当なら、外朝がこんなに静かなはずがないだろう。ということは、将桓はお忍びで外に出たのだ。

「ちょっと、順を追って状況を説明していただけますか？　だいたい、どうして今、宴なんてするんです。中秋節でも重陽節でもないですよね？」

「突然勤極殿での宴に呼ばれたとなれば、官吏らは準備に追われる。馬膺も投獄されたお前に何かする暇はなくなるだろうと思ったんだが……まぁそれはいいとして」

（そうか……馬膺がすぐに地下牢から去ったのは、そういうわけだったんだわ）

灯灯は、刑部の人間の耳打ちを受けた馬膺が、眉間に皺を寄せて急ぎ足で去ったのを思い出した。

「……私が地下牢から逃れたことに、丞相はもう気づいているでしょうか？」

「いや、まだだろう。皇后は、丞相は宴の準備で忙しいから邪魔しないようにと刑部に念を押したはずだ」

「でも私の安全を確保するために宴を催したなら、中止にすればよいだけでは？　あ、もしやその場で丞相の罪を明かすおつもりですか？　範児が証言を？　でも一女官の証言では弱いわ……あ！　皇后が証言してくだされば……」

それまで鈍かった頭の回転が、きゅるきゅると音を立てて回るような感覚があった。回転する思考のまま言葉を紡いでいた灯灯であるが、突然口を摘まれ、強制的に次の言葉を飲み込まされた。何をするんですか、と問う代わりにじとりと白禎を睨む。

「皇后に、証言はできない。朱斉微はなんの証拠も握っていないからだ。十一年前の省試に干渉した証拠も、五人の書生を殺した証拠も、俺を殺した証拠も」

灯灯は口を開く代わりに瞬きをした。

なら、どうするつもりなのか。

そう思っていると、白禎は灯灯の口を摘んでいた手を離して、その手を今度は灯灯の頬に当てた。

「孫灯灯」

名を呼ばれる。

「はい」

灯灯は、白禎がその手を自分の顔に当てたのは、そのわずかな感情の変化も感じとろうとしたからではないかと思った。そう思うほど真っ直ぐに、白禎は灯灯を見つめた。

「お前の父の――」

だから白禎にそう言われた時、灯灯は小さく息を吸うだけに留めたのだった。

もう縁を切ったと思っていた父親のことで、自分が心を動かしていると思われたくなかったから。

「──王栄啓の、行方がわかった」

その懐かしい父の名に心を揺さぶられたと思われたくなかったから……灯灯は、瞬きさえしなかった。

＊＊＊

勤極殿の金漆の宝座には、龍の透かし彫りが施されている。

宝座に上がるには六段の階段を上がらなくてはならず、両脇に立つ赤い柱が重たげな天井を支えていた。

自分が勤極殿の宝座の横に立つ日がくるとは……と現実味が湧かない灯灯である。

良嫣に仕えていた頃は毎日身につけていた女官服に違和感はないものの、外朝に仕えた経験はないし、面紗をしないで人前に出るのは久しぶりなので、なんだかそわそわしてしまう。

目の前には薄い羅織布が張られた衝立が置かれてはいたが、少し身体を横にずらせば、勤極殿に居並ぶ官吏たちが見えた。

灯灯には誰がなんの役職なのか見当もつかないが、なんらかの規則によって西と東に二列ずつ並んだ彼らの前には、宴の膳が用意されている。

今は戌の刻だ。こんな時刻に突然出仕を命じられたことに困惑を見せている者が多く、目の前に用意された宵膳も彼らの警戒をときほぐすには至らないらしかった。

灯灯は不自然でない程度に身を乗り出し、もっとも宝座に近いところに座る、薄い紫色の官服を身につけた男を盗み見た。

馬膺だ。

噂話を交わす他の官吏らと違い、この国の丞相はただ無言で目を瞑り、背筋を伸ばして座している。泰然としたその雰囲気は、この場においては異質にさえ見えた。

「突然、皆を呼び立ててすまない」

宝座に座った元徽帝――いや、龍袍を纏い垂珠のある冕冠を被った白禎が言った。

すると官吏らが一斉に口をつぐむ。ざわめきが消えてぽかりと空いた空間を埋めるように、静寂が満ちた。

さすが兄弟である、と灯灯は舌を巻くばかりだ。その少し低い声は、皇帝としての将桓のそれと変わりない。灯灯の位置からなら、垂珠の間から白禎の整った顔立ちが垣間見えるが、衝立の羅織布越しでしか皇帝の姿を見られない官吏らには、そこにいる主君が偽物であることを看破する術はないのであろう。

「我が国を支える貴殿らに、ぜひ飲んでもらいたい酒があってこうして来てもらった」

白禎のその言葉を合図に、官吏の側に控えていた女官らが膳の上の杯に酒を注ぐ。

灯灯もまた、持っていた酒壺を白禎の杯に傾けた。杯を満たすと女官の定位置に戻ろうとしたが、白禎に腕を掴まれて止められる。

「声が届くところにいろ」

「でも……」

灯灯は衝立の外の、宝座が見える位置に立っている劉太監を見た。宦官らしく首を垂れて控える劉太監は、ちらりと目線だけでこちらを一瞥したが、険しく眉宇をひそめるだけに留めたようだ。

――白禎が、その正体を劉太監に明かしたのは、ほんの数刻前のことであった。

勤極殿の東暖閣に呼ばれ、ずっと将桓の影武者を務めていた男が死んだはずの皇兄なのだと告げられた劉太監は、その場に崩れ落ちて咽び泣いた。そして何度も、「ああ、殿下。よくぞご無事で……。よくぞご無事で……」と繰り返したのだった。

『亥楽はもともと、兄上付きの宦官だったんだ』

将桓が言っていたことを思い出して灯灯は目頭を熱くしたが、「暑苦しい。離れろ」と白禎が無情にも劉太監を足蹴にしたので、涙も引っ込んでしまった。足蹴にされた劉太監が、それでもめげずに白禎に縋りついて泣いていた様子から、かつての二人の関係性を垣間見た灯灯である。

（大丈夫）

緊張で動悸の激しい心臓を落ち着かせるために、灯灯はそう自分に言い聞かせる。

（今日、この場で）

すべての決着をつけるのだ。

宝座のすぐ横で膝をつく彼女が大きく深呼吸しているのに気づいたのか、白禎がトントンと透かし彫りの龍の目を叩いて灯灯の気を引いた。顔を上げると、宝玉のような双眸がこちらを見ている。

（不思議だわ）

冷熱を併せ持つその目を見ていると、心配なことなど何もないと思えてくる。灯灯がこくりと頷くと、白禎は一度ゆっくりと瞬きをしてから前を見た。

「これは、丞相の故郷である、礎州の酒だ」

白禎の声は、よく勤極殿に響いた。

「皆も知っている通り、丞相が我が国に残した功績は大きい。鉄と塩の流通管理で国庫を潤し、中央の目の届かぬ地方に監察使を派遣して、私欲を貪る者たちを告発した。

よって、ここに感謝の一献を捧げたい」

官吏らが、馬膺に向かって杯を捧げ、それを飲み干す。白禎もまたくいと酒を口に流し入れたので、灯灯は空になった杯を満たしてやった。

「馬膺がご挨拶申し上げます、陛下」

前に出てきた馬膺が、その場に膝をついて床につく手前まで頭を下げ、頓首の礼をしたのが衝立越しでもわかった。特別な織り方をしたこの羅織布は、ある方向から見れば、二丈ほどの距離までなら透かして見ることができる。しかし両手を額の前で重ねて下を向く馬膺の表情は見えなかった。

「我が宸国の民が平和を享受しているのもすべて、陛下のお力でございましょう。私のような者にはもったいないお言葉でございます」

「謙遜はよしてください、叔父上」

白禎は穏やかに続けた。

「塩鉄を掌握し静かに朝廷内の勢力を広げ、地方には自らの駒となる者を配置した。あなたのその手腕は、賞賛されるべきだ」

その時、ぴりり、と空気が変わったのを灯灯は感じた。言葉一つで場の空気を変えることができるのは、その言葉に力があるからだ。そのたった一言で、人の感情に影響を及ぼすことができるから。

「陛下」

しかし馬膺のその声音に、動揺は含まれていない。

「私は国と陛下に忠誠を誓っております。私心をお疑いなら、どうぞこの場でこの首をおはねください」

「国を支えた忠臣の首をこの場で斬れば、朕は気が触れたと思われるでしょう」

「そんなはずがありましょうか。陛下は天子でいらっしゃる。この国も、国の民も陛下のものです」

「それは違う。丞相」

灯灯はちらりと白禎を見た。彼は悠然と、宝座に背を預けて座っている。八年をかけてようやく訪れた断罪の時だというのに、白禎には少しも気負ったような様子がなかった。それどころかとても自然で、落ち着いてみえる。違和感がないのだ。まるでその統治者の椅子は、ずっと前から彼のものであったかのように。

(違うわ……。本来ならば、ここに座るのはこの方だったのよ)

八年前に死にかけなければ、皇帝と目され民と百官の尊崇を受けていたのは、白禎であるはずだった。

「この国は、民のものだ。そして皇帝も、百官も、この国を形作るすべてのものは、民のものであるべきだ」

その場にいる者が皆、彼の言葉に耳を傾けているのを感じる。

白禎の声は透き通っているが重みがあり、高潔で、毅然(きぜん)としていた。

「だがあなたは、すべてを自らの手中に収めようとした。人を脅し、陥れ、すべてを操ることに力を注いだ。民を守るためではなく、自らのために」

少しずつ堂内にざわめきが広がる。

「罪を認めるか？　丞相」

この宴が、丞相の断罪のために催されたものだったのだと、官吏らもようやく気づいたようだ。一方で断罪される対象であるこの国の丞相は、その場に膝をついたままであるものの、少しも顔色を変えていなかった。

そして言う。

「国のため百官の心を一つにするのが我が務め。それが罪だとおっしゃるのなら、罰を甘んじてお受けします」

「……」

灯灯は唇を噛んだ。

馬膺が、横領や売官に手を染めるのなら簡単だった。けれどこの男は、長い時間をかけて多くの人間の弱みを握り、言葉巧みに懐柔し、自らの操り人形にすることで今の地位を得たのだった。

（でも傀儡師は王にはなれない）

だから馬膺は八年前に、操れる王を欲して白禎を殺そうとした。

「亥楽」

白禎の言葉で、劉太監が頷き合図が送られる。すると、南西の扉が開いて、外から囚人服の女が引きずられてきた。

灯灯は、拳を握りしめた。

どさりと丞相の側に投げ出されたその女は、髪は乱れ、両手を後ろで縛られていた。口に猿轡を噛まされていたが、女を連れてきた刑部の人間が猿轡を外すと、血走った目できょろきょろと周囲を見まわす。そしてすぐ横に馬膺を見つけて、その場に額を打ちつけた。

「丞相様！　申し訳ございません。申し訳ございません。申し訳ございません」

（範児……！）

灯灯は、嘘のように人の変わった娘を、信じられない心地で見ていた。

「申し訳ございません。貴妃娘娘を救って差し上げられませんでした。申し訳ございません」

涙ながらに丞相に縋りつきそうになった範児に、刑部の者たちが再度猿轡を噛ませて取り押さえる。

「丞相。この娘を知っているな？」

ざわめきの収まらない堂内に響く声で、白禎が問うた。

「この娘は、苑祺宮の女官だ。投獄されていた高貴妃に、毒を盛った咎で朕が捕らえた。だがおかしなことに、この娘は丞相に命じられたと証言している。釈明があるなら聞こう」

すると馬膺は、その場で額を床につけて言った。

「陛下。私に罰をお下しください」

堂内のざわめきがさらに大きくなる。

――どういうことだ。

――丞相が罪を認めたのか。

――まさか。

――貴妃を毒殺だと？

「……なんの罪だ」

宝座からの問いに、馬膺は叩頭したまま答えた。

「八年前に入水した荀家の娘である荀茗に、新しい名と身分を与えて匿っておりました」

（荀茗？）

聞き覚えのある名であった。記憶を探ろうとしてすぐに思い出す。灯灯は、はっとして白禎を見た。垂珠(すいしゅ)の間から、彼が眉間に皺(しわ)を寄せているのが見える。

『父親は病を得て亡くなり、妹も耐えきれず自死した』

『母は早くに亡くなりました。兄は一人息子ですが優秀なので、父の希望なのです』

――そういうことだったのか。

灯灯は小さく息を吐いた。

範児が、荀茗だった。九年前に自死した、荀徳(じゅんとく)の妹だ。

（繫がった）

白禎は、砒霜(ひそ)を盛られて死にかけた。

良嫣を死に追いやったのも砒霜(ひそ)だ。

そしてそのどちらの近くにも、範児が……荀茗がいた。

すべて、あの子だったのだ。

『高貴妃にご挨拶申し上げます』

『今日は、どの香包をお持ちになりますか？』

『娘娘！』

なぜなの。なぜ。範児はどうして白禎と良嫣を？　八年前のこの子はまだほんの少女であったはず。その少女がなぜ白禎を殺そうとした？　そして自分が殺そうとしたはずの『高良嫣』に、なぜ二年間もの間、ああも献身的に仕えられた？

『貴妃はご存知かしら？　兵法においては、借屍還魂という計があるの』

頭の中をぐるぐると疑問が回る中でなぜか唐突に響いたのは——今朝聞いた、徳妃の言葉であった。

死者の意思や大義名分を振りかざして、他者を操る戦術。

他者を、操る——傀儡師。

灯灯は、はっとした。そして雷に打たれたように理解する。

ああ、そうか。

（……範児は、傀儡だったんだわ。傀儡師が、範児を操った）

「私が救った時には、家族を失って錯乱していました。待っている家族がいないのなら、荀家の娘だということを忘れて生きた方が幸せだと判断したのです」

もっともらしくそう告げる馬膺に、灯灯は目の奥で、ぶちりと何かが切れた音を聞いた気がした。

一瞬、目の前が真っ赤になり、怒鳴り声が口から迸りそうになる。今すぐ馬膺につかみかかって、殴り飛ばしてやりたい衝動に駆られたが、横から伸びた手に肩を強く掴まれて思いとどまった。

顔を上げると、手の熱とは裏腹にどこまでも冷淡な一対がまっすぐ前を見ている。

「その娘は、八年前の罪についても自白している」

なんの色も帯びていない白禎の声が灯灯の中に浸透していくようであった。

「殺王白禎の毒殺だ」

灯灯は、自らに毒が盛られた一件を、何でもないことのように話す白禎の頭の中を覗いてみたくなった。

「丞相に、薬と偽り砒霜を渡され、その薬を長期間に渡り殺王に与えていたと、あの娘は証言している」

――まさか！

――なんてことだ……！

――だが、あんな小娘の証言を信じるべきか？

堂内の動揺が灯灯にも伝わってくる。白禎はそこで止まらなかった。

「さらに本日、陸尚書によって丞相を訴える文書が提出された」

彼が懐に入れていた証言書を出すと、駆け寄ってきた劉太監がそれを受け取って宴席にいる官吏らに渡した。証言書を目にしてこわばった灯灯の手を、肩から移動した白禎の手が握ってくれる。

「これは……本当に、陸尚書の筆跡だ」

「九年前の奏上文だと？」

「あの噂は本当だったのか」

証言書を広げた官吏らの言葉を聞いて、馬膺の眉間に皺が寄せられたのを灯灯は見た。

「それは、礼部尚書である陸崇の証言書だ。それによれば九年前、丞相は行方不明であった書生王栄啓を捕らえた陸崇に、尚書の地位を約束したとある。その上、自らの不正を訴えた奏上文の隠滅を図ったと」

「……」

灯灯は、縋り付くように白禎の大きな手を握り返して、しばし目を瞑った。そうしていないと、通り過ぎた記憶の中に落ちていきそうであったからだ。

――灯灯、荷物をまとめろ。ここを出るぞ。

（九年前に逃げるように家を出たのは、借金取りから隠れるためだと思っていたわ）

でも違った。

父は、馬膺の手から逃れようとしたのだ。そして廃寺に逃げ込んだ。

五人の仲間と共に書き上げた奏上文と、省試の不正を嘆いて自殺した官吏の遺言状を守りながら――。

灯灯の孫姓は、母のものであった。妓楼に入る時に、父に母の姓を名乗るように言われたのだ。もう父娘の縁を切るからと。

王灯灯。

それが、灯灯の本当の名だ。

この勤極殿で殿試を受けることを夢見た書生、王栄啓の、娘であったから。

「九年前に王栄啓は、嘉世二十六年の省試に首席で合格した荀徳の自死を受けて、四人の仲間と共に省試の不正について奏上文を記した。その噂は、聞いたことのある者もいるだろう」

官吏らが顔を見合わせる。

「その奏上文を持って身を隠していた王栄啓を偶然見つけたのが、妓女に入れ上げ酔蓮楼に通い詰めていた陸崇だ。陸崇は、見返りを求めて王栄啓を捕らえ、丞相の元へ連れて行った。王栄啓は丞相の目の前で奏上文と遺言状を燃やして――丞相に殺された」

『灯灯、こっちへおいで』

――どうしてこの時、まだ母が生きていた頃の父がぱっと脳裏に浮かんだのか、灯灯にはわからなかった。

『今日は、お前の名前の書き方を教えてやろう。ほら、筆を持ってごらん』

目が熱い。

胸が苦しかった。

（父さん）

心のどこかで、またいつか父に会えるのではないかと思っていた。その時罵倒するのか再会を喜んで抱きしめるのかは、その時決めればよいと思っていた。

けれど。

（もうその時はこない）

父は殺されていたからだ。

馬膺の手によって――。

しかし馬膺は叩頭して言った。

「陛下！　これはあきらかに何者かの陰謀です」

（そうよ。すべてお前の陰謀だわ）

灯灯は目に溜まった涙がこぼれ落ちないように唇を噛んだ。

「陸崇は昨晩刺客に襲われました。両足にはいくつもの刺し傷があり、骨も折れていました。もう二度とまともに歩くことは叶わないでしょう。脅されて作らされた証言書の信憑性など、ないに等しいのではないですか」

（……）

灯灯は白禎を見た。

「なんだ」

「ほんの少し脅しただけだっておっしゃってませんでした？」

確かにそう聞いていた。陸崇をほんの少し脅したら、すべて話してくれたのだと。

しかし白禎は灯灯を見ないまま小さな声で答えた。

「足を切り落とさなかっただけ感謝してもらってもよいくらいだろう」

灯灯は呆れたが、白禎はそれには気づかない様子で続ける。

「さて……想定の範囲内ではあるが、叔父上はしぶとく抵抗してくるな。少し時間稼ぎをするか」

白禎は突然ぱっと灯灯の手を放して立ち上がった。

次いで宝座の横に飾りで置かれていた長刀を抜くと、目の前にある衝立を一刀両断に断ち切り、ほんの二歩で階段を降りて跪く丞相に肉薄する。気づけば白禎の抜いた刃は、馬膺の首にぴたりと当たっていた。

「叔父上。あなたの茶番には付き合っていられませんね」

白禎の思ってもみない行動に、灯灯はその場で固まった。こんなのは事前の打ち合わせにはなかったはずだが。

顔を上げた馬膺と白禎の視線がぶつかる。

（あの位置からじゃあ……）

垂珠の下の顔は、馬膺に見えてしまうはずだ。

灯灯がそう思った直後、馬膺が怒鳴った。

「衛兵！　捕らえろ！　これは陛下ではない！」

勤極殿の外にまで響く馬膺の怒鳴り声で、外に控えていた兵士らがなだれ込んできた。そして動揺する官吏らを背後に回し、白禎と馬膺を囲む。

「誰も動くな！」

白禎が馬膺から目を逸らさぬまま一喝した。

その声にその場にいた全員が従ったのは、馬膺の首に当てられた刃が理由ではないはずだ。

有無を言わせず従えてしまう存在感。逆らうことのできない風格。馬膺が恐れたのは、間違いなく白禎の持つこの資質であった。

「叔父上。私のことを忘れてしまったとは残念だ」

白禎が笑ったのが、灯灯にはわかった。

「……何者だ」

馬膺が低く誰何する。すると白禎は答えた。

「冷たいな。たかだか八年会っていなかっただけで、甥の顔もわからないとは」

さっ、と馬膺の顔色が変わった。自らの目を疑うように、白禎を睨んで口を開ける。

「……まさか」

彼らを囲む兵士らが困惑しているのが伝わってくる。

「馬鹿な。あなたは……！」

馬膺が愕然と言う。

「忘川を渡るには、やり残したことが多すぎました」

そう言いながら、白禎は空いた手で自らの冕冠(べんかん)を脱いだ。そして今度こそ、何にも遮(さえぎ)られぬ視線で宿敵を射る。

「叔父上には、すべての代償を払っていただかなくては」

まるで野生の獣だ、と灯灯は思った。

今の白禎は、決して逃してはいけない獲物を目の前にした獣と同じ目をしていた。

周囲をすべて従える、獣の王だ。

「我は！」

獣の王が声を上げた。

「先王が嫡子、秦(しん)白禎！　元徽帝の命を受け、貴様を捕らえる」

その場に唖然とした空気が広がる。

――先王の嫡子？

――秦白禎だと？

――まさか……毅王か⁉

──亡くなられたのでは？

官吏らがざわめく。白禎は続けた。

「叔父上、あなたは終わりだ」

「……はーはっはっは！」

唐突に、その場にしん……と静寂が訪れる。全員がことの行く末を見守る中、馬膺は天井を見上げて笑い出した。灯灯は正気を失ったのかとさえ思ったが、笑いを収めた馬膺はすでに冷静さを取り戻した様子で、真っ直ぐに白禎を睨みつけた。

「亡き毅王を騙って龍袍を身につけ、宝座にまで座った者に屈する私ではない。殺すなら殺すがいい」

「殺したはずの甥が生きているのが信じられないか」

「……賊が！」

その時馬膺は、思ってもみない行動に出た。突きつけられた白禎の刃を握りしめたのだ。

「丞相！」

「馬殿！」

官吏らが声を上げる。

馬膺の手から滴り落ちた血が勤極殿の床を濡らす。馬膺は白禎を睨んだまま、ゆっくりと立ち上がった。

「白禎殿下を侮辱することは許さぬ……！」

(なんてこと)

一瞬で状況をひっくり返された、と感じる。

馬膺に疑いの目を向けていた者らは、身を挺して賊を退けようとする丞相に憂慮の表情を浮かべていた。馬膺はわかっているのだ。人間の心の弱さを。操る術を。

「何をしている！　私のことは気にせず早くこの男を捕らえろ‼」

その命令に兵士らが動こうとしたが、白禎のひと睨みで二の足を踏んだ。

その目に逆らえないのだ。その場における白禎は、間違いなく王であったから。

「……さすがは我が叔父上だ」

白禎は笑った。

「陛下をどこへやった」

馬膺が問う。

「ここで私を殺してしまえば、将桓は逆らわないと踏んだか」

「陛下をどこへやったと聞いている‼」

その恫喝は、空気をびりびりと震わせた。しかし白禎は、まるで微風を受けたかのような涼しい顔で答える。

「叔父上、慌てる必要はありませんよ。陛下はすぐに戻っていらっしゃる。あなたに突きつける刃を携えて」

「刃だと？　いったい、何を……」

その瞬間、勤極殿の中に響いたのは、「ぎゃあ!!」という兵士の悲鳴であった。

「い、いいいい今、何かが俺の足を噛んで……」

その場にいる人間の視線が一斉に、飛び上がって床に転がった兵士に注がれた。兵士は自分の右足を抱えてきょろきょろと周囲を見回している。しかしただ一人、その兵士の隣にいた灯灯に視線を注いでいる人物がいた。

馬膺だ。

背筋にぞくりとしたものを感じて顔を上げた灯灯は、馬膺の眼差しに射抜かれていると知って青ざめた。全身に鳥肌が立つ。灯灯の変化に気づいた白禎が顔に緊張を走らせたのが見えた。

（まずい）

とっさに顔を隠すが、もう遅かった。

「お前は……どうやって牢から？」

馬膺が独り言のようにそう呟いた声が聞こえた。そして次の瞬間、丞相としての命令を放つ。

「あの女を捕らえろ！」

　空気が震えた。

「あれは、牢から逃げた高貴妃だ！　火傷をしたというのは偽りであったのだ。実際はずっと、この男と共謀して謀反(むほん)を企んでいたに違いない。早く捕らえろ！」

「‼」

　逃げる間もなかった。近くにいた兵士に腕を掴まれる。

「いてぇ！」

　しかしその兵士が声を上げた。

「小黒(しょうへい)！」

　見れば、啓轅にあげた黒貂(くろてん)が兵士の足に噛み付いている。先ほど別の兵士の足を噛んだのはあの子だったのだ。どうやら苑祺宮から逃げ出して、また皇宮の中で迷子になっていたらしい。

「殺せ‼」

　黒貂(くろてん)が作ってくれた隙を利用して灯灯はその場から逃げ出そうとしたが、背後から髪を掴まれて天井を仰ぐ。痛みが走り、息が止まった。自分の首が胴と離れる様を想像さえしたが、その後のすべては同時に起こった。

「ぎゃあ！」

血が飛ぶ。悲鳴が迸った。自分を背に庇ったのは龍だ。この国の天子。

ほんの一呼吸の間に兵士を掻き分け階段を駆け上り、灯灯を背後に剣を構えた白禎は、血のついた剣を横に構えて周囲を睨んでいる。

灯灯の髪を掴んでいたと思われる兵士が、ぼたぼたと血のこぼれる左手を押さえて悶絶していた。床には斬られたと思われる指先と、すでに鞘から抜かれた剣が落ちている。白禎が救ってくれなければ、斬られていたのは自分だったに違いない。灯灯は小さく息を吸った。

馬膺の周囲では、あの男を守るように兵士らが壁となっている。もはやその場の誰も、先ほど白禎が糾弾したことを信じていないかのようであった。

(状況を)

変えなければ。

このままでは、白禎は高貴妃に協力した叛逆者として殺されてしまう。

(時間を稼ぐのよ)

将桓が戻れば状況は変わる。

何か手があるはずだ。何か切り札が――。

「馬膺!!」

灯灯は怒鳴った。

「二年前。高良嫣はお前の毒で死んだ」

切り札は——あった。

この場の全員の意識を奪える事実が。

高良嫣の偽物。

(私の存在が)

「やめろ！」

白禎が叫ぶ。しかし灯灯は止まらなかった。

「そして九年前に私の父は——」

——「皇帝陛下のおなり‼」

その瞬間の空気の変化を、灯灯は後になってもなかなか忘れられなかった。本来の主人を迎えた勤極殿がため息をついたかのようだ。極限まで張り詰めていた緊張の糸が瞬間的に緩み、その場にいた人間たちに理性を取り戻させた。

「陛下！」

禁軍と共に勤極殿に戻ってきた将桓を見て、全員が膝を追って頭を垂れる。

「我が兄と貴妃に剣を向けることは許さぬ！」

将桓は、以前灯灯らとお忍びで皇宮を出た時と同じ軽装だったが、あの時よりも髪は乱れ、肩で息をしていた。

灯灯は呆然とした。将桓が、一瞬白禎と無言で目を交わしたのがわかる。

白禎は野生の王のようだったが、将桓にも間違いなく王としての気風が備わっていた。でなければどうして、龍袍（りゅうほう）も纏っていない将桓に、官吏や兵士らが道を開けるだろう。

将桓は立ち尽くす馬膺のもとまでまっすぐにやってくると、その前に粗末な木の箱を差し出した。

「ここに、五人の書生の名が連なる奏上文と、荀氏が長子、荀徳の残した遺言状がある。この証言をもとに、今ここで丞相を捕らえる。もちろん十一年前の省試に関わった人間は全員調査する。丞相には、五人の書生の殺害に関しての調査にも協力してもらう」

馬膺の顔が歪む。

「遺言状と、奏上文だと……？」

先ほど白禎の刃を握ったその手からはぽたぽたと血が流れていたが、男は気づいてさえいないかのようだった。

「馬鹿な！」

「九年前に、本当に燃えたと思っていたか？」

構えていた剣を下ろして白禎が言った。

「自死した荀徳の部屋に、遺言状に使った紙が残っていた。硼紙だ。硼砂という鉱物の溶液を塗った紙で、難燃性がある。そう簡単に燃えて炭になるはずがないんだ。だが王栄啓は、これがある限り周囲の人間に災いが及ぶとわかっていた。だからすべてが燃えたように偽装した。そして本物は、愛する娘と最後の時を過ごした寺に隠したんだ。娘と、亡き仲間たちの願いが守られることを願って――」

馬膺がわななく。この男がここまで動揺するのは初めてだった。

「叔父上。残念ながら、あなたは一介の書生に騙されたんだ」

（これで、もう馬膺は逃れられない）

馬膺が刑部に捕らえられれば。巻き添えを食うことを恐れた者たちが、一斉に寝返るはずだ。彼は、高みにいたからこそ多くの人間を操れたのだ。堕ちていく傀儡師を救おうとする人形などいない。

誰もが、一つの時代を治めた一人の男の末路を頭に浮かべたその時、男の動きに最初に気づいたのは白禎であった。

「将桓！」

兄の声で身をそらせた将桓のほんの爪の先ほどの距離で、馬膺の手が空を切る。しかし男はそれでは止まらず、代わりに取り押さえようと向かってきた兵士の腕を掴んだ。ぼきり、という骨が折れる音が聞こえたかと思うと、兵士が持っていたはずの直刀は馬膺の手におさまっていた。

驚くほどの早技である。

馬膺はかつて、戦場で先帝を救った兵士だった、と灯灯は思い出した。戦場で武器を失った時は、ああやって敵の武器を奪ったはずだ。そうまでしなければ、生き残れなかったから。

「陛下、後ろへ！」

将桓の前に兵士らが躍り出て、馬膺を囲む。武器を手にしようとも、絶体絶命の状況であることに変わりはないのに、男は鷹揚に笑った。

「秦白禎……まさか、あなたが生きていたとはな」

その目は、まっすぐに白禎を見ている。

「叔父上。一命を取り留めた後、動けるようになるまで私はどこに隠れていたと思う？」

白禎は兵士らを横に退かせて、馬膺に対峙した。

「礎州だ。礎州の農家の夫婦が、私の世話をしてくれていた。お前がずっと目を背けていた故郷で、私はずっとお前を引き摺り下ろす方法を探していたんだよ」

その時の馬膺は泣きそうにも見えたし、憤怒を耐えているようにも見えた。どちらにせよ——男の顔にはそれまでなかった敗北の色が浮かんでいた。

「……あの土地は、燃やし尽くしておくべきだった。それができなかったのが、私の弱さか」

かすれた声で、馬膺が言う。

「——弱くて何が悪いのですか」

最後まで人の弱さを嘆く男に、灯灯は我慢できずに言った。白禎がこちらを振り向く。彼が左足を下げて視界を開けてくれたので、灯灯はまっすぐに馬膺を見据えることができた。

「弱くて何が悪いのです。人は弱いから、共に生きる他者を必要とする。弱いから、愛することを学び、守ることや助けることを学ぶのです。弱いからこそ……強くなるのが人だわ」

父も、良嫣も、灯灯も。

弱いから。一人では生きていけないから。自分ではない誰かを守ろうとしたのだ。

「そんなことを言えるのは、お前が弱くないからだ」

しかし馬膺は言った。

「私は弱さを軽蔑する。弱いことは罪だ。それに気づいていない輩が多すぎる」

妬みも皮肉もこもっていない言葉であった。

（……ああ、そうか）

その時初めて、灯灯は馬膺という人間の本質に触れたような心地がした。

どうして今まで気づかなかったのかと、不思議に思ったほどだ。

（この人はずっと、憎んでいたのか）

「丞相」

――父親を。

「物乞いを助けたことは、あなたの父君の罪ではないわ」

そうだ。

これまでずっと、灯灯は馬膺のことを中身のわからぬ化け物のように感じていたが、そうではなかったのだ。

馬膺も人間であった。母親のもとに無力な赤ん坊として生まれ、子供であった時代を通り過ぎて、痛みを抱えて、今のこの男となった。

「黙れ‼」

その時の馬膺の顔を見れば、灯灯の推測が正しかったことは明らかだった。怒りを顔に浮かべ、叩きつけるように怒鳴る。

馬膺は、一度笑おうと顔を引き攣らせたが、失敗して目を吊り上げる。顔は赤くなり、全身が震えていた。

「駄目だ！」

馬膺が直刀を振り上げ、将桓が声を上げる。

白禎が腕を上げて灯灯の目を塞いだから、その瞬間何が起きたか灯灯にはわからなかった。けれど白禎の手を避けた時目に飛び込んできたのは、どうしてか、馬膺と共に兵士の刀で串刺しになっている範児であった。

「範児‼」

灯灯は悲鳴を上げた。

背から刺された範児が、馬膺と共に床へ倒れる。ごぼりと口から血を流した娘は、しかし痛みなど感じないかのように笑って、自分と共に刀に刺された、皺の刻まれた男の頬を撫でた。

「丞相様。申し訳ございませんでした……」

「範児‼」

灯灯は自らの侍女であった娘に駆け寄ろうとしたが、白禎に阻まれる。

「亥楽！　陛下と貴妃を別の場所へお連れしろ！」

白禎にそう命じられて、劉太監はすぐに動いた。

「貴妃娘娘、こちらへ」

劉太監にそう言われて腕を引かれる。

「……叔父上、死なせませんよ」

しかしその時灯灯は、白禎の独白を聞いて振り返った。

「あなたには……罪を償っていただかなくては」

絵から抜け出たような美しさを持つその人は、涙を流さず泣いていた。

二度と戻らない友を思って。

泣いていたのだった。

結、世界の始まり

丞相の失脚と死んだはずの皇兄の登場に、皇宮は動揺した。

その動揺の陰で、高貴妃は皇后毒殺の嫌疑を晴らして苑祺宮へ戻ってきていた。

というのも、毒入りの茶で死んだはずの金魚が、ぴんぴんして水の中を泳いでいたからだ。どうやら茶に入っていたのは一種の刺激物で、金魚はそれに驚いてひっくり返っていただけだったらしい。それを受けて元徽帝は高貴妃の釈放を命じ、灯灯にはいつもの日常が戻ってきたというわけだ。

「小黒！　待って！」

勤極殿で起きた騒動から七日が経ったその日、灯灯は、中院に椅子を出して面紗の下で茶を飲んでいた。

苑祺宮の中院を駆け回る黒貂を、啓轅が追いかけている。女官らも一緒になって、きゃあきゃあと賑やかな声が苑祺宮に響いていた。

今、後宮には穏やかな空気が流れているが、朝廷は大きく揉めているらしい。

まず丞相が失脚し、元徽帝が親政を宣言した。

そして密命を帯びて身を隠していた皇兄、秦白禎を親王の位に戻し、王府を下賜したのが六日前のことだ。

　丞相の失脚に合わせて、多くの官吏の不正が明るみになり、将桓も白禎もろくに眠れていないらしい。それを教えてくれたのは、ご機嫌伺いにやってきた劉太監だ。重傷を負ったものの一命を取り留めた馬膺は、これから地下牢でその余罪を明らかにされるだろう。

「小黒！　そっちは駄目だってば！」

「啓轅、転ばないようにね」

　灯灯は啓轅に声をかけた。

「貴妃娘娘、興龍宮から届けられた文です」

　春児が、丁寧に折り畳まれた紙を盆の上に載せて灯灯に差し出す。

「ありがとう」

　灯灯はそう言って、文を受け取った。

　文を開いてみると、朱皇后の丁寧な字で、重陽節の宴の準備で貴妃に任せたい仕事について書かれていた。これまでの皇后は、こういった宴の準備はすべて自分一人の手で行っていたのだが、今回からは妃嬪らの手を借りることにしたらしい。皇后の手紙には、徳妃には当日振る舞う菓子の用意を任せたと書いてあった。

（『借屍還魂』ね……）

ふと灯灯は、すべてが変わったあの日、徳妃に告げられた言葉を思い出した。

徳妃が、どこまで知っていてあの時あの言葉を灯灯に告げたのかはわからないままだ。一度それとなく聞いてみたが、うまくはぐらかされてしまった。

軍部を掌握する何家には、独自の情報網があるのかもしれない。

（そこまで裏のない方だと思っていたけれど、徳妃という人がわからなくなったわ）

後宮という場所ではみなが仮面を被っているものなのだとわかっていたはずなのに、動揺が隠せない自分を灯灯は笑った。

「そういえば、お風邪を召されていた啓笙殿下がお元気になられたようですよ。何か贈り物をしておきましょうか？」

「そうなの？　よかったわ。滋養のあるものを贈っておいてちょうだい」

あれから長陽宮は驚くほど静まり返っている。朝廷内が大きく動いたので、淑妃も様子を窺っているのかもしれない。昭儀は、あの鬼騒ぎの後ずいぶんと大人しくなったと才人に聞いた。女官いじめもほとんどなくなって、永安宮はかなり静かになったらしい。そのせいか、才人は宮を移るのをやめて永安宮に残っている。一度あそこまで自分を貶めた人間を許せるその度量の大きさは、やはり良嫣に似ていると灯灯は思ったのだった。

一日が、ひどく穏やかであった。

こんなことは、孫灯灯として後宮に足を踏み入れてから初めてかもしれない。

「紙と墨を持ってきてちょうだい。興龍宮へ返事を書くわ」

「かしこまりました」

そう言って、春児は正殿の中に入っていった。

どちらかというと粗忽で姦しい娘だと思っていた春児だが、範児がいなくなると驚くほど落ち着きを見せるようになった。

範児が丞相を庇って亡くなったと知った時、一番悲しんだのもこの春児だ。朝廷にいる兄や父の話を範児から聞かされていた春児は、それがすべて嘘だったとわかっても、恨み言一つこぼさずただ涙を流したのだった。

（……私がもっと早く気づけていたら、範児に絡まった操り糸を解けていたかもしれないのに）

灯灯は複雑な気持ちで目を瞑った。

永安宮での鬼騒ぎの翌朝、『孫灯灯』の霊が出たと後宮に噂を流したのは範児であった、と教えてくれたのは朱皇后だ。

『万一殿で、陛下があなたを灯灯と呼んでいるのを聞いたのですって。それが、高良嫣の愛称としては違和感が残るから、父上に報告したのだと』

報告を聞いた馬膺は、その時初めて今の高良嫣が偽物なのではないかと疑ったに違いない。かつて景承宮に仕えていた女官の名前が『孫灯灯』という名であることまで突き止めて、灯灯に揺さぶりをかけるために、『孫灯灯の霊が出た』という噂を後宮に流させたのだ。

『殺王殿下は本当はあなたに直接、範児の証言内容を話したかったのよ』

でもやるべきことが多く、皇兄と貴妃という立場ではなかなか二人きりで会う機会もないので、陛下と自分と介したのだと、前置きをしてから皇后は語った。

——二年前の良嫣の死に関して、範児に殺害意図はなかったと。

『ただ、脅すだけのつもりだったそうよ。少なくとも、父上にはそう命じられたとか』

曰く、当時良嫣が蝶音閣で目撃してしまったのは、馬膺が紙で包んだ砒霜を範児に渡す場面であった。二人が交わした会話からそれが毒物であることを察した良嫣は青ざめてその場から逃げ出し、それに気づいた馬膺が範児に命じたのだ。

渡した薬を使って貴妃を脅せと、と。

『父上は……おそらく、本当に殺すつもりはなかったのだと思うわ』

皇后は無表情の中に哀傷を潜ませながら言った。当時良嫣は元徽帝の寵妃だったから、殺害して大事に発展させるより、脅して口をつぐませる方を選んだはずだと。

けれど範児は、誤って致死量を良嫣に与えてしまった。

もしかしたら、かつて白禎に与えたのと同じだけの砒霜を良嫣に与えることで、白禎の死が砒霜のせいではないと証明したかったのかもしれない、と灯灯は思った。それで良嫣が死ななければ、砒霜は本当に薬であったのだと証明できるからだ。自分が、白禎を殺したのではないと証明できるから。

けれど、良嫣は死んでしまった。

灯灯の手の中で。

「あっ、小黒！」

良嫣の愛用していた香包を頬に当て、沈香を嗅いでいた灯灯は、啓轅の声で我に返った。

「いけません、啓轅殿下！」

灯灯が顔を上げると、啓轅が苑祺宮を飛び出して、それを追って女官らも苑祺門から出ていくところであった。どうやらまた小黒が苑祺宮から逃げていったらしい。

「仕方ないわね」

灯灯は息を吐いて立ち上がる。

「逃げてもまた戻ってくるわよ。この間だって、いつの間にか涵景軒に戻ってきていたのだから……」

そう言いながら苑祺門の外に出ると、ちょうどそこに思ってもみない人物を見つけて灯灯は目を丸くした。

「毅王殿下」

親王だけが許される藍色の袍で身を包み、髪をすべて結い上げ冠を被ったその男は、啓轅を抱き上げたままこちらを振り向く。啓轅の小さな腕の間から、小黒がちょこんと可愛らしい顔を覗かせていた。

「母上。叔父上が小黒を捕まえてくださいました」

啓轅が嬉しそうに笑う。

「よかったわね。こちらへいらっしゃい」

毅王――白禎は、啓轅を下ろすと灯灯に両手を重ねて礼をした。

「貴妃にご挨拶申し上げます」

「ごきげんよう。毅王殿下はどうして、こちらに？」

元徽帝は毅王に皇宮外の王府を下賜したので、こんなふうに皇宮をうろつく理由はないはずだ。しかも、妃嬪の宮の前を歩くなんて、外聞のいい話ではない。

「東の外路から古董房へ行く途中だったのですが、黒貂が飛び出してきたので……」

「まぁ」

苑祺宮の黒貂だとわかったから捕まえて連れてきてくれたのだろう。

灯灯は頭を下げた。

「それはご面倒をおかけいたしました」

「とんでもない」

白禎は言った。

背後で苑祺宮の女官らが色めき立っているのが、見なくてもわかる。

八年前に死んで蘇った皇兄殿下は、その整った顔立ちで皇宮の女性たちの噂の的になっていた。

「それでは、失礼いたします」

これ以上一緒にいて妙な噂でも立ったら困ると思って灯灯が苑祺宮に戻ろうとすると、白禎が「貴妃」と引き止めた。振り向くと、男はにこりと笑って言う。

「今日は朔の日です。どうか、灯りのある路を歩かれますよう」

＊＊＊

皆が寝静まった深夜、東耳房から屋根に登った灯灯は、屋根をつたって苑祺宮の東側の壁の屋根によじ登った。

空を見上げてもどこにも月はなく、星が心細そうに瞬いている。

　灯灯は、いつもの梯子がかかっていることを確認してそちらに足を下ろした。

　ギシ、ギシ、という不穏な音を聞きながらも、一歩一歩足を動かしていた灯灯であるが、ついにある時、バキリ！　という音がした。踏みしめるはずの木の板が割れてしまったのだ。

　驚いて手が離れ、灯灯の上半身が背後に傾く。

（落ちる！）

　思わずぎゅっと目を瞑ったが、あの全身を打ちつける衝撃を受ける代わりにどさりと何か柔らかいものに受け止められた。

（……？）

　何かと思ってそーっと瞼を開けてみると、誰かがこちらを覗き込んでいることに気づく。影になっていて、その人物の顔はわからなかったが、声が聞こえた。

「危ないな、灯灯」

「は、白禎殿下」

　白禎に横抱きにされているのだ、と理解すると灯灯は顔を赤くした。

「す、すみません。ありがとうございます。降ろしてください」

「なぜだ」

「なぜ、と言われましても……」

灯灯は困惑した。理由を問われる意味がわからない。横抱きにされている方が普通じゃないのだから、降ろしてもらうのは当然ではないか。

するとと白禎が苦笑する雰囲気が伝わってきた。

「いや、悪い。冗談だ」

白禎は灯灯を降ろしてやると、先に立って歩き出す。

「梯子が腐っていたか。次は、丈夫なものを用意させよう」

「あの……この会い方を改めればよいかと」

「仮にも貴妃が、皇兄と二人で会うのは外聞が悪い」

それは間違いないので、灯灯は何も答えなかった。

「おいで。酒を飲もう」

そう言って、白禎は灯りの灯る庵の方へ向かった。

貴妃と毅王としてではなく、灯灯と白禎として二人が会うのは、実に七日ぶりであった。

月明かりのない夜の薄闇の中、唯一の灯りへと向かう白禎の背中は、まるで灯灯を別世界へと誘う案内人のようだ。あながちそれは間違っていないかもしれない。実際、白禎といるといつも、別世界にいるような心地になるのだから。

庵の卓子の上には酒の外に、菜肴の皿もあった。

「葱油餅（つぉんようぴん）」

以前作ってやったものだ、と思うと、白禎が「ああ」と答える。

「これだけ用意させた」

座れ、と促されて灯灯が腰を下ろすと、杯に酒が満たされる。

乾杯の代わりに、一度杯を持ち上げてから口に運んだ。菊の花の香がするりと喉を落ちていく。

（今まではずっと一人酒だったけれど）

こうやって誰かと飲むというのもよいものである。灯灯はにこりと笑った。

すると、白禎がじっとこちらを見ていることに気づいて瞬きをした。

「なんですか？」

「あの夜、面紗をしていないお前の顔を、多くの兵士が見ただろう？」

勤極殿での一件である。面紗をつけず女官の格好をした灯灯を、馬膺があれは高良嫣だと叫んだ。

「そうですね」

「それなのに、特に困ったことにはなっていないのか？」

「なっていません」

灯灯は笑ったが、白禎は怪訝そうだ。

「そんなに似ているか？　お前たちは姉妹というわけでもないだろうに」

「はい。不思議と目元は似ていたようですけれど、顔は違いましたよ。……それでも、誰も私が高良嫣だと疑いませんでした。火傷に関しては、胭脂（おしろい）で隠していたということになっているみたいです」

　灯灯は何も言っていないのに、都合のいいように噂が広がっているようだ。二年の間に灯灯が作り上げた高貴妃という存在に、皆が慣れたのかもしれない。

（考えてみれば、良嫣が後宮で暮らしていたのは、ほんの二年間と少しなんだわ）

　外朝の兵士には、本物の高良嫣の顔を知らない者も多いのだろう。

　あの時灯灯が、『二年前に高良嫣は毒で死んだ』と明言したにもかかわらず、それさえも、毒を盛られ宮に火を放たれたせいで寵愛（ちょうあい）を失ったことを嘆いての言葉だと解釈されているのだと知ったときには、笑うしかなかった。人の思い込みというものは、侮れないものである。

「いつまで、高貴妃の偽物を演じるつもりだ」

　白禎がくいと酒を飲んでから聞いてきた言葉に、灯灯は瞬きをした。

「もちろん、啓轅が独り立ちするまでですよ」

「……それはいつだ」

「わかりませんけど……どうしてですか？」

白禎はため息をついた。

「俺はもう隠れる必要がないのに、苑祺宮のお前に会いに行くためには将桓のふりをしなくてはならない」

「もう陛下のふりはやめてください」

「だが、敬事房にお前の札は戻された。毎日とは言わずとも、数日に一度は皇帝が苑祺宮へ渡る必要があるだろう？」

特に将桓は今、叔父の手から権力を取り戻したばかりの微妙な立場だ。後宮においても、誰かに偏ることなく公平な立場を取った方が無難であろう。

「陛下がいらした時は、お喋りをして夜を明かしますよ。それよりも、白禎殿下」

灯灯は、白禎が不愉快そうにこちらを睨みつけていることに気づかずに言った。

「気になっていたんですけど、父が隠したという奏上文と遺言状は、廃寺のどこにあったんですか？」

勤極殿の東暖閣で、将桓が——かつて灯灯と父が過ごした廃寺へ向かったのだと聞かされた時、灯灯は一度言葉を失った後、矢継ぎ早に疑問を口にした。

どうして灯灯も覚えていない廃寺の場所を知っているのか。どうして父がそこに奏上文と遺言状を隠したと考えたのか。どうして白禎ではなく将桓が取りに向かったのか。

すると白禎は、それに一つ一つ丁寧に答えてくれた。

良嫣の墓を参った満月の後、白禎が酔蓮楼の女将を問いただしに行ったこと。

そこで灯灯が、王栄啓（おうえいけい）が売りに来た子供であるのを知ったこと。

その事実を女将に口止めをしていたのが、灯灯を案じた珠蘭（しゅらん）であったこと。

『お前を売りにきた時、王栄啓は女将に釘を刺していたらしい。娘を絶対に廃寺には戻らせるなと。だから廃寺が怪しいと睨（にら）んだんだ。湖が側にあるこの辺りの廃寺は、了康寺（りょうこうじ）の尼僧に聞いたらすぐに見つかった。俺は死にかけたせいで長く馬を走らせることができないから、将桓に行かせることにした。他人には任せられないからな』

　東暖閣で灯灯が目覚める前に聞いた花火のような音は、将桓が奏上文を見つけたことを兄に知らせる、信号花火の音であった。

「寺はずいぶんと荒れ果てていたから、そうそう隠す場所もなかったと思うんですけど……」

　白禎は一度息を吐いてから答えた。

「言っていなかったか？　藁（わら）の下の木板を剥がしたらすぐに見つかったそうだ」

「藁（わら）の下……私が寝ていた？」

　瞬きをする灯灯を見て、白禎は頬杖をつく。

「お前の父親は、お前が大切なものを牀榻（しんだい）の下に隠していると知っていたんだ。だから廃寺を離れる時に、自分が隠したいと思っていたものもそこに隠した」

「待ってください。父は、私が牀榻の下にものを隠していたなんて知らなかったはずです」

だって知っていたら、父は灯灯が隠していた金や米を持っていって酒に変えていたはずだ。

知っていたのなら。

灯灯は小さく息をした。目頭が熱くなる。

「……父はいったい、どんな人だったんでしょうか」

唐突に、それがわからなくなった。ずっと、ひどい父親だと思っていた。けれど仲間と記した奏上文を身を挺して守り、娘に被害が及ばないよう自分との縁を切ってから、何も言わずに殺された。あの人は、どんな人間だったのだろう。今ほど知りたいと思ったことはないのに、もう二度と会えないのが辛かった。

「弱い人間だったんだろうな」

白禎が答えた。

「弱く、そして強かった。お前の言ったように……」

灯灯の頬からぽろりと涙がこぼれた。白禎の前で泣いてしまうのは二度目だ。それが恥ずかしくて、涙を止めたくて、灯灯は右手で目を覆った。

そうしてから二呼吸ほどの間を置いた後、灯灯の頬に、ぺろりと温かいものに舐められる感触があった。

驚いて目を開けると、虹彩が見えるほど近くに、息が詰まるほど美しい皇兄の顔がある。

涙はぴたりと止まっていた。

白禎がちろりと舌を出して、自らの唇を舐める。

「塩辛いな」

「……‼」

灯灯は顔を真っ赤にして頬を押さえると、がたりと立ち上がった。

「なっ‼」

悲鳴のような声をあげようとした口を、さっと伸びた白禎の手が塞ぐ。涙を舐めるなどというとんでもないことをしでかしたその男は、右手を灯灯の後頭部に回し、両手でがちりと灯灯の口を塞いでからにやりと笑った。

「もう遅い。孫灯灯」

そう言いながら、白禎が灯灯に顔を近づけてくる。

「見ていろ。俺はお前が、やめないでくれと泣いて懇願するまでやめてなどやらないお前が、泣こうが喚こうが関係なく――お前は俺の」

「兄上、灯灯！」

ガツン！　という音がして灯灯の脳裏に星が散った。

背後から突然かけられた明るい声に驚き、咄嗟に繰り出した頭突きが、白禎の額にものの見事に当たったのだ。

「……！」

「……！」

二人は互いに額を押さえてその場で悶絶する。

手に酒壺を持って欄干を渡ってきたこの国の皇帝は、にこにこと笑いながら、「あれ？　二人ともどうしたの？」と無邪気に言った。

痛みへの耐性のせいか、いち早く立ち直ったのは白禎の方であった。顔を上げてにこりと笑うと、弟の名を呼ぶ。

「将桓」

「兄上、今日は酒を持ってきたよ。亥楽が隠していたものをくすねてきた。おや？額が赤くなっているけどどうしたんだい？」

「ここへ来い。池に落としてやる」

「え？」

将桓はぴたりと足を止めた。

「いいから来い」

「いやいやいや。今池に落ちたら感冒を引いてしまうよ」

「大丈夫だから、来い」

「いやいやいやいやいやいや」

少し青ざめながら欄干を後ずさっていく将桓を、笑顔のままの白禎が追いかける。

（ああ、驚いた）

まだ痛む額をさすりながら、灯灯は顔を上げた。

そして、先ほどの白禎の言葉を頭から追い払うために、杯に酒を注いでくいと呷る。

夜風が灯灯の髪を優しく撫でた。風にのって、どこからか香ってきた桂花のにおいが鼻をくすぐる。ああ、心地の良い季節だ。

「私が今感冒を引いたら困るのは兄上だと思うけどな」

「感冒を引くかどうか落ちてみないとわからないじゃないか」

「わかるよ。わかるよね⁉」

この国を担う二人が欄干の上で落とす落とされないともみ合っているのを見ているとどうにもおかしくなってきて、灯灯はぷっと吹き出した。

そして耐えきれずに笑う。

「あはは！」

ああ。

こんなふうに声を出して笑うのはいつぶりだろうか。

思い出せない。

きっと、ずっと遠い昔だった。

兄弟はいつの間にか喧嘩(けんか)をやめて笑う灯灯を見ていたが、それに気づかずに灯灯は笑い続けた。

そして孫灯灯のその笑い声は、星の瞬く夜に吸い込まれていったのだった。

梅野小吹
Kobuki Umeno

鬼の御宿の嫁入り狐

［おにのおやどのよめいりぎつね］

アルファポリス
第6回キャラ文芸大賞
あやかし賞
受賞作

出会うはずのなかった二人の、
異種族婚姻譚

「その傷ごと、俺がお前を貰い受ける」

鬼の一族が棲まう「織月（ひづき）の里」に暮らす妖狐の少女、縁（より）。彼女は幼い頃、腹部に火傷を負って倒れていたところを旅籠屋の次男・琥珀に助けられ、彼が縁を「自分の嫁にする」と宣言したことがきっかけで鬼の一家と暮らすことに。ところが、成長した縁の前に彼女のことを「花嫁」と呼ぶ美しい妖狐の青年が現れて……？　傷を抱えた妖狐の少女×寡黙で心優しい鬼の少年の本格あやかし恋愛ファンタジー！

◉定価：726円（10％税込）　◉ISBN:978-4-434-32628-8　◉Illustration：月岡月穂

マチバリ
presented by Matibari
公主の嫁入り
後宮の雪は龍の道士に娶られる
1~2
後宮で冷遇される少女を救ったのは、
偽りの婚姻。そのはずなのに……
紛うことなき俺の妻
これは、孤独な少女が
龍の道士と幸せ夫婦になる物語——
後宮で生まれ育ち、一度も外に出たことがない孤独な公主・雪花。幼くして母を失った彼女は、先帝の娘でありながら後ろ盾をもたず、虐げられて生きてきた。そんなある日、雪花の兄・普剣帝が彼女に降嫁を命じる。相手は龍の血を引く一族の末裔・焔蓮。国のため、特別な血筋を絶やさぬよう子を成すのが自らの役目——そう覚悟を決める雪花に、夫となったはずの蓮は意外な事実を告げる。それは、この婚姻は偽りで、雪花を後宮から救い出すためのものなのだ、ということで……?
幸せ夫婦に
災い迫る!?

会社帰りに迷子の子だぬきを助けた縁で、"隠り世"のあやかし狸塚永之丞と結婚したOLの千登世。彼の正体は絶対に秘密だけれど、優しく愛情深い旦那さまと、魅惑のふわふわもふもふな尻尾に癒される新婚生活は、想像以上に幸せいっぱい。ところがある日、「先輩からたぬきの匂いがぷんぷんするんです!」と、突然後輩から詰め寄られて!? あやかし×人——異種族新米夫婦の、ほっこり秘密の結婚譚!

◉定価:726円(10%税込) ◉ISBN:978-4-434-32627-1

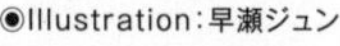

◉Illustration:早瀬ジュン

この作品に対する皆様のご意見・ご感想をお待ちしております。

おハガキ・お手紙は以下の宛先にお送りください。

【宛先】

〒 150-6008 東京都渋谷区恵比寿 4-20-3 恵比寿ｶﾞｰﾃﾞﾝﾌﾟﾚｲｽﾀﾜｰ 8F
（株）アルファポリス　書籍感想係

メールフォームでのご意見・ご感想は右のＱＲコードから、
あるいは以下のワードで検索をかけてください。

ご感想はこちらから

アルファポリス文庫

後宮の偽物（こうきゅうのにせもの）～冷遇妃（れいぐうひ）は皇宮（こうぐう）の秘密（ひみつ）を暴（あば）く～

山咲 黒（やまさき くろ）

2023年10月31日初版発行

編　集－星川ちひろ
編集長－倉持真理
発行者－梶本雄介
発行所－株式会社アルファポリス
〒150-6008 東京都渋谷区恵比寿4-20-3 恵比寿ｶﾞｰﾃﾞﾝﾌﾟﾚｲｽﾀﾜｰ8F
TEL 03-6277-1601（営業）　03-6277-1602（編集）
URL https://www.alphapolis.co.jp/
発売元－株式会社星雲社（共同出版社・流通責任出版社）
〒112-0005 東京都文京区水道1-3-30
TEL 03-3868-3275
装丁イラスト－雲屋ゆきお
装丁デザイン－西村弘美
印刷－中央精版印刷株式会社

ISBN978-4-434-32810-7 C0193